遇见墨脱

YUJIAN MOTUO

一个援藏干部的三年心路

喻晓坤◎著

YUJIAN MOTUO

透过本书，可以看到千百名援藏干部在新时代矢志奋斗的一个缩影：
怀揣家国情怀、全力以赴投入
有过酸甜苦辣、不忘初心使命

南方日报出版社
NANFANG DAILY PRESS
中国·广州

图书在版编目（CIP）数据

遇见墨脱 ：一个援藏干部的三年心路 / 喻晓坤著．— 广州 ：南方日报出版社，2020.3

ISBN 978-7-5491-2150-2

Ⅰ．①遇… Ⅱ．①喻… Ⅲ．①纪实文学一作品集一中国一当代 Ⅳ．①I25

中国版本图书馆 CIP 数据核字（2020）第 006297 号

遇见墨脱

YUJIAN MOTUO

一个援藏干部的三年心路

著　　者：喻晓坤
出 版 人：周山丹
责任编辑：方　明　曹　星
责任校对：魏智宏
责任技编：王　兰
装帧设计：南风视觉
出版发行：南方日报出版社
地　　址：广州市广州大道中289号
经　　销：全国新华书店
印　　刷：广州市尚铭印刷有限公司
开　　本：787 mm × 1094 mm　1/16
印　　张：15.75
字　　数：650千字
版　　次：2020年3月第1版
印　　次：2020年3月第1次印刷
定　　价：46.80元

投稿热线：（020）87360640　读者热线：（020）87363865
发现印装质量问题，影响阅读，请与承印厂联系调换。

编委会

序

著名历史学家吴思先生曾说："我们是谁，是历史决定的，是由一直以来的成长决定的，我们一定要问这一路是怎么过来的，才能知道我们现在是谁，才知道我们往哪里去。"以小见大，一个人的一段成长其实就是一部活生生的历史。历史学家殷海光则说："每一个处境下的人，无论贫富贵贱，智愚强弱，都留下生命的印记，不容被大历史所掩盖和抹杀光彩的印记。"三年的时间，说长不长，说短也不短。在即将结束三年援藏生活的时候，我试图去梳理是什么原因让我走进了神秘的西藏，在墨脱的这段时间里自己又做了什么，经历了什么，留下了什么，存在什么遗憾。

作为国家的一项战略，援藏工作是一项崇高的事业，而援藏队员所肩负的，也是一份沉甸甸的责任与使命。广东省第八批援藏工作队墨脱县工作组（下称"工作组"）组长谢国高在总结援藏的理念时，将援藏的角色定位为"党的治藏方略的实践者、党的民族政策的执行者、党的援助项目的建设者"，我认为是非常贴切的。自20世纪90年代以来，党和国家以如此大的规模，如此长的时间来开展一项涉及面如此之广的支援工作，并不断完善这一制度性安排，自始至终按照"中央关心西藏，全国支援西藏"的理念，践行习近平总书记"治国必治边，治边先稳藏"思想，真正做到了持之以恒、久久为功；其历史功绩将彪炳史册，其社会影响也必将广泛而深远。在这样一个宏观的历史背景下，一代又一代的援藏人怀着浓浓的家国情怀背井离乡，舍弃常人所拥有的、放弃常人所享受的，扎根雪域高原，矢志艰苦奋斗，绘就了一幅极为珍贵和波澜壮阔的历史画卷。从这个意义上说，援藏队员每个个体的微不足道，通过自身的努力和团队的聚合，尤其是时间的沉淀，不断地积少成多，已然汇聚成了建设西藏、实现区域协调发展的磅礴力量。

那么，站在这样的视野和格局当中，我们再来审视每一个援藏队员工作效果的时候，就会发现每个援藏队员所展现出来的精神风貌、责任担当、水平能力、团队意识、工作方法，都将影响到他们发挥作用的层次与效果，也会成为当地干部群众认识援藏队员进而对援藏战略进行评判的依据。墨脱，是西藏74个县区之一，因它是全国最后一个通公路的县而闻名，又因部分土地仍然被印方控制而让人揪心。自从2016年墨脱县由佛山市单独对口支援以来，工作组怀着强烈的“民族情怀、边疆情怀、高原情怀、峡谷情怀”进驻墨脱，开始为期三年的援藏工作，三年内共投入1.5967亿元计划内资金开展建设和额外筹集超过1.9亿元计划外资金开展帮扶，助力全县经济社会发展。在完成这个三年任务的过程中，固定的八名队员加上几十名短期来墨的柔性援藏人才都展现出了极高的政治站位，倾力付出了自己的聪明才智，开创了很多个县域援藏的先河，创造了多项县级援藏的标杆，也收获了让人艳羡的诸多荣誉，给当地干部群众留下了深刻的印象。

幸运的是，我参与了这个三年的工作，也见证了墨脱这几年的发展。在此期间，我一方面在镇里推动实施“三十百千万”工程（成立三个基金、实施十项民生实事、启动一百户贫困家庭结对、协助数千万元援藏资金在镇里实施），协助镇里主要领导开展基层党建、脱贫攻坚等中心工作；另一方面担任佛山援墨工作组秘书长，协助主要领导统筹做好内务和外联，并分管文秘、办公、后勤、接待，统筹大型活动、捐赠安排、项目考察、来访接待等工作。合抱之木，生于毫末；九层之台，起于累土。很多事情不能一蹴而就，很多人的工作都是一个系统的一部分。在墨脱，我们工作组就是一个团队，每个队员都是执行团队的指令，完成团队的任务，是这架机器上的一颗颗螺丝钉。援藏工作也正需要这样的精神，扎扎实实地做好基础工作，服务当地，以一个一个县域地方的发展，助力整个西藏的腾飞。所以，当我回首这个三年的援藏阶段的时候，一方面因为是工作组一员，付出了自己的青春才智并取得一系列荣誉而满怀自豪；另一方面，因为时间和精力有限，也因为援藏队内部事务和镇内工作需要两边兼顾，致使很多想法原本想在镇（墨脱镇）里实施却没能去做，又给自己留下了诸多的遗憾。同时，三年中墨脱滚石、塌方、泥石流、交通事故等经常出现在我们身边，我们还多次亲历了地震等险情，一次次地直面险境，说不担心是骗人的。

作为一个个体，援藏队员面对的工作对象、工作内容，经历的工作历程、酸甜苦辣，很多是鲜活的。与此同时，我们的所作所为、所思所虑也都是非常具体的。因为在墨脱工作生活三年，我的人生已经与墨脱结成了难以割舍的情缘，既与这个边境县城，也与这里的干部同事，同时与这里的群众百姓，其间不仅有相遇的高兴，有成功的喜悦，也有过不解、迷惑、误解甚至隔阂。同时无须隐讳的是，离开家庭，远离亲人，我们在墨脱也对家里的事情牵肠挂肚，包括我在内的很多队员家里都遭遇变故，给我们留下了深深的遗憾甚至自责。在寻觅援藏这一段经历的时候，我认为这些其实都是真实的体验。正因为此，我将三年的日记整理筛选了部分篇章作为向大家呈现援藏生活的一个窗口。在这本文集里面，主要选取了四个方面的文章：一是对援藏工作的一些经历描述和思考，以及参与援藏的心路历程。二是在墨脱镇工作的一些实践与探索，以及在墨脱生活的一些体会与思考。三是关于这几年一直在做的湖南师范大学“2000政二”励志奖学金的相关资料。因为奖学金将墨脱的困难学生纳入资助范围，使之与墨脱也结下了不解的缘分。四是身处墨脱，与家里亲人的一些交流与情感流露。

这些文章，既不具备理论的深度，也不是对墨脱的全方位介绍，仅是在工作之余、生活空隙记录下的感悟和体会。唯一希望的是，能够给读者呈现一个援藏队员的真实存在——怀揣家国情怀、全力以赴投入、有过酸甜苦辣、不忘初心愿景——一个曾经在墨脱奋力奔跑过的人。或许，看到这个文集，可以看到千百名援藏干部工作、学习、家庭、生活以及他们在新时代矢志奋斗的一个缩影。如果同时能够让大家接触到墨脱，让大家认识到这个喜马拉雅山脉南脉的唯一县城，一个在藏传佛教经典中被称为“博隅白玛岗”（意为“隐藏着的莲花”）的地方，则善莫大焉。

是为序。

喻晓坤

目 录 CONTENTS

第一篇

初心·家国之梦

——援藏心路点滴

01

报名援藏的期待与煎熬

获悉可以报名参加援藏，我激动得辗转反侧，寻思这是一个年轻人在和平年代奉献付出，把自己的小我融入祖国的大我，将自身的青春与国家的发展结合起来的最佳机遇。

真正与墨脱结缘，是从2016年5月25日接到三水区委组织部张江平的电话开始的，当时，我正好在大连市委党校参加佛山市综治办举办的一个全市综治信访维稳培训班。其实，三年前也说起过援藏的事情，也是墨脱，当时是参加区里在香港金融干部管理学院举办的一个培训班，曾有印象我上网查过墨脱，它是一个边境地区，还有多少土地被印方控制等云云，我以为墨脱危险系数比较大。当时的机会转瞬即逝，人员名单很快就定下来了，没我什么事。

可这一次报名之后，名单确定经历了很长的一段时间，也正因为如此，让我品尝了极为漫长的期盼中的忐忑，感觉是体验了一次煎熬。报名之前，我打电话给母亲和妻子，母亲听说去那么远，当然不愿意。我解释说，如果成行，也能每年在家里休假一个多月，并不是三年都在墨脱，逐渐打消了她的顾虑。妻子表现出了难得的胸襟和大度，爽快地答应了。岳母有些担忧，因为这样我便照顾不到家庭，所以她不太愿意，而父亲和岳父倒是都支持，觉得年轻人还是应该多走出去，多历练，为国效力。令我揪心的是，女儿欣文知道我要去一个很远的地方，我每跟她说一次她就流一次泪。报名之后，先是说我成行的机会比较大，期望值被逐渐拉高；后来一直拖着没有结果，半路说生出枝节可能不行了；到后来又出现了新的希望和另外的机会；直至最后被佛山市委组织部电话通知入选的那一刻，我才真正地感到长久等待之后的那种如愿以偿和心花怒放！我记得，那一刻是2016年7月5日11点42分，佛山市委组织部的工作人员打电话来通知我正式的报到时间，我知道自己已经入选为广东省第八批援藏工作队队员，将进驻墨脱开展为期三年的援藏工作。在整整四十天的时间里，我一边热切地期待最终消息的到来，一边坚守岗位履行自己的工作职责，同时悄悄地为入选提前做准备。

其实整个过程是比较简单的，报名后市委组织部根据人员情况按照同一岗位一比三的名额通知体检，体检结束后应该是要求纪委出具有没有相应情况的报告，再根据名单做方案上报市委常委会研究，最后省委组织部审定。后来听说在人选基本确定之后，市委组织部又要求纪委提供了一份更为细致的审查情况。

只有当一个人真正想着要一件东西的时候，才会明白内心如此的期待和茶饭不思。之所以会如此，原因是非常渴望得到那个机会，却在经历一个漫长的等待期，而这个等待期又是一个未知数，那就是压根就不知道能不能如愿。现在回想起那段难忘的煎熬经历，我想那份期盼来源于三个方面的原因：

一是希望挑战一下新的工作。我在镇里分管综治维稳工作近四年，经常直面基层的矛盾化解，有些时候会遇到基层治理的一些困境。比如维稳的难题，是现阶段我国基层治理的特殊窘境决定的。一些上访的问题由历史原因造成从而很难一下得到解决，不少上访人缠访、闹访、群访以至于进京非法越级上访，而基层少有出台政策的权力，信访一票否决考核机制传导到镇街的压力让基层的分管同志面临问题解决不了、对待上访群众脾气发不了、被上级问责解释不了的局面，所有的委屈都藏在心里，最终心力交瘁，极为憋屈。分管维稳会让人忧虑，而分管安全生产担心出事被追责，尤其是被追究刑事责任的担心，则让镇街一些部门的分管同志心理压力也非常大。我之前曾在公安机关工作七年，在镇里又分管过一票否决的计划生育和安全生产工作以及责任很大的市场监管工作，还短期分管过团委、武装部，在锻炼了能力的基础上也开阔了视野，非常期望能到一个新的领域去尝试新的工作。

二是期待援藏能够带来更加直接的奉献体验。近代以来的中国迭遭列强欺凌，我们的国家目前仍然处于从大国到强国的爬坡奋斗阶段，很多年轻人的心里都怀着为祖国奉献的拳拳之心。我从小在农村长大，和大多数成长在改革开放年代的青年一代一样有着共同的愿景，那就是要将自己的青春融入到国家发展的伟大事业中去。去援藏，在我的心里远比日常的平凡工作要来得更加有意义，至少在帮助人的体验上会更加直接。因为墨脱还不富裕，因为墨脱的交通条件等还有短板，需要外界去帮助发展，所以，当时听说有机会可以报名去援藏的时候，从小在心里生根发芽的家国情怀，存在于内心深处的那股想要到国家最边远、最需要的地方去做贡献、去建功立业的想法非常强烈，这是包括我自己在内的很多人的最朴实的想法。

三是报名之后的更加期待。我工作和生活的圈子其实很小，三水的公务员体系也是。在报名申请援藏之后，消息不胫而走，大家都在传，说某些人准备去援藏了，也经常有朋友和同事问结果怎么样、什么时候出发等等。越到后面，虽然结果没出来，但心里越想，去不成好像会成为一件丑事似的。所以，在那段时间里，那种急迫地想成行的愿望成了一种越来越强的期待。在几种心理的作用下，内心承受着焦急的等待。我到现在还记得，在那段等待是否入选的日子里，内心的那种挥之不去的焦虑感让人是何等的难耐。

这个过程中，我自己对能够成行的第六感比较强烈，这当中好友马秀伟提供了很多帮助。所以，在此期间，我一直在做着能够援藏的一些前期准备工作。一是对在佛山市三水区西南街道的五年工作生活做了一个梳理，将自己的工作心得体会整理成册并打印存档，这是我多年养成的习惯。二是将办公室整理出来，将自己的一些私人物品包括书籍等打包带回家，电脑资料则拷贝存档。三是办理一些家事。工作上的事也是一件也没有松懈，尤其是当时正在推进的西南治安联防大队运作机制综合改革和通过媒体提前引导社会舆论等工作，关系到1200多人的运转，尤其是西南街道的治安防控大局，涉及面广，牵扯面大，需要把握的政策性强，花了我很大的精力；几个大的不稳定因素处置等也都是有条不紊地推进。

等待结果的日子非常折磨人，想去，感觉有机会，可就是没有上级宣布的结果。有一个晚上，妻子小红说，真能去，为我高兴；如果去不了，为她自己高兴。这或许是她最真实的心愿。一个女人，在丈夫出差的日子里，尤其是一去三年，要承担全部的家庭责任，这不仅仅是工作量的问题，更多的是心理压力。

事实证明，打有准备的仗是何等的重要。从接到通知到正式出发，只有短短的几天时间，所以，我之前的所有准备就显得非常及时。

就这样，在经历了漫长的等待之后，我的梦终于如愿以偿。我欣喜地打点行装，准备奔赴西藏！

进藏、迎送和到墨脱的安顿

入选之后，一切都在有条不紊中推进。

进藏之前，广东省委组织部组织全省的援藏队员在广州举行了一个为期两天的培训班，基本内容包括民族和宗教政策、高原身体保健和相关注意事项等。省队领队和几个市的带队组长则在参加时任省委书记胡春华的接见后提前飞往拉萨，参加西藏自治区举行的培训班。前往培训的那天，妻子小红开车带着女儿欣文（儿子凯文跟随我母亲回湖南过暑假了）把我送到佛山迎宾馆与其他队员会合，然后我和队员们再统一乘车前往广州培训。到那时我才知道，八个队员，其中雷震的第二个小孩出生才三天，李展健的爱人年底将生育第二个孩子，都是家庭最为忙碌的时候，这是何等的情怀才让这些人离开家庭远赴边疆！

到达广州培训基地报名入住，其实援藏工作就算是正式开始了。培训完临出发的前一个晚上，妻子带着女儿又到了我入住的宾馆，依依不舍。她什么也没说，但我心里清楚，接下来这三年她会多么地不容易。我记得，女儿欣文用酒店的便签条写了一封小信，至今仍放在我的钱包里揣着："爸爸，您是我们的骄傲，我会向您学习的，我爱您！祝您一切顺利平安。"落款是女儿喻欣文，时间是2016年7月15日。我当然知道这是她妈妈教她写的。在人生的一些关口，亲人永远是我们最温暖的港湾。那一刻，我的心里涌现出无限的感慨，居然升腾起一丝壮烈的感觉，心里默默地念着一句话：此去墨脱，生死未知，前程更未知；且坚定，远赴边疆，为国添光彩；待从头，务实为民，多做利民事。

当晚，省委组织部安排我们十几个人提前把所有行李送到机场打包，跟机场衔接先行安检，只待明早送上飞机。

7月16日清晨，我们登上了六点的飞机。经过三个多小时的飞行，当俯瞰脚下发现林芝的山岚时，我明白一段新的人生历程就要开始了。

一下飞机，接待我们的领导热情地献上洁白的哈达，中巴车一字排开，所有队员按照接待手册上的顺序坐上相应的车辆，直接进入博泰林芝酒店，行李也直接送到了房间，我则跟邓宏照入住同一间房。七月的林芝，没有炎热，整整几天都下着淅淅沥沥的小雨，相比广东，天气凉爽得很。迎新和送别的工作在接下来的几天里有序地进行，都是官方程序式的安排，很热情也很周到。送别第七批的会议，迎接第八批的会议相继召开。洁白的哈达、热情的拥抱、依依不舍的泪水，夹杂在鞭炮声中和送行的队伍里，让林芝这座城市充满爱和温暖。三年一批的援藏，足以让很多人沉淀起浓浓的深情！对于我们这些新来的朋友而言，一切还需要慢慢去适应和熟悉。所以，这一刻我们还难以了解即将离开的第七批援藏队员们的那种不舍离开又期盼回家的双重心理。或许，三年之后我们才会懂得。

其间，我们佛山进墨的八位同志利用第七批暂未离开的缝隙，抓紧时间与他们展开对接，试图提前了解一切可以获悉的关于林芝、关于墨脱、关于援藏的任何信息。说是上一批，实际上只是与佛山的四个人交接，因为上一批墨脱工作组是由广东省佛山、中山两地与省工商局三个单位派员组成，后两者没有参加对接。但佛山大家庭的一家亲，让我们的交流很快深入。李灿书记的大哥风范，知无不言、言无不尽；钟俊纪、卢俊光、麦振华的兄弟情谊，尽己所能为我解答疑惑。其间，既有工作的坦诚对接，也有为我们接风的小聚。到达后的第一餐饭是跟曾经在佛山市政法委挂职的李建军先生吃的，来之前王凯曾给我说起过，没想到谢书记跟李建军先生也认识。晚上则是官方接待的工作餐。第二晚是佛山第七批的四个人和我们第八批全体队员聚餐的日子，正好是我的生日，于是在聚餐之后，李灿书记留下少数成员继续为我庆祝生日。

其他几个工作组的队员在送七迎八之后，陆续前往各自对口支援的县区，我们则先到鲁朗管委会考察了一次。就在这一次，我才慢慢开始认识高原——因为穿的衣服不够，经过色季拉山口海拔4720米处时，冷得瑟瑟发抖。在鲁朗管委会时也有3700米，考察时一直有些冷，很担心会感冒，好在没事。后来听说工布江达县的几个援藏队员因为一下子去到那么高的海拔住下，身体适应不了，只能返回林芝市区再过渡一下。当时我心想，对于高原还有西藏，或许我们还有很多的东西是没有预料到的，当时的一腔热血，实在是缺乏对高原的认知。后来在近一年的时间里，几次听到援友出现意外倒在岗位上，都十分难过。来之前，对这片神奇的土地，我们还是缺少足够的敬畏和了解。

墨脱情况有点特殊，时任县委书记升职后还未辞任，新拟任的县委书记也未接任。后来墨脱县委常务副书记旺东和县委常委、组织部长赵敬与我们一起进墨脱。当天一早六点多吃了碗兰州拉面就从林芝的墨脱办事处出发，紧赶着希望在下午下班前赶到县城举行欢迎仪式。进墨脱的那条路，可真叫“路”。来之前心里设想过很多遍它会有多么的烂，可直到走在路上了才感觉到是如何的不易，这个全国最后一个通公路的县真是名副其实！车子摇晃着快速行进，时而遇到因修路造成的堵塞，时而遇到垮塌一大块路基的路面。在无数个急拐弯和坑坑洼洼之后，又不知经过了多少个悬崖之侧，见过多少个新鲜泥石流痕迹，经历了十来个小时的颠簸之后，我们终于在下午六点前到达了墨脱县城。

当过了西莫桥不久到巴米点位置时，司机告诉我们前面就是墨脱县城了，我的心里突然涌现出一丝激动。一路上虽然峡谷林立，不时有危险，但眼前的这座小县城非常宁静和祥和，规整的房子生机勃勃，家家房屋顶上所插的国旗很是让人肃然起敬，升腾起一股由衷的自豪感——这便是接下来三年我们的新家了！

敬献哈达，热情地握手，在一个简单而隆重的欢迎仪式之后，我知道，已经真的到了墨脱！夜晚临近，我们在工作人员的引导下赶紧找到自己的宿舍，安顿行装。住的地方是在县政府大院最后面的一排援藏宿舍里，两位正副组长是一人一个一房一厅的小套间，我们则是一个单间，但里面各隔开有一个三四平方米的厕所和洗衣间。七月的墨脱正是雨季，虽然上一批队员刚走，但由于连续的下雨天致使前面的院子里草高过尺，房间里仍然满是潮湿。县里细心地为我们准备了床上用品及其他一些日常用品，很是周到。可惜的是，上一批队员中的三水电视台的潘浩霖说好留给我的干衣机等一应物品早已不知去向了。我的单间里，一台电视机、一台洗衣机、一个空调加一张桌子和椅子，简单而实用。第二天，县里举行了干部见面会，林芝市委组织部老干局一位副局长送我们到墨脱，县里几套班子相应出席，组长谢国高做了即席讲话，讲话内容很到位，也很有高度。会议之后，由县委组织部领导分别带各人到所任职的单位去报到。两天后，组织部的南效鹏副部长送我来到了离县政府步行约十分钟距离的墨脱镇，大门口的电子屏幕上打着醒目的欢迎我到镇里工作的字幕。简单的寒暄之后，镇里召开欢迎大会。于是，我到了接下来这个三年的新家——墨脱镇！

□工作组进驻墨脱后，八名队员在县政府大门前合影

下乡调研的艰难

没有调查就没有发言权。初到一个地方工作，调查研究是做好一切工作的前提和基础，是了解情况、研究问题、形成决策的重要工作方法，也是领导和干部的基本功。

在墨脱援藏，下乡调研是一个相对艰难的硬任务。因为不少乡和村没有通公路，路途遥远，要靠步行，且不少路段较为艰险，让这个任务的完成具有很大的挑战性，不少本地干部即使在墨脱工作多年也未必全部走过这些路。但是，不管困难有多大，国高书记决定在第一年元旦回去休假之前完成对全县八个乡镇四十六个村的调研慰问。因为墨脱交通条件有限，刚进墨脱时又正值雨季，所以县里是不提倡下乡的；我们刚开始时是到县直部门调研，下乡则选择县城附近的“乡、镇、村”，确保安全无虞。

集中走完未去过的村，是在春节前安排的。2016年12月14日至20日，工作组前往加热萨和甘登方向下乡，对两个乡九个村开展调研慰问，历时七天；回到县城休整三天后的12月24日至27日，又前往背崩乡调研，为期四天。其间，我们背上行囊，徒步远涉，爬过山、攀过崖、涉过水、临过险，在交通极为不便的乡村蜿蜒前行，汗水湿透衣背，尘土沾染全身，雨水淋过头顶，烈日也曾暴晒，同时生活上亦非常不便。凭着一股子坚忍和韧劲，八个队员互相鼓励，发扬革命乐观主义精神，在之前走过通路乡村的基础上，硬是将八个乡镇的四十六个村全部走遍了。据县里的干部说，我们是历批进墨的援藏工作队中第一批在当年走完八个乡镇四十六个村的，是第一批以团队而不是个人走完八个乡镇四十六个村的，是第二批在三年任期内走完八个乡镇四十六个村的。事实上，到2018年底，我们在第三次走遍上三乡之后，全县八个乡镇的四十六个村的三次全覆盖也随之完成，“睡遍墨脱”的计划也推进得非常扎实。这不得不说是一个壮举，对于援藏工作是壮举，对于墨脱也是壮举。

之所以难，我觉得有三个方面的原因：

一是路远且险。去最远的甘登乡多卡村，一个单程要三天（县城开车三个半小时先到帮辛乡，又开车半个小时到加热萨乡久当卡村，然后步行两个小时到加热萨乡政府，再步行两个小时到龙利村，接着步行三个小时到甘登乡政府，最后还需步行四个小时方能抵达多卡村，其间必须根据时间及时投宿，夜宿乡间农户家中）。这里所说的步行，不是我们在广东走的绿道或者平时散步的平整马路，而是真正的崎岖山路。去帮辛的公路经常滚落山石，加热萨的几个村都在山上，一爬两三个小时很是辛苦；去甘登乡的路，很多个地方都在悬崖边上。一侧，是靠着山体，山石嶙峋；另一侧，就是千米悬崖，几百米深的溪涧。很多的路，都是骡马踩过的马行道，石头和尘粉掺在一起。走过去，膝盖以下全是泥灰。去达昂的山路，极为凶险，一不留神就可能成为援藏英雄。

二是生活甚为不便。一路上，只能在农家乐投宿或者住在村民家里，一般是一间房几个人睡，厕所是原始的茅房，在山边建个木头房子遮雨，上铺两块木板，下面就是粪便一堆，苍蝇蚊子到处飞。上厕所就是站在木板上，直接给大自然施肥了。洗澡是一件极其奢侈的事，几次我们都是站在空旷的地方，弄点热水随便冲一下，很多时候则是根本没法洗澡。墨脱的12月有点凉，但不是雨季而基本是太阳天，身上穿着厚厚的衣服走远路，爬山一身汗，穿林一阵凉。第二天继续赶路，又没法洗衣服和袜子，浑身都是汗馊味。有时候下雨，淅淅沥沥，温度很低，又是另外的感受。

三是与世隔绝。在几个乡里下乡，尤其是加热萨和甘登乡，手机基本没有信号，电话找地方勉强打，Wi-Fi压根就没有。荒郊野岭的与外界的联系基本断绝，不知外面今夕何夕。在墨脱下乡，一是靠毅力，二是靠信念，三是靠永不言弃的精神。

为了真实地反映下乡调研期间身体上、心理上以及情绪上的情况，我将2016年第一次下乡几天的日记找出来，不加任何修改地记载如下，以让读者有一个较为直观的感受。

12月14日 下乡第一天

上三乡，是墨脱很多人眼中的艰难之地，因为它至今不通公路，每到一处都需要用脚去丈量，只有用足够的精力，才能去触摸它的肌肤，嗅出它的味道，寻找它的芳容。12月中旬，雨季已过了，在墨脱正好是去上三乡下乡调研的时候。为了在月底之前走完全部乡村，今天全队下乡，前往加热萨和甘登两个乡。天堑巨壑，挡不住工作队员的激情；山长水远，冲不散队员的勃勃兴致。天高云淡，阳光很是温暖，正是墨脱非常适宜户外活动的季节。大家兴致很高，八点准时带着行装从援藏队饭堂出发。

因为市发改委卢书记一行四人早上出墨脱去林芝，于是我们陪他们在水电宾馆吃了早餐后一起出发，顺便送一程。过了达果大桥，他们由索朗开车前往林芝去乘坐明天的飞机；我们则继续赶往帮辛乡。来到岗玉村，大概十二点半了，我们开始派发大米，一百多人，每人五十斤，这是上次到帮辛乡岗玉村调研时他们提出的请求——村民过冬的粮食不够——这次工作队特意购买了大米，在经过时进行发放。八个队员每人发了一包之后，一行人在周大明乡长的陪同下前往村子里吃午饭。跟上次一样，用墨脱石锅炖的佛手瓜土鸡，再加一个青菜炒鸡杂，味道还是很浓郁的，很香。尤其是最后上了一个芋头，应该是本地产的，个大鲜香，非常美味。

从岗玉村吃完饭走了半个小时左右到通车的路段，队伍继续上车前行。我有午睡的习惯，在车上摇晃着入睡，醒来时已经到了加热萨乡的久当卡村。加热萨乡的张岗乡长和加热萨村的村民在村口等候，我们提前请乡里雇的两个背夫将这次行程中所带的重的物资（包括准备送给两个乡里学校孩子们的校服和文具等）

放在五匹骡子上，每人则背上各自的行李，然后到村委会召开座谈会，并到两户贫困户家庭慰问。没有想到的是，这里的村又安排了饭，盛情难却，只好又象征性地吃了一点。饭钱当然还是照样要给的。

吃完赶路，背上行装前行。所有的下乡中，这次是最具挑战性的，安排了七天时间。但今天是第一天，大家都还很精神，有说有笑地往前走。谢书记对花花草草和景点感兴趣，时不时地拍照。原本行程中安排步行两个小时，实际走了两个半小时左右。到乡政府之前，有乡里来迎接的干部献上洁白的哈达，准备了矿泉水。到达乡政府，几个村的村干部都在，他们在准备参加县里组织的扫盲考试，一并迎接我们。原本安排还要到学校和卫生院慰问并召开乡干部座谈会，因为时间已是晚上八点，就推迟改天再开。

在乡里的农家乐住下，像上次住在帮辛乡一样，不是很方便！一个茅坑臭烘烘，洗澡的地方要走开两百来米远。宏照一早拉着我跟展健安顿在一间三人间！振华打呼噜，跟老雷和明建住一间。吃过饭，我在厨房打了热水洗了个脚，然后刷牙和上厕所之后上床休息。谢书记看到这么偏僻的乡里居然还有琅玛厅，叫上几个去看看乡下娱乐场所是什么样子的，我脱了衣服鞋子就没去了。脱衣躺下，已是九点有余，外面已经万籁俱寂。在这个偏远的山区，在这个安静的乡下，我

□墨脱部分村民的房子

静静地待在房间里，享受远离城市、远离尘嚣的宁静。

今天总行程，除了行车四个小时，走路加上慰问贫困户四五个小时，刚刚好。但七天的行程今天才刚刚开始，走路倒是不怕，担心的主要还是洗澡和睡觉的问题。

12月15日 下乡第二天

今天的行程超过原定计划完成，却把时间搞得有些晚。原本预计五点可以在曾求村住下，却到晚上八点才赶回加热萨乡政府旁的农家乐。

早上七点四十分起床，八点半吃早餐，九点出发。一路往上，都是爬山，甚是陡峭，又逢艳阳高照，很有些累。衣服是不断汗湿的，幸好我们让骡子将物资和每个人的背包驮着上山。顺着路我们分别在加热萨村和拉贡村的村委会召开座谈会，并慰问村委会干部和驻村工作队，还对两户贫困户进行了慰问。在拉贡村做完工作刚好是十二点半，也请他们提前准备了午饭。猪脚炖大白菜，还有炖鸡，我比较喜欢！吃完午饭，我提议大家就在吃饭的村支部副书记家里休息一下再出发。

中午两点，休整了一下之后，精神和体力都得到一定程度的恢复，继续出发。下一站原本安排的是曾求村，明天上午才是达昂村；可谢书记看着时间还早，便决定先去达昂村，然后再回到曾求村。大部队于是经过曾求村不停留而直接去达昂村，走了一个多小时后，遇到一个非常艰险的滑坡路段。原有的崖边山路因山体滑坡而使整个山体形成一个1000多米深的几近垂直的滑坡面，走过的地方虽然临时垫了几根木头，却被不断滑落下来的松散小石子又堆积成了一个几近直立的碎石坡面，使脚踩的地方没法踩上稳固的落脚

□从达昂村返回途中经过一个危险路段

点。而踩在松散石子上的脚一旦随着石子滑落或没站稳，人随即会滑下千米之深的悬崖。在这样的地方，说不害怕是假的，一是怕自己一脚不稳成了英雄，二是怕队里哪个队员不慎铸成人亡家破的惨剧。每个人都紧绷着一根弦！当所有人都走过去后，心里的后怕还是让人紧张不已。想着还要走回去，恐惧感一直在心里萦绕，挥之不去！走过去之后，我提示谢书记，下次遇到这种明显有切实危险的地方，还是别去涉险为好，别因一时逞能铸成大错。回程时仍是个个神经紧绷，但好在每个人都安全通过！

有时候人就是这样，只有跨过死亡沟壑，直面悬崖峭壁，征服神秘仙境，山登绝顶时才在心底升腾起勇士般永恒的骄傲。或许，这也是千百年来墨脱吸引无数行者的原因之一吧！

回曾求村座谈慰问完，急急忙忙地在村里吃了晚饭。好像是说睡觉的地方不足，只好往乡里招待所赶，于是大队人马六点五十分开始往山下走。一路下山，基本上是连滚带爬，因为路实在是非常陡峭，不少人经过一整天的跋涉已经有些疲惫。走到晚上八点多，终于回到，下半身都是尘土。我懒得跑老远去黑咕隆咚的洗澡房，打了两瓶开水，就在水龙头边简单冲淋了一下，然后将衣服漂了两下就晾起。

洗刷完毕，肚子却有些饿了。看老板在煮面条，请他帮忙煮一小碗吃下，甚为爽快，觉得好幸福。有时候想想，其实人可以很简单，累的时候，能找个休息的地方没什么任务地睡一觉；饿的时候，能吃个蛋炒饭或者吃上一碗面，就是一件多么幸福的事。

行程三十来公里，今天既累了身体，也惊险害怕了一次。好在安全回到，能住下已经是很好了，几个人一个房间之类的问题，已经不是问题。

12月16日 下乡第三天

由于昨晚赶回了乡里住下，今天的任务提前了半天完成。上午对更帮村进行了慰问之后，也对乡卫生院和派出所进行了慰问。

在乡里跟乡干部和各驻村队长召开座谈会时，我对这个乡的印象还是较为深刻的。第一个印象是条件非常艰苦，基础配套欠缺，生活确实很不容易。前天中午从久当卡村走进来，加上昨天一整天，今天半天，包括明天上午还需要半天才能走到最后一个村，全都是步行路，尤其是昨天下午去达昂村的路那么危险，全乡仅时不时能通电话，微信等其他通信信号均没有，通电也仅两个村，生活条件和工作环境着实是非常艰苦。第二个印象是干部的精神面貌非常好。一路上通过跟几名陪同干部交流，发现驻村干部汇报情况很清晰，态度也很好。这在其他乡的驻村干部中是不多见的，提前做了较为充分的准备。第三个印象是新一届班子工作思路抓得准确，张岗乡长老成持重，将以往造成的干群关系紧张的局面缓和得较好。班子成员多次下乡，几个月时间就走过了几遍，这是非常难得的工作态度。不断走到群众的身边，慢慢就能走进群众的心里。

真正走过了帮辛，走到加热萨，体验了上三乡的两个乡之后，我越来越感觉，我们的援藏工作以及各种帮扶工作还有好多、好远的路要走。接下来，我们还要去甘登和背崩，我再看看这个感觉会不会继续延续下去。

为什么说帮扶的路很长很远？因为缺的东西太多，要补的东西也太多；而群众的需要与我们现在的帮扶投向还是没有对称性的。各地情况不同，群众的需求也不同；我们的时间不多，上级领导对下面情况的了解可能因为时间没这么充裕而没有我们这么深入。所以，政绩观不同的情况下，引导出来的资金投向与项目安排也会大不一样。简单地说，为了求政绩，很多人可能会选择将资源放在路通、交通条件方便、上级容易看得到的地方。这些地方一是推进起来至少有交通基础，费用低很多；二是领导看的时候难以跑到交通不便的山旮旯里去，看得到就意味着容易出成绩。但是，对于很多地处偏远、基础条件较差，民生需求还很迫切的地方来说，政府关怀的雨露也会因此而真的难以盼到。这可能会成为援助者的两难，一是难在投入大见效微，二是难在不投入则没有真正做到扶助最弱的群体。

产业要扶，没有产业哪里会有经济发展？民生要帮，没有民生，投入资金没有首先解决群众的生存生活问题，哪可能得到民心？所以，两者都要做。在此基础上，什么可以作为切入点？看过了这么多村，跟这么多村干部交流之后，我感觉扶贫要扶智。这个智，就是村干部和驻村干部的思路、观念、理念和见识，也就是勤劳致富的思想层面的本领。如果他们只是简单地住在村里，协调一下邻里关系，那就极大地浪费了这些驻村干部的人力资源！但是，如果村干部和驻村干部本身在发展上面既没有本领，又没有思路，更没有进取之心，那就只能坐等贫困了。

还有一个要扶的，就是要更大力度地帮扶致富带头人。帮助一个贫困家庭，可能解决一个家庭的脱贫问题；帮扶一个致富带头人，让他们创造更多的就业机会，就可能带动一大片需要解决就业问题的需要帮扶的人的生计问题。从这个角度去看，我们就是在创造帮扶动力上增加了力量。我们帮致富带头人，他们结合当地实际创造更多的就业机会；比我们简单地去帮扶一户一户更有效果，更有效率，因为我们的力量毕竟有限。

所以，从长远来看，我们的援藏帮扶工作要做到“见人见物”，既要有项目上的推动，创造见得着的东西，留下带不走的物化载体，也要有人的层面理念的更新飞跃，增加勤劳致富的思维和想法以及理念与本领，培育智慧之光以留下带不走的内生动力！只有这样，才能让人类文明成果覆盖更多的乡村，福泽更多的群众。

路虽远，但意义重大。看清了理顺了再出发，方向更明确！

12月17日 下乡第四天

今天是下乡以来走得较为辛苦的一天。除了开会和慰问，全天赶路六个半小时，到甘登乡政府已经是下午五点四十分了。进入下乡的第四天，大家都开始显现出疲惫了。

九点出发，从加热萨乡政府先到龙利村，只步行了两个小时左右，比预想中要快一点。赶到龙利村，村里的妇女主任和一个女村民提着个烧水壶装着黄酒逐个敬酒，按照她们的习俗，是一杯三口（喝一小口就加一次酒，加两次之后将杯子里面的酒一口气喝完）还是一口三杯（一次喝完三杯），每人任选，直把每个人都敬到才罢休，每个人基本上是喝了两杯黄酒的！想跑也没门，平时不怎么喝酒的李书记躲在房间里也被“热情地”找出来了。这酒敬得很是到位。因为乡干部说这个村的妇女主任是七个村中最漂亮的，大家就都善意地开着玩笑。她倒也大方不介意，玩笑照开。敬酒来回折腾了一个小时，会开完了吃饭。我原本还想在龙利村休息一下再出发，大家却担心再被敬酒都嚷着直接开拔。

十二点五十分出发，一路跋涉。高山峡谷，一山绕着一山远；上山下坡，上山之后还有下坡！望着几百米深的悬崖绝壁，好多人的心里直打鼓，我也是恐高，看看崖下的绝壁，真的有些心生胆怯。我在一边走的时候突然意识到，艰险成就了墨脱的秘境，而这秘境只有靠双脚步步走来，只有直面死神，才能进入。也只有一步步地走过，历经千难万苦之后发现的秘境，才更具有男人征服欲望下的激昂和豪迈。在此期间，看着这条路伸向远方，没有一点办法，只能一步一步往前走，也就深一脚浅一脚地沿着绝壁往前迈步。大约走了两个多小时，开始逐渐下坡，顿时轻松了起来。四个小时之后，终于看见不远的地方有了村舍，便知道甘登乡政府就快要到了。

来到乡政府，在户外坪里找个能坐的地方坐下，腿股颤颤，甚是疲惫。等到

□工作组下乡徒步中

吃饭，原计划是明天要奔袭九个小时到多卡村跑个来回的，感受了今天的行程之后，大家都心虚了起来，都提议改为明天上午休整半天，下午去多卡，睡在村里，然后第二天再回甘登乡政府。按照这个安排，这次下乡的时间便延长到八天了。

想起这个三百来人的乡镇，我们从墨脱县来到这里需要先坐车四个半小时到久当卡村，然后走两个小时到加热萨乡，再走六个小时到甘登。单纯仅从生活便利的角度出发，是找不出生活在这里的理由的。如果看明天要去的多卡村，还需要继续走四个半小时，那就更加不知道是为什么了。看看上三乡的不少村，每个村的驻地不过是在一两千米的陡峭山上稍微有些缓坡的地方刨开一小块平地，在斜坡的位置支起几根柱子，就这样建个房子，而土地不过是六七十度坡上的梯田罢了，只能种上玉米什么的，土地极为贫瘠。闲聊中，听说他们之所以来到这里生活，是因为当时门巴族和珞巴族争地盘时门巴族的人打赢了，占了下三乡；珞巴族的人输了，只好远远地躲到了偏僻的上三乡。可年代久远，现在还守着高山峡谷的贫瘠地带生存着，基本没有什么农产品产出，进出也极为不便，实在是难以理解。如果不是有更大的层面或战略意义需要考虑，搬迁或许是解决他们的问题的唯一办法。

□墨脱的村庄及玉米地

晚上吃了饭，时间还早得很。我上了个厕所回来，已经坐了一圈人开始喝酒。我喝了两罐啤酒后洗脚刷牙睡觉，但楼下仍然是杯来盏往，不亦乐乎。在这个去县城也需要两天时间的乡里面，没有夜生活，除了喝酒自娱自乐，还能干些啥呢？

这几天睡的农家乐，都是木板钉成的，不能全隔风，更不能隔音。今晚睡觉的地方，正好是坐落在峡谷边，晚上的峡谷乱风在外面刮得呼呼起劲。房间内，我们三个队员各自用手机记录生活。至于明天怎么安排，能走到哪里，还是等明天再说吧……

因为，大家现在的感受只有一个字，那就是“累”，真累！

12月18日 下乡第五天

今天上午在甘登乡甘登村开展了调研，并慰问了两户贫困户和派出所，然后到乡农家乐召开了乡干部座谈会。开完会，已经是十二点多，午饭后休整半个小时后出发赶往多卡村。

多卡村，是甘登乡最里面的一个村，也是全墨脱最偏远的村，离县城一百二十多公里，有几十公里的路必须徒步。领导一般到了甘登乡之后基本不再进来，因为即便是从甘登乡进出这个村，也需要一天时间，进三四个小时，出四五个小时，更不要说从县里来了。

因为中午得到了半小时的休息，我下午赶路很是轻松。但有一个地方在崖边上陡坡，我有些恐高。当赵东台长在上了那个陡坡到达山口告诉我还有差不多一个小时就能到达村里的时候，我便开始加速前行，想着第一个进村。这个村，是我们此次下乡的最远一站，也是整个墨脱最边缘的一个村。一路急行，我跟宏照三个半小时正好赶到村里，大部队到达则迟了一个小时。宏照和我趁着时间早紧赶着洗了个澡。对于几天没法安排洗澡的人来说，那个舒服劲真是没的说。

□赶到多卡村

到达多卡村，看到村干部的时候，我情不自禁地和迎接我跟宏照的驻村干部紧紧拥抱。为了进这个村，我们下了好大的决心，中途还几度犹豫。由于进出的人比较少，对它的认识

□在多卡村看到的加勒比日雪山

少之又少。又因为在地理位置上看，这是雅鲁藏布江流域的核心地带，来到这里让我在心理上有一种强烈的征服感，自认为是全面完成墨脱四十六个村走访完毕的一个标志性事件。

到村支部书记家里安顿下来，我发现周围的环境好得不得了！视野开阔，地势平缓，群山围绕，雅江奔腾，房前屋后是一整片较为平整的地域。不光如此，他家里养的藏香猪、骡子、马匹在门前稍低一两米的院子里怡然转悠，不少鸡则穿梭中间觅食，好一派田园山水景象。不远处，雅鲁藏布江奔腾着绕前而过，加勒比日雪山兀立眼前，是上三乡乃至墨脱县难得的有地有视野的地方。因为房间有限，我安排两位书记加上我跟宏照和老雷五个不打呼噜的人住在一起，加热萨乡的张岗乡长、赵东台长、振华三个打呼噜的人，加上受得了呼噜声的老赖四个人住在一起。

吃了晚饭，召开村干部座谈会，然后大家各自拿着手机忙自己的。走到屋外，深邃的夜空里繁星满天，不远处黝黑的群山在星星的光亮下显出它们的轮廓。我从未如此清晰地看见过这么多的星星，在这个静谧的遥远乡村里，它们是那么的随心随性，闪烁自如。我真想一整晚躺卧在天地之间，看点点繁星，听江风虫鸣，守宁静之夜，思历史尘封……

突然想起下午跟双联户户长交谈时，我问他可曾想过搬离这个偏远的地方。他回答说，如果有更好一点的地方，也是可以考虑的。在我看来，从交通便利的角度上看，还有什么地方不比这里更好呢？或许，当年他们的祖父辈来到这里之后，就一直在等待有一天能够走出去，只是这一等就等了半个多世纪；那深情的一望，望到了新的一个千年又已过了十几个春秋！

12月19日 下乡第六天

从今天起，我们是距离县城越来越近了。因为多卡是这次下乡的最后一站，沿多卡往回走，自然就是离家越来越近了。一路猛赶，原来预计四五个小时的行程，我跟李书记三个半小时就回到了甘登乡政府驻地。到农家乐之后，也不管会不会有人看见，我跟李书记两个人都在农家乐户外的门口洗了个澡，打两瓶开水，站在水龙头边舒舒服服地冲洗了一遍，那叫一个爽！

午饭后想休息一下，无奈农家乐是木质结构，上下楼层和隔壁房间之间都不隔音，任何一个地方说话都会传到每一个房间。正是中午时分，楼下的人聊得正欢，搅得人没法入眠。可躺在床上，连续下乡几天之后又逢急行军几个小时，身体确实还是感觉酸痛不已。

下午到甘登乡中心小学送去校服和文具，举行了一个小型的捐赠仪式。原本只是一个程序，可走到学校看见孩子们的时候，陡然涌出很浓烈的感触。这个学校，五个老师，十五个学生，分为学前班

□甘登乡小学的孩子们

和二年级，是这里最边远的一个学校了。当孩子们排好队，领取我们带过去的礼物的那一刹那，我看到孩子们那清澈的眼神，就好像看到了自己女儿一样。我女儿今年正好也是八岁多，正上三年级，跟这里的学生差不多。参加援藏之前，我女儿天天跟我们在一起，而这些孩子从学前班开始就要离开父母，在这个背井离乡的地方独立生活和学习。这么冷的天，这么小的孩子没有父母的照顾和陪伴，他们或许锻炼了独立自主能力，但会不会感觉到孤独和无助？突然间，我的心底生起了怜悯。所以，我细细地把整个校园走了一圈，看看孩子们和老师们吃的东西有没有营养，住的地方暖不暖和，生活的环境到底怎么样。

经过这几天的下乡，我强烈地意识到，要让这里的群众脱离贫穷，最直接的办法还是走出去，而走出去最现实的途径是通过学习获得到外面生存和发展的能力。虽然这个愿望可能仍然需要几代人的努力，但这应该是最实在最可行的办法。因此，一个孩子，其实就是一个家庭的希望。甘登乡的希望，很多都寄托在这些孩子的身上。这里的十五个孩子，也就承载着他们所在家庭甚至整个乡的希望！

离开学校的时候，我看到五星红旗在面积不大的操场上空飘扬，那一刹那，心里涌起无数感动！临别时，我悄悄地问校长，晚上如果没有安排，可否到学校跟几个老师聊一聊？得到肯定的答复之后，我决定晚饭后再去学校一趟。

我跟振华晚饭后来到学校，有两个老师没在。跟校长和另外两个今年九月份进来的年轻老师齐齐坐下，相视一笑——都不是本地人，却走到了这个最偏远的乡村——这一笑，是心里其实有共鸣的心灵交流，是心里拥有善良和付出精神的援助人的共勉。林老师和次仁老师来到这里三个月，从不适应到适应，从不敢告诉家里这里的生活与工作实情到立志通过自己的努力给家里一个坚实的依靠，两个年轻人的眼里充满了坚毅和刚强，既有通过自身工作改变孩子们命运的心愿，也有通过自身努力不断超越现有自己的斗志。没有浮夸的表达，唯有和孩子们一样清澈的眼神。

我向他们建议，能来到这里的人，都是有奉献精神和爱心的人，既然来了，有三个方面不妨考虑：一是既要当好孩子们值得信赖的老师，也要成为出门在外学习的孩子们的“父母”，身体力行地引导孩子们诚实、善良、上进、懂规矩、有礼貌。二是他们在这里可能缺物质生活，缺灯红酒绿，缺信息资讯，但唯独不缺时间，只要让自己心静下来，好好地利用人生这段难得的时间来学习和沉淀，打好自己下一步进步的基础，夯实自己下一步发展的专业，人生会有无限的可能性。三是既要给孩子们点一盏灯，也要为自己找到方向。不断努力，积极上进，与社会不脱节，成就自己的下一段人生。振华在教学专业上跟他们交流了不少，我也很受启发。他们会怎么看我们呢？我相信心灵的沟通不需要做作和虚假。

在墨脱最偏远的地方，在这个宁静的夜晚，留下了难忘的交流。在我心里，这是这次下乡的宝贵收获。对于这个社会来说，还有好多好多需要被帮上一把的人和地方，关键是我们要找准方向和着力点，有时候一个来自内心即使是简单的真心鼓励也是一生难以忘怀的灯塔，可以指引着人向前，不是吗？

12月20日 下乡第七天

从甘登乡一路走来，到龙利十二点半；午饭后赶往加热萨乡，四点到达；看到因修路几台挖土机搅起的漫天黄沙，谢书记决定连夜赶回县城，于是再急行军两个半小时，六点二十赶到了久当卡村。等到接我们的汽车之后，两骑绝尘，狂奔四个小时于晚上十点多回到了县城。一天里，我们徒步行走了三十多公里。

终于完成了这次七天时间的下乡任务，也终于可以结束没有信号的日子了。

这七天，自从踏进加热萨乡的地界，就基本上没有了网络信号，只能接打电话，却不能了解外面发生了什么。也好，被人隔离的一个星期，远离城市，远离喧嚣，远离现代文明，守着没有吵闹的

□墨脱上三乡的一段山路

安静，度过每一天。

这七天，我们每天都在路上奔走，或者爬上陡峭的山坡，或者冲下灰尘滚滚的下坡，或者侧望崖下谷深千米心生恐惧，或者小心翼翼地挪过泥石流冲出的数百丈垂直坡面。我们一直在路上，从未停止往前的脚步。累了，驻足休息片刻；渴了，喝一口山间溪水；白天，在路上奔走；晚间，在农家和衣而睡。

这七天，脚下的路一直伸向前方，没有尽头，只有一个接一个的目的地。走到一个村，我们便亲吻它的每一寸土地；离开一户人家，我们依依不舍。送去的是问候和祝福，留下的是情谊和温暖！

这七天，骡马帮我们背着物资一路前行，一队队的骡马也不断穿梭在那条蜿蜒曲折的山路上。人与骡马，在这个现代文明还不够发达的地方，成为一道优雅的风景。身上的衣服，干了湿，湿了干，受困于难找洗澡的地方，盐渍布满衣襟，灰尘沾满裤腿。

这七天，只有远方，没有尽头；只有向前，没有退缩。路往前，就如人生的奋斗之旅，一直延伸……

12月24日 下乡第八天

从加热萨乡和甘登乡回来，休整了三天，今天开始继续赶往背崩乡。上午从县里出发，坐了快两个小时的车便到了这次下乡的第一个村——背崩乡地东村。

走了一圈，让人非常佩服的是村里的支部书记高荣！村里因为偏远没有医疗设备，2006年泥石流灾害后政府给每户补贴5万元建房子，他用补给自己的钱建了村里的第一个卫生室，还到原来当兵的部队要来了不少药品。因为他经历过将病人送医时病死在路上的事情，村里又没医生，他自己专门去学了几个月，然后回到村里既当书记，又兼卫生员。村里贫困户家里的孩子读大学没有钱，他出一部分钱；村民家里病人没钱治病，他也会出一部分钱；困难户没有房子住，他将自己的房子借给他并安排地方让他养鸡养鸭。以前村里没电视信号，他硬是到自治区找部门要来了设备，然后组织村民肩扛背驮地拉进了村子里，架起了高架接收塔，让村民看上了电视。村里没有篮球场，他左右化缘；没有招待所，他前后奔走，找建筑施工队东家要点材料，西家要点材料，终于建成了村内的室内篮球场和舒适的农家乐……

□与背崩乡西让村热情的小朋友在一起

看到他，这个在部队当过兵的憨厚的壮汉，让人感动和感觉到温暖。他带着我们从村里经过时，路过的小孩大声地叫着他爷爷。这是多么温馨的场景，又是多么让人难忘的一幕！因为用心付出，所以得到尊重，这便是一个基层支部书记的魅力。

中午饭后前往西让村，因为之前去过一次，所以我相对熟悉。原本来回步行安排是六个小时，我们走得很快，居然四个半小时就搞定了！又遇上上次见到的几个小孩，很是可爱。让他们敬个礼，愉快照做，让人感觉到这个村子虽然偏僻，但从不缺灵气和精神。

七点十分，正好在天完全黑下来之前下了山，坐了20分钟车回到地东村，然后吃晚饭。住在村里的书记带着村民化缘建设的农家乐，居然可以洗澡上厕所，这在墨脱这个还较为闭塞的地方还是很超前的。难得！

有时候，一个地方，一个好的领头人作用真的非常大！我也萌发过回老家当一回村支部书记的念头，希望用自己在珠三角地区的工作经历为乡下的发展贡献自己的力量。我其实更期待，有越来越多的能人到一线需要的地方，给乡亲们造福，让越来越多的村民过上更加幸福的生活，建设更加美丽的农村和环境！农村的稳定和发展，乡村的振兴，需要非常多有能力的人去用心耕耘！

12月25日 下乡第九天

昨天晚上睡在床上，感觉窗外下起了淅淅沥沥的小雨，寻思着下雨会麻烦很多。虽然我们穿的都是冲锋衣，但毕竟不能长久地淋在雨里，并且下雨的话山路也会不好走。今早起床一看，原来只是小雨，时大时小，并不影响走路，于是继续赶路。上午的行程是到江新村，循例调研慰问完，本想看看他们所说的魔鬼辣椒，可是没有见着，但下山时看到一大片树龄较大的橘子树上结满了橘子，甚为可喜！中午赶到背崩乡政府附近，午饭后休息了一下。下午则在乡政府附近的学校、卫生院和派出所开展慰问，之后到乡里与乡干部座谈。其实今天是周末，这休息天的把人折腾出来，实在是我们的安排不尽如人意。

进入第九天，自己感觉心绪上起了变化。或许是因为下雨，又或许是因为今天没有走远路，更或许因为离回家的时间越来越近了，心绪有些飘忽。援藏工作，以往这个时候是可以考虑回去了的，省队的人已经分批离开，各县区的同志也是离多留少了。我们为了在年前走遍46个村，还在坚守着，而家里有事的几个人——宏照、展健和振华也于昨天坐飞机提前飞走了，留下我和明建、老雷陪着谢书记还在背崩下乡慰问。

这半年，佛山援藏队比其他任何工作队都安排得更为忙碌，部门调研、项目铺排、巩固后方、组织党政代表团和表演方阵参加佛山“秋色巡游”，各乡镇46个村委会（含学校、卫生院、派出所、驻寺工作队）调研，接待各方前来视察和联系的领导与朋友……基本上是没有周末，没有白天黑夜地在干着。即算到年末，也留得比其他地方迟不少。按规定，墨脱是三类地区，在12月20号左右就可以离开了。正因为如此，思乡之情才会愈加浓厚和心切。

今晚住在背崩乡一个农家乐。说是农家乐，其实只是个板房而已，小小的房间每间两个人住，厕所和洗澡的地方隔得老远，隔壁的呼噜声沿着不隔音的泡沫板传过来；外面的雨打在楼顶隔板上，房间内我与电视台的索次各顾各的。听着雨声，我开始想念远方的家人——我的父母，我的女儿和儿子，还有那么多的亲人和朋友……

今天是圣诞节，网上在吵着这个节日是圆明园被烧的洋鬼子庆祝日，中国人不应该跟着乐。在这个乡下的小地方，没有丝毫的圣诞气氛，也没有什么文化的影子，只有黑的夜，雨的滴答声，还有远方的家……

12月26日 下乡第十天

昨天晚上下了整整一个晚上的雨，好像是一直没有停过一样，雨点打在板房的屋顶上噼里啪啦地响个不停。在墨脱，好像已经有两个多月没怎么下雨了。听人讲，这时候下雨就是封山雨了，意味着我们这里下雨，嘎隆拉山那个地方就开始下雪了，再不出去就要大雪封山了。当然，现在嘎隆拉山打通了隧道，自然不用再担心被困的问题。今天早上，我躺在床上很是纠结，不想起床，一身酸痛，不想去下乡了。经过十来天的长途跋涉，身体很疲惫，加上下雨，想着这下雨天如何去攀爬走路。可是，纠结归纠结，还是要整理行装，一起出发。

八点钟吃早餐，八点半出发，在西藏的冬天这还是算早的。行车半个小时之后便因修路堵上了，不得不停车走路。没想到下车走路时雨小了很多，不至于影响徒步。一直沿着陡坡往上走，爬了足足一个小时到达波东村。我来到村口的白塔边，停下脚步才发现，因为山陡又爬得急，里面的内衣和毛线衣背上都已经湿了，一停下来就凉飕飕的！赶到村委会准备开会的时候，我看到外面露出了一点太阳，赶紧把里面的两件衣服晾在屋檐下的晾衣线上。可不料一会就开始起雾了，只得在去贫困户家慰问之前急急忙忙地请一个村委会干部帮我把衣服拿到伙房里去烤一下，因为进村委会时我看见伙房里在煮东西，估计没有问题。

终于在出发前往下一个村阿苍村时衣服干了，我对帮我烤衣服的两个姑娘连声道谢，说是她们给了我温暖，确实如此。如果穿着湿衣服走路，在这个阴雨天里实在是难受。波东到阿苍步行一个小时，阿苍到下一站巴登步行了两个小时。阿苍村结束后我们选择了直接下山，直冲一个小时回到行车路上搭车回乡里，全天步行赶路五个多小时。

这一路走来，其实已经没法顾及形象了。去加热萨和甘登时是全身灰尘，裤子上膝盖往下基本上都是厚厚的尘土；今天是满脚的泥巴，鞋子上到处是泥，路上实在没法选地方下脚。住的地方经常没办法洗澡，第二天继续出发则让洗衣服也变成奢望，爬着山长途跋涉时不时一身汗却不能痛快地洗个澡，上厕所也是将就着蹲农村里才有的旧式茅坑，小便自然是看着如何方便如何弄。住的房间往往是三几人一间，除了拖鞋其他啥也没有，乡下的条件有地方睡就是不错了。活脱脱的援藏队搞得还真有些狼狈不堪。

好在明天是这一轮下乡调研慰问的最后一天，只有两个村了，还都是通车的村，估计问题不大，半天可以搞完。虽然我的体力和战斗力在队里算是较强的，但身体的疲惫和心里的负荷还是已经超出了预期。过程是辛苦的，但完成这一轮下乡任务之后的成就感也是让人极为欣慰和骄傲的。痛并快乐着，享受着浴火重生的快感，这是用身体和汗水拼搏回来的快意人生！

因为停电，外面的发电机还在轰鸣着，今晚继续在板房里睡，可隔壁的鼾声今天还没有响起。打开门上厕所，发现雨又下了起来……

迎来送往

有朋自远方来，不亦乐乎。援藏工作的一个显著特点是经常要迎接各种各样的来宾。

三年内，有前来视察援藏或检查工作的各级领导，有前来对接援藏工作并开展对口帮扶的相关部门，有前来提供支持捐资赠物的爱心人士，也有来旅游观光的朋友。来的都是客。对于远离家乡、远离亲人的我们，看到自己单位的领导和家乡的朋友前来，会自然而然地涌出一股子亲切感。所以，每一拨客人来，我们都会认真对待，尽量做好迎接并提供咨询。日常生活中，我们一方面紧锣密鼓地推进援建任务，另一方面认真做好所在单位的分管工作，同时加强与县里相关部门的衔接；在此之外，耐心细致地做好接待和陪同工作。

由于进出墨脱面临道路、天气等诸多不确定因素，只要是市一级以上的领导前来视察，工作组主要领导一般都会前往迎接，然后一路陪同进墨脱，提前安排好考察行程。接待工作中，有三方面的准备必不可少。

一是工作上的迎检。援建项目推进情况、援建资金使用情况、援受关系相处情况、队伍管理情况等等，这些是常规要汇报的。工作上的任务推进尤其是援建项目的推进速度，是检验援建效果的重要指标。因此，国高书记平时组织大家在工作上是夜以继日地拼命推进，这是各种迎检的前提条件。国家发改委援藏项目检查组就曾表示：“佛山援建墨脱的项目是最贴近民生、建设速度最快、最能反映支援地水平和西藏民族特色的项目。”

二是安排上的细致。车辆、吃住、行程、陪同人员、设计看什么点等，都是需要提前考虑的环节；座谈会场安排、仪式准备、相应材料、联系媒体等工作也要提前沟通；还有路况、天气、交通拥堵状况等，更是需要提前了解的情况。因为墨脱的特殊气候和交通条件，这项工作往往有诸多限制，需要做细之又细的前期工作。刚到林芝时，色季拉山至鲁朗修路；后来进波密县城前一个小时左右的路程也是修路；到2017年下半年扎木公路拓宽，修路一直延续到我们这一批离开墨脱。扎墨公路原本很多地方是单行道，一遇修路就涉及封路，且因爆破等因素未必能准确按照公告的既定时间放行；其间大货车在一些胳膊拐弯道上行驶时还容易堵车致整个道路堵塞。而林芝进墨脱顺利也需要十个小时左右，中间稍有不顺利，就必须在中途住一个晚上，整个行程可能就要全部更改。2017年3月到4月，因嘎隆拉山上一直下雪且发生几次雪崩，道路一度中断半个多月，影响通行一月有余。先是全部中断，半个月后单边半天放行（单号进双号出，为防雪崩只限太阳不烈的上午十二点前放行），进出墨脱十分不便。每年的4至9月，是墨脱的雨季，下雨是连绵不断，且夜以继日，月与月连，基本上是一个月当中仅几天晴，很多时候还是白天晴一会晚上又接着下。连续下雨引发的泥石流、塌方、滚石危险是相当多的，冷不丁就是几块甚至很多块石头从山上滚下，我们几个队

□车辆行驶在嘎隆拉隧道墨脱一侧铲除积雪的通道里

员都曾遇到过滚石砸下来，幸亏没有被砸中；往往昨天出来还好好的，今天进去就看到新的泥石流痕迹，让人惊讶不已。2017年8月广东省政府办公厅的一行人离开墨脱时，玛迪村的一段路基直接垮塌了，只好绕行雅鲁藏布江对岸的德兴乡才出去。之前听说王玲副市长有一次来了墨脱，因桥垮了出不了林芝，绕行西藏昌都、云南香格里拉，走了三天半才在香格里拉坐飞机离开，一路上到处塌方，飞石不断，十分危险。进县城的路况尚且如此，去其他乡镇的路就更加难以保障了。所以，协调统筹安排工作非常考验人的智慧和应变能力，需要提前准备多套预案。

三是来高原的提醒。进入西藏，高原反应、风土人情和民族习惯也是要切实注意的，有一些禁忌要提前善意提醒。

每个队员所在单位或者队员所在的区有团队来，基本上相应队员都会主动陪一下。如果接送都安排的话，来回墨脱就需要四次（迎接须先从墨脱走一天到林芝，接到客人后进墨脱又需要一天，送则加一个来回），就是四天，实在是一个比较浩大的工程，耗时费力。佛山市政府出台《佛山市全面对口支援墨脱县乡镇结对方案》之后，市直相关单位和各区（包括对口支援的八个镇街）相继赶来墨脱开展对口帮扶。这种带有官方身份的考察工作团，一般由一个队员全程陪同，其他队员分分合合参与部分活动。

事实上，来墨脱的，不只有官方团队，还有很多其他团队。一方面，是抱着爱心来墨脱捐赠的，有的亲自前来看看，举行捐赠仪式；有的直接将爱心物资物流到林芝，我们再运进来予以发放。这样的人群较多，三水区工商联、湖南师范大学“2000政二”励志奖学金基金会等，这些我自己联系的团队就几次来墨脱。另一方面，是来旅游的朋友，广东的客人得知佛山有援藏队在，看到墨脱的不容易，也会前来表达关心与问候。同时，也有社会上的朋友前来旅游的。我们自己的朋友，朋友的朋友，来之前打个电话联系上，来了之后跟他们见个面，推荐几个值得看的点去走走。三水我的一群好友易浩颖、肖博言、唐任科、李春良、曾炼专、龚云兆、袁振湘、卢艺等人就组织了一个较大的团队来举行捐赠慰问活动，开展一百户困难家庭结对帮扶。其他队员的或校友或老乡也有不少。

中国是一个礼仪之邦。相关单位的团队来，肯定要认真迎接；自己的老东

□三水爱心人士在亚东村村委会前合影

家或朋友来，也要招呼好；朋友或者他们的朋友来，只要是交代过的，也要尽量安排一下。进出墨脱非常不容易，能够来一趟的人都不是一般的人。国高书记曾经开玩笑说：“能够来墨脱看我们的人，男的一定是真兄弟，女的必定是有真爱。”此言不虚。其实，说接待一次事情多，倒也不是，无非帮助联系一下车辆，提醒一下注意事项，同时加上进来之后见个面。但是，在“八项规定”出台之后，我们十分重视按规矩办事的问题，严格遵守各项规章制度，杜绝违规的现象出现，同时既做到热情接待，也不影响正常工作。

走过扎木公路，很多来过墨脱的人都会印象深刻——因其难、因其险、因其堵，更因其美。这条路，我们走过无数遍，好在每一次经过都会看到不同的美景。墨脱，在藏传佛教经典中称为“博隅白玛岗”，意为“隐藏着的莲花”，据说全域地形极像一幅女神多吉帕姆的仰卧图，因此又有说法说这里是金刚亥姆多吉帕姆用自己的身躯幻化出来的，被藏传佛教信徒视为圣地。因为墨脱的景色在路上，而进墨脱时，沿着嘎隆拉往下是一路美景；从县城出去，海拔是从1000多米一直攀升到4000多米。所以国高书记又戏言：“进墨脱是步步美景，出墨脱是步步高升。”

有时候想想，这个陪同的过程，其实就是宣传墨脱、推广墨脱的过程；与其到其他地方去推介，不如先向来墨脱的人介绍好墨脱；而他们回去之后，说不定一个个都是墨脱的宣传推广大使。如果是这样，那迎来送往的工作在一定层面就是一件很有意义的工作。

前方推进与联系后方的双重角色

不少人认为，援藏就是给受援地一些物资，要靠援藏队员利用自身资源去广为“化缘”，向各方不断“乞讨”，然后再到受援地去广为“布施”。在进藏之前，我的心里多多少少也有这种想法的一些影子，其实这是一个很大的误解。援藏工作有它的特殊性。这种特殊性在于，既有刚刚提到的利用援藏队员自身资源去争取物资帮扶受援地的一面，更有政府层面非常规范有序的长短期规划和财政资金保障，这是确保长期援建和有序援建的制度性保障。据我所知，广东是所有参加援藏省份里投入财政资金最多的省份，每年财政资金的千分之一实施统筹，也是具体援建项目做得最好的省份之一。

对于我们来说，佛山八个固定队员进驻墨脱，按照省的统筹，三年有1.5967亿元的资金，“十三五”期间则超过2.2亿元，这就是常说的计划内资金，我们的主要任务是将这笔钱更好地更有效地花出去，用在点子上，推进好项目建设，助推当地发展。

具体做什么？在前方，我们主要做四个方面的工作：

一是调研走访。这项工作一直贯穿我们援藏的三年始终，既有刚开始时为了解墨脱、设计项目而开展的县直部门调研和下乡走访，也有这期间为推进一些具体工作的专项调研。说实话，这个工作在墨脱做得有些辛苦，主要是因为有些地方不通公路，必须长时间地步行，不少地方还需要依山攀岩，临崖远涉。最远的甘登乡多卡村单程就需要车行半天再加徒步两天时间，加热萨乡的几个村则匍匐在十分陡峭的山坡上，爬起来实在是有些费力。到现在一想起去达昂村的那一幕，我依旧觉得后怕。下有千余米的垮塌区，上有不断滚落和滑下的砂石，落脚之地是流沙堆积起来的一条线状小径，一旦失足掉落后果将不堪设想，肯定是连人都找不到的，或者说根本就没法去找。事实上，我们三年已经三次走遍墨脱，国高书记、雷震等少数成员走了五遍上三乡。

二是推进工程类项目实施。上一批在离藏之前，曾经做过“十三五”规划，但实事求是地说，因为每个人的理念不同，加上离藏之前的心绪和精力也不同，规划需要调整的地方比较多。所以，不少项目是我们进驻墨脱之后，一边研究上一批所做的规划，一边在调研走访中不断研究调整的。到最终按照资金量确定项目投放，然后就是按照规定的程序办理选址、设计、招投标、开工建设等等，前期的工作相当细致和烦琐。完成前期工作进入施工季之后，对项目建设的工程管理又是一件极为繁重的工作，10个大项24个小项的工地，涉及8个乡镇。负责工程项目的邓宏照、李展健和欧康奎确实是非常辛苦，也想出了很多新的管理办法。由于项目建设是援藏工作的核心，工作组的负责人谢国高对此极为重视，我们所有的同志都服务、服从于这个中心，尽全力减少项目组同志的额外负担。

□组长谢国高（左二）带队检查达木乡援藏项目

三是开展了一系列创新性项目。全面联系制度，是指全县所有乡镇和县直部门以及驻墨单位由我们八个队员联系对接。这项工作有几个好处，一方面是我们想找渠道，想了解什么信息会很方便；另一方面他们想找我们则有负责对接的联系人，避免以往找工作组见到一个抓一个的随意性，提出的一些期望的落实也是随意性很大。全面对口支援制度，是将佛山的相关市直部门与墨脱相应部门对接，佛山的五个区与墨脱八个乡镇对口帮扶，形成结对帮扶的模式。这个制度由工作组提议，由佛山市委、市政府发文，工作组返粤争取资源的压力迅速减轻，各部门、各单位和各地方领导主动来对接的络绎不绝，捐赠物资也纷至沓来。佛墨缘结对工作，是将墨脱的贫困家庭与外界的爱心家庭结对开展帮扶。这项工作我在镇里推得比较成功，101户建档立卡贫困户全部结对完成，每年每户3000元帮扶物资落实到位。工作组的该项工作也推动得不错，对接了几百户。

四是完成所在单位的分管工作。每个人在所在单位都要分管一块事务，承担相应工作。我在镇里负责援藏项目的对接工作，这主要是因为计划内资金在镇的辖区内投资就有将近一亿元，是施工建设的主战场，所以需要安排我来对接相关部门和协调有关事项。事实上，因为这里的事权没有下放，很多基础工作都是县直部门直接负责，在镇里反而承担得较少，所以我的协调任务并不是特别多。我同时分管综治维稳工作，这是县里专门下文明确的。因为在佛山有几年分管综治维稳工作的经历，我还是做得很上手。因为维稳工作的需要，我在2017年10月党的十九大期间还专门到巴日村驻村23天，2017年到2019年连续三个3月分别在亚东村、朗杰岗村和玛迪村驻村一个月，一直住在村委会未离半步。镇里的其他一些中心工作比如基层党建、脱贫攻坚、换届选举等阶段性工作，主要领导也会让我参与一些。当然，除了列举的上述四项工作，在墨脱的工作和生活其实远远不止于此。国高书记基本是一个没有工作日和周末概念的人，一心只想着工作，每天都要奔跑，于是我们整个工作组就成了根本没有休息概念的队伍，只要有事就是干事，基本是连轴转个不停。

在墨脱的前方，每一个工作组成员基本上都是“五加二”“白加黑”，拼了命地赶进度推工作；而每一次回到佛山联系工作或者春节期间休假回家，也有相应的任务要完成，仍然需要马不停蹄。因此，在援藏期间，我们基本上都是在前

□组长谢国高（左三）到西南街道走访沟通

方与后方的两地奔波中加足马力干活！在广东的后方，我们主要做四方面的工作：

一是争取派出单位的支持和关心。组长谢国高每次回去基本都会去市主要领导以及分管援藏和组织工作的领导那里汇报和争取支持，我们则结合自己所在的单位去联系、汇报、沟通。我在三水时主要是在公安局和西南街道工作，参加援藏后关系仍然保留在西南街道。为此，我回三水后首先会回到街道向主要领导汇报，同时向区里分管援藏和扶贫工作的领导汇报，也会联系一些之前熟悉的领导汇报在墨脱的工作情况。作为干部之家，组织部是要去汇报的；作为援藏工作的分管部门，发改委也是要去的。

二是争取朋友、校友的外部支持和帮助。在有政策性资金安排的同时，我们也会尽量争取一些资源投放到墨脱。争取资源虽然没有考核的指标，但大家都想尽一份自己的力量。所以，大家都广泛地联系自己的朋友、老乡、校友、同学，争取一些物资。我的好朋友易浩颖、胡展超等人就不远几千里，组织捐款捐物；袁永恩、卢祥、罗伟、黄万红等人则代表湖南师范大学“2000政二”励志奖学金基金会来到墨脱，启动了奖学金在西藏的项目。其他人的不少朋友也是不断前来，或表示慰问和敬意，或捐资赠物。

三是稳定家庭，呵护家人。离开家里远赴他乡，最割舍不下的其实就是老人和孩子。为此，每次回家都是陪伴家人的好时机。我们八个队员的小孩都很小，最大的是郭振华的儿子，在读初中，小的有赖明建在来藏一年多后出生的一对双胞胎儿子，因此都是孩子最需要我们的时候；我们的父母大部分健在，国高书记的父母在我们援藏期间先后驾鹤仙逝，赖明建的岳父是我们来藏一年的时候病逝的。每次回去，我都尽量减少应酬，一方面承担为父之责，陪同小孩看书学习，或者外出旅游；另一方面回老家见见老人和亲戚，多在家待着，陪他们说说话。事实上，家人因我们不在身边，承受了大部分的家庭重担，这个感触是我之前想象不到的，但经历几年感触很深，对家人尤其是妻子的亏欠之心也越浓。

四是利用多种平台宣传墨脱争取资源。我们八个队员来自不同的省份，工作在不同的单位，生活在不同的系统或领域内。参加援藏之后，都在想方设法地推广墨脱，尽可能利用一些平台和关系争取资源。第一年春节回家休假，逢西南商会召开理事会，陈绍初秘书长邀请我在会上作援藏情况介绍，我当然是欣然应允，前去参加。在会上大家一看到墨脱的图片，都惊讶得合不拢嘴，大呼要去。2017年6月我应邀回湖南师范大学参加国家资助体系十周年励志青春晚会，在公管

□作者在西南商会年会上宣传墨脱并汇报佛山援藏工作

院作了一个毕业汇报暨援藏介绍。在平时的老乡小聚、校友联谊等场合，宣传援藏、推介墨脱都是一个必讲的议题。

去援藏之前，期望一方面能够在墨脱好好地干一番事业，另一方面能好好地沉下心来提升自己的内功。但来了之后才发现，实际的业务工作比在内地时还要忙得多。这是因为，一是工作组只有八个人，但承担着一个小政府的角色，且很多的事务都需要我们亲自跑去对接和协调，工作量确实大；二是援藏虽然主要是做项目，但还要做好与地方的沟通协调，做好民族团结等工作，工作性质具有很强的开放性，只要想做会有很大的拓展空间，而组长谢国高又正好是一个有想法的人，想法多想做的事情就多；三是各人在所在单位有一摊分管的事务，既要做好援藏队内部的工作，又想在本单位有所建树和树立自己的品牌，自然需要花时间花心思下功夫。但这就是援藏工作，所有的一切都是援藏工作的一部分，幸在工作组内部几个人相互补台，心胸宽广，配合默契，在战斗中结成了难得的战友情谊。

巴日村包村驻点17加6

因为驻村条件不太好，生活不便，所以和当地干部一道参与驻村，尤其是在一些重大敏感节点开展包村驻点，既是走到基层了解一线的工作方法，更是援藏同志愿意跟本地干部群众工作生活在一起的行动姿态。

社会稳定、国泰民安既是广大人民群众的热切期盼，也是我们党治国理政的重要目标。2017年10月，十九大召开前后，为了做好全镇的维稳安保工作，我这个兼任综治办主任的副书记根据上级要求和部署做了一系列的安排，其中一项就是抽调七个科级领导分赴七个村开展包村驻点。3月的时候我也曾经在亚东村驻村，但那只是零零星星的几天，这一次时间长很多，从10日晚上入驻至26日离开，实际上前后十七天须连续住在村里。因为镇领导班子当中有几个女同志，且四个带着娃都需要接送小孩，进村包村驻点实在是有些不便。为了解决每一个驻村包村领导的后顾之忧，领导班子开会时，我顶住压力提了一个建议，对包村驻点的分工做了一个调整，男性班子成员到离县城远一点的村。这一改，我就从原来包村驻点亚东村改为驻点巴日村。而这样一调整，仅一个女同志驻点亚东村，就在县城，接送小孩和安置小孩都方便，基本无碍。

当晚来到，已是晚上八点，我连夜召集村委会干部、驻村队员、双联户长开会，传达镇里维稳工作紧急会议的有关精神，部署下一阶段的任务。因为这个村前两天刚被市里的督导组通报批评，包县的徐副市长检查时正好几个驻村队员均不在村委会，且没有锁门，所以有些工作必须马上落实到位。由于提前两天来村委会踩过点，所以睡的地方很快就安排好了。为了能安心住上较长的一段时间，我准备了比较充足的物资，包括衣、食、住方面，也为驻村队准备了油、米、肉、菜、水果、牛奶、矿泉水等。驻村队四个男同志，加上我共五个人，在这个只有二十一户九十七个人的小村子里，一起工作了十多天，融洽而愉快。

实事求是地说，在重要的敏感期开展包村驻点工作，工作量不大，但责任不小。驻村的这段时间里，村里出现什么事情的话，首要责任人就是包村驻点的领导了。在此期间，更可能要面临各级各种各样的明察暗访。既来之，则安之。我作为分管维稳工作的同志，其实在哪里都是避无可避，只能迎难而上。我给村委会干部和驻村队员明确了相应的责任和要求；在工作中发现的问题，也及时严肃指出，要求改进。我跟干部们说，只要是做好了自己的工作，什么检查、谁来检查都不用怕。每一天的工作基本上是五样：

一是值班备勤。这项工作在西藏各地检查得非常严厉，对落实不到位的情况处理起来也是很严格，不少地方的领导就因为值班脱岗被就地免职，因值班不到位导致相关文件丢失亦要处理。所以，我在镇里时就让综治办的西珞和罗布央宗跟县综治办将具体要求说得很清楚，村委会干部如何值班、驻村工作队如何值班，细细说明并把文件下发各村学习执行。

二是开展治安巡逻。每天组织治安联防队员在村内巡逻三次以上，对外来车辆和流动人口进行登记，留意各类不稳定因素和可能造成隐患的信息，排查村内的不稳定因素和人员出入信息，排查调解矛盾纠纷等情况。其间，我和陈杰还徒步赶到仁钦崩寺，对施工队反映的砍柴属于村民还是部队的问题进行调查调处，对施工队机器用油管控开展检查。

三是进行安全隐患排查。到各家各户走访，看看用电、用火、用车、用水等方面的安全情况，提醒注意长期下雨带来的地质灾害隐患。2017年墨脱的雨季拖得出奇地晚，到十月下旬仍然一直下雨。巴日村在半山腰上，发生滚石的隐患较大，酒后驾驶摩托车的隐患也有，要经常提醒大家注意安全。注意了解施工安全，对住在村里农家乐进行仁钦崩寺路段道路施工的外来务工人员勤密检查。适逢县司法局和公安局到巴日村来宣布一个村民的社区服刑决定，我还组织他们一起开展了一次排查。

四是迎接各种暗访组和检查组。自治区、林芝市、墨脱县的各级领导以及其他各类检查组不时会来检查暗访，我则告诉大家做好自己的本职工作即可。我是包村领导，兼有指导、督促驻村工作队和村委会开展工作的职责，同时还要团结队伍，加强管理。

五是及时处理一些上级安排的任务。组织新当选的干部开展法律法规培训，学习相关文书和纪律，进行村干部业务培训；组织学习十九大工作报告；开展油料安全隐患排查；统计水稻收割后种植蔬菜田亩数；开展服务大厅建设设计……当然，除此之外我还要承担援藏队的既定工作，人不在队里但协调还是要的；作为镇里的维稳分管领导，我也经常联系另外六个驻村领导，提醒注意纪律，解决一些政策问题，等等。

没想到的是，十七天的任务快结束的前一天下午，接到镇里通知，说是上级将戒备的时间延长到月底，增加六天，驻村就变成十七天再加六天了。我在村里还觉得无所谓，其他人就未必如此了，但总体上没有一个人提出来要提前离开或讲什么条件，也没有人提出过任何过分要求，都在坚守岗位，实在是难能可贵。

其间，除了开展工作，其实很多东西都很有意思的。

第一是走访有意思。巴日村户数少，人口不多，我趁着巡逻的机会到各家各户开展走访，不到几天便全部走访了一遍，还受邀到几家吃了饭，更加拉近了与村民的距离。因为墨脱的长期闭塞，很多的村民还没有见识外面的世界，都是非常淳朴的，串个门、见个面、寒暄几句，满是真诚和亲切。几个小孩子慢慢地喜欢上我，他们一到村委会我便将带上来的零食分给他们吃，后来发展到几乎天天来，还跟着我们一起吃饭；后来实在是招架不住，只能慢慢让他们回去吃。巴日村出人才，2017年一年就考上六个大学生，我了解到其中一个考入湖南大学，回长沙时还联系了她。

第二是几个同事的相处非常快乐。贡桑仁青是驻村队长兼第一支部书记，是个门巴族的小伙子，为人谦和低调，已经驻村六年了。老婆怀孕八九个月了，但他因工作需要却不能在身边照顾。平时每天早上泡一杯袋装奶茶，嚼几块饼干当早餐，吃饭的量也不多，但做人做事却很实在，有时候迎接检查经常加班加点到深夜。陈杰是县工商联的下派干部，兼任驻村副队长，曾在部队炊事班干过，为团部的首长们做过几年的饭菜，手艺着实不错，每天都是他主动为五个人煮早中晚三顿。我们有时候戏谑，说他是一代名厨，困在这荒郊野岭了。李强，作为人才引进的对象，刚进墨脱没几个月就安排他驻村了，有活力，办事动作迅速。我鼓励这个读书不错的小伙子好好规划自己的人生，多给自己安排点事情做，他欣然同意。他平时做起事情来也是主动积极，热心得很。王强，部队转业的小伙子，以前在朗县驻寺，后来转来墨脱。他这段时间因为家里装修的事经常跟老婆有商有量，有时却对装修师傅的工作态度表达不满；生活中真有当兵的人的那种利索和主动。陈杰做饭，王强老是抢着洗碗，说是要分工合作，不然心里不安。平时的交谈，我们都是年轻人很轻松；十九大开幕的那天，我们提议早上加多一个鸡蛋，中午加多一个青菜，沐浴党恩，好好干工作。

第三是来客人也好相处。县里和镇里不时有干部上来，我们便邀请他们在驻村工作队用餐，尤其是一些女同事上来，我们便极尽热情地去挽留，善意地和她们开玩笑。为了减少驻村工作队的负担，我上来之前，带了不少吃的，但别小看五个人吃饭，五个大男人每天还真是要消耗不少东西，尤其是有客人来时，消化得更快。好在时不时有人上来，他们会带点蔬菜。其间，国高书记自己过来了一次，检查维稳值班工作，顺便看看我；后来他带着郭振华上来住了一个晚上，我组织大家一起学习十九大的报告，他们又带了菜。桑杰平措副镇长经过巴日村前往朗杰岗村的时候，也在村里吃了一顿饭，但我请他带了一点菜上来；镇干部白雄鹰上来拿资料则带了不少菜，说是格桑卓嘎书记问候大家；益西措姆副镇长带着片多、卓嘎等四个人来村里做统计，居然是带着方便面上来的，看着怪可怜，一个女副镇长下乡工作竟然是准备方便面充饥，我们好心收留她们吃了午饭。每隔一段时间，物资不够的时候，我便请援藏队的司机再送些上来。还好的是，工作组作为我的后方，提供了坚强的支持，这也让驻村工作队在短时间里改善了一下伙食。

相比在援藏队和镇里上班，驻村工作相对要简单一些。但生活在村里，还是有诸多不便。来的那晚才发现，办公室和我房间的灯泡坏了，他们却没有换，于是我马上找人从县里买了灯泡第三天让人带上来；电信的网络坏了，移动号码则打电话都不行，只好求爷爷告奶奶请电信局的人尽快来修网络；前面五六天一直下雨，又没有地方洗澡，每天擦一擦身，隔了三天才烧水洗澡；厕所修了却没验收，第二天县环保局来人验收了，可没有接水，也没有弄化粪池，我还是不敢用，小便找个偏僻处就地解决，大便我去村支部书记家里的厕所解决；由于连日下雨，村里有近两千米的海拔，晚上变得有些冷，可带的衣服不够厚，凉飕飕的风吹到裤管里，冷得够呛……幸好这个村离县城不远，一个电话打过去，尤其是有我这个援藏的同志在，一些支持可以随时跟得上，解决起问题来相对要容易一些，可如果是离县城远的乡村，尤其是上三乡的同志，估计是没那么方便了！为了更好地了解驻村的不易，我和李强开始做一个驻村工作专项调研，还跟他们几个商量了调研提纲，期望为驻村工作提供一些相应建议。

二十几天的日子很快就过去，我趁着任务不多，将很多之前想做却没有时间做的援藏队内部工作完成了，心里的压力陡然减轻了不少，很是舒心快意。因为值班，不能喝酒，我们更乐得不用喝，让身体轻松了好一阵。加上跟几个驻村队员相处愉快，真是乐不思蜀。好一个既严肃又活泼、有工作有生活、既开心又充实的驻村！

援藏要处理好的几个关系

援藏是贯彻落实习近平新时代中国特色社会主义思想及习近平总书记“治国必治边、治边先稳藏”治藏方略，落实党和国家的民族政策、宗教政策和边疆政策的重大战略部署，是促进西藏地方经济社会发展、实现东中西部全面协调发展的重大战略举措。具体实践中，援藏工作既有规定动作，也有自选动作。因为是外派到一个全新的地方和领域开展工作，而且具有时间紧、任务重、地域特点明显、政治属性较强等鲜明特征，外加要密切注意民族团结和宗教信仰等因素，援藏工作就其本身而言具有一定的特殊性。在三年的时间里，要想既做好规定动作，又创新自选动作，且要做出成效，需要紧密结合当地的政治氛围、民族特点、地理环境、气候特点以及施工条件，尽量处理好几个关系。

一、与当地党委政府的关系

处理好与当地党委政府的关系是做好援藏工作的前提条件和政治要求。

一是要在当地党委政府的正确领导下开展工作。西藏具有许多与内地不同的特点，墨脱作为边境地区、民族地区、宗教信仰地区更是如此。事实上，广东省和佛山市主要领导多次强调，要在当地党委政府的正确领导下开展工作，主动接受当地党委政府的正确领导。有些思路和决策，当地党委政府觉得符合当地情况的，实施起来就会畅顺很多，反之则会困难重重。毕竟在西藏时间较短，对当地的一些风俗习惯不一定能在短时间内完全参透，需要我们在做出决策之前多向当地党委政府主动请示汇报，尤其是涉及区域发展的一些重大决策、重大项目、重大投入等。

二是要争取党政主要领导的支持和关心。当地党政主官的态度一定程度上代表当地党委政府的意见，也将直接体现在具体工作推进的支持力度上。幸运的是，援墨工作组组长谢国高虚心向县委、县政府主动请示汇报，墨脱的两位党政主官旺东书记与长旗县长以极大的包容之心和极强的政治智慧全力支持援藏工作，形成了非常难得的、融洽的援受关系，促进了援藏工作的开展。

三是发挥好职能部门的协助推动作用。援藏项目实施过程当中，涉及发改、环保、国土、住建、林业、电力等多个部门，项目实施地的乡镇党委政府、村委会、驻村工作队也会涉及，有时还需要到自治区和林芝市相关部门报批，需要及时协调好与职能部门的关系，既要做到严格按照程序开展审批，也要解决推进过程中出现的各种问题。

四是与当地干部融洽相处。平时的工作和生活当中要与当地干部以诚相待、与人为善、相互尊重、多点沟通，通过开展民族团结活动、深入单位和部门走访联谊等形式增进了解，深化友谊。同时，既要发挥当地干部的积极主动性，也要注意当地民族干部的特点，特别是尊重他们的民族特点与风俗习惯；既要用内地的一些好的理念、思路、方法带动他们提高工作效率，提升工作质量，优化服务措施，也要对当地干部的工作方法予以包容与理解。

二、与后方派出单位的关系

后方派出单位是援藏工作队的娘家，也是坚定的全方位保障者。

一是要及时向派出单位汇报工作进展，努力争取相应资源。2019年2月28日，中共中央印发了《中国共产党重大事项请示报告条例》，并发出通知要求各地区各部门认真遵照执行。请示报告制度，已经成为一种重要的政治纪律、组织纪律和工作纪律。援墨工作组组长谢国高每逢回佛山都要向佛山市委、市政府主要领

□佛山市委书记鲁毅（右一）到林芝市考察援藏工作时接见部分援藏队员

导以及相关分管领导汇报工作进展，对受援地需要解决的一些困难等争取支持；还会带领工作组成员有分有合地到相关职能部门、行业协会、企事业单位拜访，争取支持。以佛山来说，鲁毅书记、朱伟市长以极高的政治站位强调“凡墨脱之所需，尽佛山之所能”，并多次对援藏工作做出批示指示，到林芝以及墨脱考察调研，获悉脱贫攻坚存在资金压力时，一次性支援3000万元助力墨脱开展异地搬迁安置房建设。各区、相关职能部门和多家企业捐赠物资总共超过1000万元，为援藏工作的开展提供了强大支持。

二是坚持在省队一盘棋之下开展工作。广东省第八批援藏工作队作为广东省委、省政府派驻林芝的前方机构，在许典辉领队的带领下在林芝开展工作，是全省派出单位的前方领导机构，各县区的援藏工作组需要在省队的统一领导下推进

□佛山市市长朱伟（右一）在墨脱考察援藏工作时调研墨脱村邦塘茶场

□谢国高组长带队向佛山市政协主席熊志翔（左三）汇报援藏工作

援藏工作；尤其是省队成立了临时党委，并设立了行政秘书组、项目组、纪检组等分工，援藏队成员既要服从各县区的安排，也要遵守省队的相关规定，服从省队管理。

三是争取队员所在单位和家属的支持。定期与工作组成员所在单位沟通联系，反映情况，争取后方对队员的关心和支持是确保工作组成员三年保持平稳心态持续投入工作的一个有效措施。工作组组长谢国高每年都会与队员所在单位、分管组织工作的领导交流工作，报告队员在藏工作表现；也会安排时间与队员的家属座谈交流，加强沟通，家属遇到实际困难时尽量协调解决。

三、与当地群众的关系

援藏工作是否得到当地群众的认可是检验援藏工作成效的一个重要内容。

一是要树立正确的政绩观。习近平总书记曾指出："要树立正确的政绩观，切实抓好打基础利长远的工作；要发扬钉钉子的精神，切实把工作落到实处。"做好援藏工作，要多做有利于当地群众民生改善、产业发展、经济增收、社会进步、民族团结的事情。只要是群众的合理诉求，要尽全力去推动；只要是对群众长远发展有利的事情，要尽可能地去推进。不要做面子工程，去粉饰太平；不要做短视项目，最终劳民伤财。对于墨脱来说，要根据各乡镇的不同情况，综合考虑社会效益和经济效益，做好长期与短期规划的结合，让资金使用更有效益。

二是要拉近与农牧民群众的心理距离。习近平总书记曾指出，"搞好民族团结，最管用的是争取人心"，并告诫我们"要将心比心、以心换心"。援藏的一项重要任务就是做好民族团结工作，而前提是深入群众、深入基层，知群众冷暖，跟群众打成一片。援墨工作组在墨脱已经四次"走遍墨脱"，实现了下乡进村入户三年四次全覆盖。其中累计徒步33个（次）村，历时27天，行程超过500公里。在此基础上，还践行"睡遍墨脱"计划，与基层干部和农牧民群众同吃同住同劳动，以时间的保留、空间的停留，来加强与基层干部和农牧民群众沟通交流的广度、深度和温度。通过这种方式，援墨工作组走进了墨脱的高山峡谷，走到了基层组织和单位的旁边，走进了农牧民群众的心中。

三是解决群众生活当中存在的实际困难。"政之所兴在顺民心，政之所废在

□墨脱县党政代表团在洽谈会上

逆民心。”全心全意为人民服务，是我们党一切行动的根本出发点和落脚点，是我们党区别于其他一切政党的根本标志。要时刻将群众的困难放在心头，解决在案头。在走村入户调研走访时，要认真将群众生产生活中反映的困难和问题记下来，注重运用援藏渠道争取解决。援墨工作组在工作中先后向各乡镇村、各部门收集意见、建议和需求400多条，将其梳理汇编成册，并于2017年7月24日在佛山创新性地举办了“佛山市对口支援墨脱县洽谈会”，先后获得社会各界支持资金和物资2130.7757万元（资金1865.714万元，物资265.0617万元），解决了一大批急难短缺的问题，受到了群众的真心欢迎，拉近了援墨工作组与群众的距离。

四、与各级媒体的关系

援藏作为国家的一项战略部署，在支持西藏经济社会发展的过程中具有特殊重要的意义，要注重发挥媒体的力量做好宣传，起到助推作用。

一是宣传党和国家的好政策。将党和国家惠农利民政策及时宣传出去，让广大农牧民群众知道惠从何来，从而知党恩、感党恩、听党话、跟党走。及时将党和国家关于西藏的政策宣讲入心入脑，尤其是开展党的十九大和习近平新时代中国特色社会主义思想宣讲，形成西藏与全国人民一道奋力奔小康的局面。援藏本身就是党中央、国务院以及全国各地开展支援的措施，宣传援藏就是宣传党的关怀。

二是弘扬正能量。利用媒体的平台，将援藏工作中的一些好经验好做法传播出去，带动各地形成你追我赶的工作氛围，创先争优；将援藏事业中涌现出的一些好的典型宣传出去，宣传正能量，鼓舞斗志，不断激起广大援藏干部的工作热情。

三是推广受援地。通过两地党委政府和民间的广泛互动，宣传推广受援地的风土人情以及各类资源，在全社会形成关注西藏、投资西藏、建设西藏的浓厚氛围，加快西藏的建设步伐，促进民族团结。

经历一段人生　守候一生温暖

——在墨脱镇三年援藏结束时的专题汇报

各位领导，各位同事：

时间过得好快，转眼我就要结束援藏返回广东了。在离开墨脱之前，我想借这个机会向大家汇报一下三年来的所做、所思、所得和所念。

人说“人生不如意者十之八九”，而我是幸运的。当我离开墨脱的时候，我庆幸自己度过了一段难以忘却的激情燃烧的岁月。这个经历，对于集体来说，是参与了援藏的建设；对于一个个体来说，有着个人能力的锻炼，有着工作触角的延伸，也有着地域差异不同环境下的视野开阔，更重要的是认识到了一群值得尊敬的民族地区干部、淳朴善良的门巴族、珞巴族亲人，以及拥有了与一群援藏奔跑者一起在雪域高原上耕耘三年的情感归属与情怀定格。而这个后者，不是生活中的我们随便可以得来的机会。正因为如此，我要深深地感谢组织给予我的这个平台与机会，也感谢各位同事给我的包容与支持。在此期间，一个农家子弟，一个内心有些桀骜不驯又带点轻狂的男人幸运地慢慢沉稳、不断省悟、逐渐成熟，而这种成长对于一个个体来说其实并不容易——一些人即使到年老依旧在有些方面抱着偏执，守着自己内心深处冰冷的担忧而活着。

一、工作的投入与努力

自2016年7月进驻墨脱县，一方面我担任援墨工作组的秘书长，协助两位组长统筹内务和外联；另一方面担任墨脱镇党委副书记、常务副镇长，分管援藏工作和综治维稳，并在镇里推动“三十百千万”工程（成立三个基金、实施十项民生实事、启动一百户贫困家庭结对、协助数千万元援藏资金在镇内建设）的实施。具体来讲，我主要在五方面做了一些努力。

一是深入调研并用心查看民情冷暖。三年内走遍全县七乡一镇46个村，两次走遍上三乡，徒步翻越嘎隆拉雪山和多雄拉雪山并艰苦走完生死派墨线，多轮走遍全镇七村一寺，见过了所有的村干部，与70%以上的村双联户长交流了工作，走访过80%以上的贫困户家庭。

二是争取资源并着力开展帮扶解困。一方面，建立“援藏帮扶基金”，先后促成101户困难家庭结对，发放帮扶物资40余万元助力脱贫攻坚。另一方面，成立援藏助学基金帮助贫困学生。引进湖南师大“2000政二”励志奖学金，将墨脱镇的贫困学子纳入助学范围，已发放10余万元支助学生54名。

三是找准方向并倾力实施民生工程。第一，全力协助9200余万元援藏计划内资金在镇内实施。第二，积极争取后方支持，沟通佛山市三水区在墨脱镇基层党建、脱贫攻坚、人均超万元乡镇打造三个方面发力，争取物资超过300万元（其中170余万元用于支持墨脱镇）。第三，在镇内实施十大民生工程。投入60.62万元开展基层党建标准化建设，投入16万元修复亚东村巴米典机耕道，投资3.4万元修建亚东村伙房，投入1.3万元对米日村农家乐停车坪实施硬底化，投资13.5万元为墨脱村驻村工作队修建澡堂厕所，投入5万元为7个驻村（寺）工作队购置衣柜、床、干衣机、洗衣机、手提电脑等办公和生活用品改善驻村（寺）工作条件，为6个村争取药品一批，协调7万元建设亚东村“佛墨缘”门巴阿妈农家乐，在全镇6个村种植果树5000余棵，支持墨脱村19.5万元建设石斛基地。

四是团结同事并全力投入镇里工作。在亚东村实施“六个一千”（对1000余米机耕道实施硬底化，种植1000棵玉堂春打造生态景观林，种植近千亩冬季蔬菜和油菜花，村内种植1000余棵鹰嘴桃，建设惠及近千人的扶贫农家乐一座）打造脱贫攻坚示范村；在墨脱村实施“六支工程”（支持100万元建设茶园机耕道，支持3000株三华李种植旅游水果，支持44.5万元石斛仿野生种植基地和石斛兰保护科研基地，支持扩大茶叶种植及发展其他产业，支持未脱贫群众脱贫奔小康，支持20万元加强基层党建）打造致富奔康示范村。先后组织带领镇、村干部前往山东寿光学习蔬菜种植，到佛山三水学习产业发展、基层党建和城市管理。全力开展综治维稳工作，墨脱镇2016年被评为自治区优秀双联户单位，2018年被评为全国扫黄打非基层先进示范点。三年内分别在亚东、巴日、朗杰岗、米日和玛迪村开展包村驻点超过90天。多次在镇内上党课，宣讲党的十九大精神和习近平新时代中国特色社会主义思想。参与镇基层党的建设、朗杰岗地质灾害村搬迁、“两委”班子换届选举等中心工作。

五是统筹兼顾并着力提升援藏合力。协助工作组领导统筹好内务和外联，并分管援藏队文秘、办公、后勤、接待，统筹安排捐赠仪式、项目考察、物资发放等工作。做好大型活动的组织策划和统筹。担任总统筹策划举办“祝福母亲、庆祝新年——佛墨心连心文艺汇演”，协助组织门珞民族表演团参与“佛山秋色巡游”民俗文化活动以及“墨脱县党政领导到佛山及五区党政机关回访”“佛山—墨脱对口支援对接会”；协助策划工作组带队到湖北五峰、山东寿光、福建宁德、云南多地学习考察。做好接待和协助开展民族团结暨援藏开放日活动。

工作梳理的背后是奔波的背影，是参与的汗水以及全情投入的用心、用情与用爱。除了正常的年度休假与出差，只要是在墨脱，基本上是“五加二”“白加黑”，只要有任务就是连轴转。习近平总书记曾说：“奋斗是青春最亮丽的底色。”可以说，我们在墨脱度过了非常充实的援藏生涯。其实，与具体推进的琐碎事务相比，我更期待工作中传递给人的其他东西。如果我带来的一点点自信阳光的精神风貌，运动简约的健康生活，和蔼待人的友善态度，同甘共苦的工作作风，遇到问题的解决方案，喜欢阅读的基本习惯，尤其是在镇里和几个村几次上党课时跟大家分享的家国情怀与务实为民能得到认同，我会非常感激与欣慰。

二、三年的收获与遗憾

三年，已经沉淀为历史。在回过头去看这段经历的时候，觉得真是弹指一挥间。古语云：以铜为镜，可以正衣冠；以史为鉴，可以知兴替。我们要善于从经历当中不断总结自省。

在这个过程中，我的心理经历了几个阶段的变化。最初是非常期待，希望自己能够成行参加到国家这一伟大的援藏事业中来，将自己的青春与国家的发展尤其是边疆的发展稳定融合起来，贡献一份力量，这是千百万男儿的血性与担当。而来到墨脱之初是兴奋期，新的环境、新的岗位、新的工作，需要我们用心去感受，用脚去丈量，用爱去衔接。接着是开展工作推进援藏事业逐次展开的阶段，我们工作组是下乡调研、项目建设、创新工作、民族团结、维稳普法等工作，在镇内我是推进“三十百千万”工程。然后经历了一个胶着的阶段，项目在紧张地实施中也会遇到各种各样的问题，工作推进中也会遇到形形色色的困难，上下级沟通、与本地干部群众工作理念的磨合、与后方沟通的遥远乃至包括这一批实施的平级进藏和考察的先后顺序等，这些都曾让我们的心理存在一定程度的波动与纠结。最后又是一个冲刺和期待回去的时期。这几个阶段，既是一个人正常的心理反映，也可能是以后援藏队员都会经历的不同阶段。

三年援藏期间，我同时遇到了几个想不到，一是对援藏工作和援藏干部在当地干部群众心里的看法评价想不到，二是对参与援藏的相关待遇想不到，三是对媒体关注的密切程度想不到。

与此同时，我很感谢这段经历，自觉满怀收获。

第一，深化了对国家稳定、边疆治理和民族团结以及国土完整等概念的认识。西藏的特殊矛盾是西藏各族人民与达赖集团为代表的分裂势力之间斗争的矛盾，我国与印度的边界没有划定的现实情况以及墨脱作为连片集中贫困地区的现状，让我们对西藏在国家治理中的战略地位不得不认真思考，应该对来之不易的稳定和发展倍加珍惜。

第二，学会了开展工作的基本方法。在参与援藏这三年里，当地民族干部教会了我很多独到的工作方法；同时，谢国高组长带领我们下乡调研、规划项目、创新设计以及开展民族团结、宣传报道等工作，身体力行的做法与超前引领的思路，带给我的启发足以让我受益终身。

第三，结识了一大批少数民族地区的干部群众，收获了浓浓的情谊。真正的朋友是什么？是长期相处之后的人格认同与由衷欣赏。古人云：“以利相交，利尽则散；以势相交，势败则倾；以权相交，权失则弃；以情相交，情断则伤；唯以心相交，方能成其久远。”旺东书记和魏长旗县长对我们工作组的包容，赵敬常委对我工作上的指点，普果常委对我们生活上的关心，王斌副县长、白玛多吉副主任、扎西措姆副主席等人对我们工作上的支持，让我深为感恩。更为庆幸的是，三年里我跟全镇干部群众从相识到相处到相交，度过了一段美好的时光。格桑卓嘎书记和曹启兵镇长对我的包容和厚爱，镇里众多干部对我的关心和体贴，都给了我莫大的温暖。我在巴日村、朗杰岗村、玛迪村包村均住满一个月，基本走遍了每个家庭；在亚东村包村三年，走遍了大部分家庭，在亚让村、米日村都住过多日，在县城就是睡在墨脱村。可以说，我对墨脱镇的七个村已经深入地了解过，跟干部群众真诚地交流过。希望我们今后能在一些时候想起彼此。如果能够偶尔怀念，想想都会是一件让人感动的事。

第四，让我有幸融入到了西藏的血液中去。这三年走过了很多地方，察看了很多民情，对西藏的风土人情、自然风光、宗教信仰、民族特点等有了一定的了解，尤其是在墨脱的三年工作生活让我真正成为一名墨脱人——这是让我一辈子自豪的事情——我自认已经是大家生活中的一员。如果大家也认可的话，请给我一点掌声鼓励一下！

但同时不得不说的是，我也留下了不少遗憾。一方面是在镇里工作的时间太少。因为需要兼顾援藏队的工作，有非常多需要统筹、协调的地方，一些事务性的工作也需要细致地衔接，所以影响了在镇里投入的时间。我知道格桑卓嘎书记和曹启兵镇长原本对我寄予厚望，希望我能在全镇产业发展、援藏资源投放、集体经济壮大等方面多做一些工作，将内地的一些好的经验带到墨脱，但事实上既因为时间沉淀不够，也有自身能力不足等原因，自己做得还很不够。另一方面，与镇里干部的相处不多，交流不多，带给大家的温暖、给予大家的支持与关心也不多。这些，让我觉得有愧于大家对我的期待，与大家对我的帮助存在不对等的差距。

三、援藏的感悟与思考

作为人生的一个阶段，三年很快就过去了。站在三年即将结束的关口，我希望在剖析和思考三年的经历时，力争给自己一些反思。人说四十不惑，我今三十有九，无论是对工作还是人生，都应该思考眼前的路和今后的路。

第一，治国不易，当思心忧国家与百姓。范仲淹曾在其千古名篇《岳阳楼记》中写道“不以物喜，不以己悲”，“先天下之忧而忧，后天下之乐而乐”，“居庙堂之高则忧其民，处江湖之远则忧其君”，表达了作者崇高而坚定的信念、忧国忧民的情怀和积极有为的抱负，激起了一代又一代文人志士心灵的共鸣。在参加援藏的这三年里，我对西藏这块土地在整个国家中的战略地位逐渐清晰，就其对于整个中华民族重要性的认识也愈加深刻。西藏是重要的国家安全屏障，也是重要的生态安全屏障、重要的战略资源储备基地、重要的中华民族特色文化保护地，是面向南亚开放的重要通道，是我国同西方敌对势力和境内外敌对势力、分裂势力斗争的前沿。习近平总书记在给玉麦乡两姐妹的回信中，希望大家做神圣国土的守卫者，幸福家园的建设者。作为党和国家援藏事业的参与者，作为新时代的共产党人，当此国家尚未统一、国际形势面临百年未有之大变局和国家发展面临一系列风险之时，应当有心系国家荣辱的担当，舍我其谁的勇气，将自己的人生与国家的发展结合起来，努力工作，为实现两个一百年奋斗目标贡献力量，奉献青春。

第二，脚踏实地，要以务实为民为目标。西藏和内地工作的内容、节奏、任务量等存在一定差异，但做工作的态度、投入和方法却是相通的。经过雪域高原的洗礼，经过援藏三年的锤炼，我更觉得在工作中要不求为官，但求做实；不求轰轰烈烈，但求务实为民，多做实实在在的为民利民之事，将自己的工作岗位、力量智慧都汇聚到整个国家的发展需要上去。按照习近平总书记提出的“三严三实”要求，从实际出发谋划事业和工作，使点子、政策、方案尽可能地符合实际情况、符合客观规律、符合科学精神，不好高骛远，不脱离实际。要脚踏实地、真抓实干，敢于担当责任，敢于直面矛盾，善于解决问题，努力创造经得起实践、人民、历史检验的实绩。

第三，努力工作，须以优秀干部为榜样。不管干什么工作，都是做出业绩的载体；不管在什么工作岗位，都是服务群众的平台。从西藏的和平解放，到民主改革和经济社会发展，共产党人在这片土地上风雨六十余载，和当地干部群众一起战天斗地，让西藏发生了翻天覆地的变化。西藏虽然风景独特，环境优美，但高原的地域特点令生活在这里的干部群众需要经受高海拔和低气压的巨大挑战，工作、生活有非常多的不便，遇到的困难很多是内地的干部群众难以想象的。但西藏的干部群众扎根雪域，形成了“特别能吃苦、特别能战斗、特别能忍耐、特别能团结、特别能奉献”的老西藏精神，取得了一个又一个的成绩。以墨脱为例，我在翻越了嘎隆拉、徒步了派墨线、走遍了上三乡之后，对墨脱的干部充满了由衷的敬佩。如果没有坚毅，如果没有担当，如果没有牺牲精神和奉献精神，是绝不可能留在墨脱的。在徒步派墨线的时候我想，一个女人在走进墨脱的时候，看到这样的路会不会绝望？走进来尚且是下坡，一走三天，出去这一路一直是上坡，如果遇到生孩子或者生病，将面临何等的艰辛！有人说我们援藏干部是两地分居，可这里的很多干部面临的更多是家庭成员的多地分居，真的非常不容易。所以，回到内地后，我觉得真的应该学习西藏干部身上这种老西藏精神，用心工作，服务人民。

第四，注重家风，最好家庭和睦齐进步。三年援藏，其实家里人最辛苦。这期间，我母亲曾经因中风晕倒两次，父亲一氧化碳中毒在鬼门关上走了几遭，妻子一边上班一边带着两个孩子，要处理各种各样的事情，两个孩子则经常问爸爸什么时候回去。我的家人支持我援藏，看中的应该是能够为国尽忠。我相信这种精神一定能在某个时候为孩子们所理解和接受，洞悉父亲这三年外出的身体力行是教给他们奉献、责任与担当。唯面对妻子，当思相濡以沫，多点陪伴。

第五，真心学习，务求不断提升强能力。这三年在本地干部身上学到了坚忍与奉献，在很多援藏干部身上学到了工作的方法与理念。谢国高组长的全面，李斌副组长的学识，邓宏照的灵活，李展健的投入，郭振华的文字根底，赖明建的古道热心，雷震的细致，各有特点和所长，都值得我学习。与此同时，我也反思自己存在的一些不足，尤其是工作思路、方法、全局观、投入度、持续热度等方面做得不足，一些时候还存在言语轻浮现象等。哈佛大学校训中有这样一句话：“谁也不能随随便便成功，它来自彻底的自我管理与毅力。”希望在认识到这些短板之后奋起直追，不断学习，迎头赶上。

最后，我想用习近平总书记在纪念五四运动100周年大会上的一段讲话作为

□墨脱镇部分干部会后合影

共勉：“青年的人生目标会有不同，职业选择也有差异，但只有把自己的小我融入祖国的大我、人民的大我之中，与时代同步伐、与人民共命运，才能更好实现人生价值、升华人生境界。”让我们珍惜这个时代，担负时代使命，在担当中历练，在尽责中成长，让青春在新时代改革开放的广阔天地中绽放，让人生在实现中国梦的奋进追逐中展现勇敢奔跑的英姿。

各位领导、各位同事，三年援藏，感恩相伴；墨脱归去，友谊不变！多谢大家三年的支持和关心，期待我们一辈子的温暖与鼓励。我的汇报就到这里，再次感谢！

第二篇

潜心·他乡之月

——墨脱一千日夜

02

做一个守规矩守本分的合格党员

——在墨脱镇党员干部党课上的发言

按照县里安排，韩振副书记让我上一堂党课，这是一个既定的工作任务。今天我想讲的题目是《做一个守规矩守本分的合格党员》。

一、引子：老虎吃人事件

先跟大家讲一个故事。这两天有一个事情一直在发酵，可能大家都知道，就是老虎吃人事件。十几天前，也就是7月23日，在北京的八达岭野生动物园内，一辆自驾游的轿车在动物园的猛兽区停车，一名女性中途下车，随后老虎突然出现，将女子拖走。车上随行的女子的母亲下车救助时也被另一只老虎叼走。事件造成一死一伤。事情出来以后，网上的跟帖和评论很多，有人把它当作笑料，还在问："当'母老虎'遇上真老虎怎么办？"有说下车女子是活该的（在猛兽区你下车干啥？），有说丈夫胆小怯懦、苟且偷生的（老婆被老虎叼走了没有奋力去救下来，结果还是岳母娘冲上前去，所以又有人说还是自己的亲娘对自己好），还有人说这个女的是医闹，又说女子平时就是个飞扬跋扈的恶女人（是个副营长的老婆，平时就是个"母老虎"，两个人平日里吵架吵得整栋楼的人都知道），等等，还有很多的版本。虽然事件的真实内容还未得到正式的全面还原，但带给人的思考却有很多。我想得最多的一个疑问就是，车子在猛兽区行驶，这个女人为什么敢在随时可能被猛兽攻击的地方下车？在整个猛兽区内不准下车肯定是有规定的，为何不遵守不能下车的规定呢？这里，引出了一个命题，那就是规则意识。生活中，规则、规矩对我们到底有多重要？我们为什么要讲规矩？

二、什么叫规矩？

什么是规矩？规，就是画圆的工具，大家读小学学数学时肯定都看到过圆规。矩，就是画直角或方形的工具。两个字组合在一起表示校正圆形、方形的两种工具，多用来比喻标准法度。在我看来，规矩可以分为很多种，古语有一句话叫作“国有国法，家有家规”，家里有家里的规矩，单位也有单位的规定，社会上有社会上的规矩，大到国家也有国家层面的规矩——法律法规，党纪国法。我们平时生活里的规矩讲得较多，比如从小家里就会教导我们要懂礼貌、尊敬老人、知书达理、讲诚信等等。单位上的规矩有，要团结同事，不要钩心斗角；要互相帮助，不要背后拆台；等等。那对于一个政党来说，也有政党的规矩，俗称的党的纪律。近几年来，以习近平同志为核心的党中央从严治党，对全体党员提出了很多新的要求，尤其是强调要严守政治纪律，严格要求遵守党的政治规矩。他还指出了一些不守政治规矩的表现，比如在原则立场上，不守规矩主要体现为不能自觉与党中央保持一致；比如在党内团结方面，不守规矩主要体现为“团团伙伙”，搞小山头、小圈子、宗派主义。可能有些同志会想，我们作为基层的同志，很难会遇到比如刚刚提到的原则立场和党内团结的问题，我们坚决按照上级指示办就行了，小小的基层办事员有什么山头可讲？可是，大家要知道，作为党员干部，对政治上的大是大非一定要有清醒的认识。

今年以来，中央在全党范围内开展“两学一做”，要我们所有的党员干部学习《党章》，学习习近平总书记的系列讲话，做合格共产党员，内容很丰富，内涵很精深。在广东的时候，我也是按照上级要求按部就班地认真开展“两学一做”，认真抄《党章》，重新温习《党章》内容；认真研读习近平总书记的讲话。刚刚开始的时候，可能有些人会觉得，这个抄《党章》是不是有点作秀，有点多余？我去真正抄了之后，发现其实很有必要，对我自己本人是个很大的震撼。有些认识，之前记得，时间一久，淡忘了；有些道理，之前奉为圭臬，到社会上混了一段时间，与群众打成一片变得跟普通群众的觉悟也不讲区分了，还美其名曰是要跟群众打成一片。缺少了追求上进的精神，缺少了力争上游的干劲，缺少了做先进典型的勇气，随波逐流，人云亦云，体现不出先进性。体现不出进步性，就是习总书记说的缺了“精神上的钙”。可是，经过一段时间的学习，拿《党章》的要求跟自己的习惯比一比，让自己好好地羞愧了好一阵。在这里，我想和大家共勉一句话，这次“两学一做”，要严格按照上级的要求，不折不扣地学好，更要认真去做。

三、以内圣外王的修为去践行共产党员的要求

中央有号召，全党有行动。毛泽东同志在中共七大预备会上说：“要知道，一个队伍经常是不大整齐的，所以就要经常喊看齐，向左看齐，向右看齐，向中看齐。我们要向中央基准看齐，向大会基准看齐。看齐是原则，有偏差是实际生活，有了偏差，就喊看齐。”这段话，我个人觉得党员干部就是要在中央提出相应要求时，及时地跟上节奏，响应号召。通过这段时间的学习，我的体会是要让自己真正沉下心来，做一个守望纯粹的人，做一个严守政治规矩的人，做一个合格的共产党员。具体来说，我想在四个方面跟大家汇报一下我的几个认识。

一是如何工作，如何担当的问题。到墨脱只有短短的半个月时间，前段时间跟着援藏队听了一遍二十来个县直单位的情况介绍，这段时间我跟着曹启兵镇长、桑杰平措副镇长、杰增旺堆主任到五个村里走访了一下，有了一个基本的感性认识，概括起来是五个特征、三个感觉。五个特征是：交通路网不发达，基础配套欠账多，干部职工很实在，群众百姓很淳朴，自然环境很优美。这里我谈谈到墨脱之后的三个感觉。第一个感觉是基础设施欠账还很多。最大的阻力来自于路，扎墨公路，这个我想不用多说。对于我们这个2013年才通公路的县，迟的不仅仅是路的问题，还有这几十年的发展受到阻碍的问题，所以留给我们的欠账真的太多太多。几个比较明显的欠账，比如医疗条件非常落后，医生紧缺，村医是没有上过正规学校的，只经过简单培训就上岗，村里缺医少药；还有比如米日村和玛迪村还不能用上国家电网的电，只能依靠小水电自己发电用；连就在县城

脚下的亚东村都还没能用上自来水，让人瞠目结舌；我们到县里的半个月里时不时停电，网络信号也是经常中断，这些情况外面的人听起来可能会觉得是天方夜谭。第二个感觉是集体经济很薄弱。走了几个村，除了墨脱村自己建了个集资房有些集体经济之外，其他村的集体收入一年只有可怜巴巴的几万块钱，这个跟内地一个村动辄上千万乃至上亿相比，简直寒碜得可怜。钱这么少，不要说分红，就是想搞点基本建设都很难。但是，虽然有这么多的欠账和薄弱环节，我却看到了另外一个让我很感动的东西，也是第三个感觉，那就是干部都很淳朴。亚让村的新向东书记、米日村的尼玛书记，还有玛迪村的顿珠次仁书记，说话不多，但为人都很低调务实。几个驻村干部给我留下了很深的印象，玛迪村的小伙子格桑达瓦对村子里的情况很熟悉，如数家珍；亚东村的褚召军搞的“1+2+4+10”党建工作成效不错；尤其是驻在米日村的陈倩大姐和索朗玉珍，两个女同志，住在村子里，我看她们真的很不容易。举个简单的例子，村委会的那个厕所离村委会有一百来米远，还是在山脚下，黑灯瞎火的，要是晚上肚子不舒服要上个厕所，出来真的很不方便，踩上条蛇什么的就麻烦了，遇上冬天天寒地冻的更是不方便。但是这些个驻村干部的这种精神境界让我非常感动和震撼，我要向他们致敬，要向他们学习。墨脱村那几个华能的驻村干部，一开口就是咱们村，这是将自己完全融入墨脱村的表现，这种思维和意识实在是难能可贵！当然，我这里只是举了几个人的例子，因为还没有走完，情况也没有很清楚，并不是每一个做得好的人都讲了，但我看到的这些人确实都很优秀，这份敢于深入群众、与群众共患难的品质是非常宝贵的。还有前几天跟着曹镇长下乡工作，一干干到一点多还没吃午饭，干完工作回到镇上已经是快两点了，这种干事的劲头令我肃然起敬。这几天跟镇上的干部交流，看到在家的干部手头各负责一块，都很勤勉，老同志也好，年轻同志也好，精神面貌都很好，让我很是敬佩。我想，有这样的劲头干工作，是没有什么干不好的，我请大家继续保持这种作风。

有了优秀的干部，有了务实的作风，方向在哪里？下面我谈一点浅显的想法。一个城市的发展需要经过几个阶段，一是刀耕火种、自给自足的阶段，二是简单物物交换的阶段，三是开始建设城市配套、形成城市功能的阶段，四是利用自身的特色资源和便利的交通运输条件开展商业贸易的阶段，五是利用前期形成的城市特点和产业背景以及物流网基础开展高端产城互动的阶段。墨脱还处在第三个阶段。2013年扎墨公路开通以后，正式开始了城市功能的完善阶段，但还有一段较长的路要走，比如刚刚说到的路、水、电、网络，还有医疗卫生、教育社保、购物、休闲娱乐等等，还有待进一步的完善提升。对于墨脱镇来说，我预计会迎来三个机遇。一是紧靠县城，要自觉接受县城的经济带动和辐射，将产业发展的重点放到主动服务对接县城市民需要的方向上去；二是派墨公路的打通，将使墨脱成为快速连接林芝的一个节点，大大节省物流成本从而使我们的产品形成价格竞争优势，同时带来大批量的游客；三是整个自治区和援藏队正在推进的电商。西藏多什么？环境、特色产品。缺什么？交通、物流。一旦在物流尤其是电商进入后打通出不去这个难题，整个西藏都将迎来新一波大发展。我们在看到这几个机遇的同时，能不能紧紧抓住这三个机遇并主动做好准备，就是考验我们干部的能力。所以，我们要未雨绸缪、做好铺垫，主动拥抱新一波发展机遇的到来。

二是如何做同事。人是个很复杂的东西。很多的事情，每个人都有想法，可就是不说，甚至是善意的提醒也不敢讲，怕被穿小鞋，怕不被理解，怕被人背后讲坏话。假如我对曹镇有意见，埋在心里却不提醒他，我说了担心他对我有意见，心想你错是你自己的事情，于是什么也不说，而且表面上还要称兄道弟。这样好不好？一些人表面上称好兄弟，背地里却使绊子、搞投诉、告阴状，在领导面前变着法子贬低人，甚至用一些见不得人的招数来搞你。我是援藏队的成员，来到墨脱镇，如果大家把我当外人，那我的工作肯定是干不好的，我不希望成为大家的局外人，希望大家把我当朋友。那我们应该怎么做同事？我认为一是要真诚；二是要善良；三是要合作；四是做挚友，做净友，不做损友。在这里我举一个新鲜的例子。前几天曹镇说我来到镇里，想为我接个风吃个饭，这是他作为领导的热情和关心，也是同志之间的关怀，本是个好事。但后来我感觉到在八项规定出台后如果公款吃饭可能违背原则，于是建议他可不可以每个人自己凑100块钱吃饭，后来曹镇也接受了我的建议，避免了以后被人查起来成为一个典型。我举这个例子就是想告诉大家，有时候善意的提醒就是帮助人，也是帮助自己。明知有些事情是违规的，发现你去做我却不说不提醒，这不是和明知你在往火坑跳却不拉住你一样吗？那还算什么同事，算什么战友？真诚和善意我就不讲了，今天只讲两个。一是要合作。多沟通，多包容，多理解。有什么事情大家私下里多请教商量。大事讲原则，小事讲风格。在一起工作，是一种缘分。二是要做诤友，做挚友。何谓诤友，何谓挚友？就是把同事当成真正的兄弟朋友，有瑕疵及时帮助及时指出，消除隐患，防微杜渐。我们的一些小问题，就是在半推半就中逐渐形成习惯的，吃个饭、派包烟、发个红包、送盒茶叶，刚开始半推半就，第二次基本习惯，三次之后认为是老朋友没所谓了。再跟大家举个例子，刚到镇里我跟杰增旺堆主任到处转悠时到了茶叶厂，后来那里的人给我几包茶叶试一下，我想着拿几包不好，退掉几包只剩下一小包拿着回去试一下。可是，后来一想，拿一包也是拿呀，人家对我这个援藏干部怎么看？再小它也是小便宜，所以后来我请旺堆主任代我按照市场上的价值把钱给回了茶叶厂。可能会有人认为我这个是有点小题大做了，可我提醒大家，在生活中，在我们党提出要严于律己的环境下，多一些这样的小题大做，对自己可能只有好处。今天我们在这里提个建议，墨脱镇的干部就是一家人，大家以后就要做诤友、挚友，不要等出了事再幸灾乐祸，多在出现隐患的时候提个醒，打个招呼，把隐患和问题消灭在萌芽状态，确保大家政治上都一生平安。

三是照顾好家人，做家人的依靠。人其实很多时候都很脆弱，一不小心就可能出个什么意外。可是，我们更多时候可能没有意识到这个问题，包括我自己在内，跑这么远到西藏来工作，把老人孩子丢在家里，有时候自己想想是不是太自私了点。父母年纪已大，老婆一个人带着两个孩子，小孩又还都小，万一出个什么意外，那这个家就垮了。我的父母今年都是五十九岁，两个小孩一个八岁，一个四岁，这老老小小都需要钱，如果我有个三长两短，这个家无疑是一下子就垮塌，因为我是顶梁柱。我不知道各位跟我的情况相比如何，但我看，基本上都是家里的中坚力量。我一想到这些就觉得应该好好地对待家人。第一，对父母长辈要多孝顺。来西藏之前我们在广州培训，之前的领队给我们上课的时候给我们提了个建议，每天给父母打个电话报个平安。虽然隔得远，但听着电话也感觉到在身边。这里不少人都是外地人，我也建议大家这样做，本地人不是不要做，要多回家陪陪父母。不光是父母，长辈都要孝顺。第二，对另一半要爱护。我的妻子是广东人，人很贤惠，自从嫁给我就一直相夫教子。但男人有时候就是脾气有些臭，时不时有些大男人主义，所以我对她有时候也是大声呼喝，我觉得要改。每一个人找到另一半不容易，要相互爱护，相互理解，相互恩爱，这是一个家庭的基石。夫妻之间只有互相理解和支持，家才是和谐的，晚辈们才会感到温暖。对自己的其他兄弟姐妹也要多关心，不一定要他们大富大贵，赚多大的钱当多大的官，但要鼓励他们沿着正能量的方向努力提升自己，在他们自己选择的道路上实现自己的价值。第三，对小孩和晚辈要好好引导，做好人，追求上进。自从当了父亲，才对父母这个角色有了全新的认识。要跟自己的孩子一起进步，爱学习、讲孝道、勤于锻炼身体，做一个体格健康和心理健康，不断增长知识文化的人。我要求我的小孩首要学礼仪，看到大人要主动问好；然后是养成良好的学习习惯，做作业注意“三个一”姿势；最后才是读书识字。第四，对朋友要真诚，互相鼓励和帮助。朋友也分很多种，有至交的朋友，有一般的朋友，也有蜻蜓点水的朋友。要分清朋友的角色定位，对待至交好友要真诚相待，互相鼓励一起进步；对待一般朋友正常相处就好，对待酒肉朋友切不要老是跟他们在一起吃吃喝喝。古人说，阅其人，观其友。要多跟正派上进的朋友在一起，近朱者赤；远离损友和酒肉朋友，净化自己的朋友圈。

四是保持正能量，创造健康的人生。一个人该怎么去经营自己平时的生活呢？我个人的想法是有三点必不可少：一是干好工作，二是照顾好家庭，三是读书和锻炼身体。工作干不好，没有饭吃。家庭如果不和谐，有万贯家财也没有任何意义。没有健康的身体，任何东西都是空谈。我今年（2016年）三十六岁，曾经给自己写过一封信，里面有一段是这样写的：要善良、感恩、友爱地与人相处，多运动；要以积极的心态开始学习、练字，少喝酒，让自己成为一个有健康体魄的人，上进的人，有正直精神的人，有胸怀的人，有内在聪慧的人，有魅力的人。要努力让自己成为父母长辈的老年靠山，成为妻子的恩爱之人，成为子女的父爱老师，成为身边朋友愿意亲近之人，成为工作上的好拍档。不一定做得好，但这个是我的目标和追求。

刚刚讲的四个方面，如何工作，如何做同事，如何照顾家人，如何经营自己的人生，都是生活中的感悟。这个和党的规矩有没有关系？我认为是可以紧密相连的。《大学》里有一句著名的话：“古之欲明明德于天下者，先治其国；欲治其国者，先齐其家；欲齐其家者，先修其身；欲修其身者，先正其心；欲正其心者，先诚其意；欲诚其意者，先致其知。致知在格物。物格而后意诚，意诚而后心正，心正而后身修，身修而后家齐，家齐而后国治，国治而后天下平。”在这个循环系统中，我们可以看到以修身为中心，由自我、家庭、社会、国家和天下构成一个互相关联、互为促进的整体性图景。所以讲，做好自己其实就是做好一个党员的先决条件，做一个优秀的自己其实是当好优秀党员的基础。在此基础上，树立公道、正派形象，修身正己，立意高远，做一名襟怀坦荡、敢于担当、干事创业、廉洁奉公的共产党员，带着正能量奔跑起来，为群众多谋福祉。

我的汇报结束，谢谢大家！

驻村一天

2017年3月10日，我的任务是到挂钩的亚东村驻村。带着被子和洗刷用品来到村委会，当天是要睡在村里的。向村委会干部和驻村队员了解情况是首先要做的事，然后准备下村查看。

去年“6·16”泥石流事故吞没了八条生命还致一个人重伤，其中两户就在我所在包村的村里。每次来到这个村，我都要去看看。今天正好，我来到卓玛旺姆家，她的丈夫在去年事故中遇难了，之前来过三次，第一次是送上慰问金，第二次是送米和油，这次继续送上食用油和佛山爱心企业赠送的蒸锅，并与她结成帮扶对子。看着她近来稍显释然，脸上慢慢有了轻松，我也跟着放心了一些。

白马平措是唯一在泥石流事故中生还的，他当时站在山体边沿，被泥石流冲出好远，醒来后浑身是血，肋骨断了几根，坚强地独自走了好久后才被人发现并救下，被救下时身体几近虚脱。经过八个多月的治疗，到现在已经基本恢复了。当天他出去打零工，他的妻子罗布旺姆热情地接待了我们。送上慰问的礼物，看到她脸上的微笑，我和村委会干部都很高兴，鼓励她照顾好老公和小孩，乐观生活。

下午我跟双联户长干吉和桑丹座谈，了解他们作为户长要开展的工作和遇到的困难，然后跟村第一党支部书记褚召军和村委会主任次仁旺堆到他们试种的20亩蔬菜基地看看。墨脱三到九月基本是雨季，十月水稻收割之后到第二年的三月土地都荒废着，却是种植蔬菜的好时机，他们想到这点之后果断试种，利用以前没有利用的时间和土地试种蔬菜，确实是个不错的做法。不到一季，效果就很好，参加种菜的农牧民增加了不少收入，贫困户几乎因此脱贫，是个很好的探索。

吃完晚饭，我们到村里的三个队去看看。这个县城脚下的村庄，还是有不少地方需要完善的，没想到就在县城脚下居然没有通自来水，很多道路也没有硬底化。好在村民很善良，不吵不闹，自给自足，把生活过得有滋有味。一路上花开得很漂亮，让人心情舒畅。

路过一户人家，女主人应该是在酿造黄酒，正在进行炒玉米的工序。走进村子里就闻到一股子香味，原来是炒玉米的味道。

晚上跟村委会干部、驻村队队员和全体双联户长座谈，我深深地感受到，双联户长虽然层级不高，但他们对于夯实基层基础工作有着极为重要的作用。为此，我建议他们成为社会稳定的奠基石、邻里和谐的润滑剂、勤劳致富的带头人、良好风气的引领者。只要一个一个的联户平安稳定，将积微稳定而成社会的大稳定，积联户的微和谐成社会的大和谐，积亚东村的小平安为墨脱的大平安。

他们听得认真，我也讲得投入。不知不觉，到了晚上快十点。淳朴的干部们，身上散发着厚道和热情。

他们离开之后，我来到村委会的院子里。安静的小广场上，五星红旗庄严而肃穆，迎着晚风飘扬。我们在坚守岗位，千千万万的基层干部都在坚守岗位，守卫着一方平安，守卫着西藏的祥和！

□在亚东村与村民座谈

历经苦难不移志　年迈犹言再建功

——听老人家谈人生感悟纪念西藏人的“3·28”有感

在“3•28”百万农奴解放纪念日来临之前，我这个对西藏还没有太深了解的援藏朋友在包村驻点时，特意邀请村里的几位老党员、老干部来到村委会，听他们讲述以前的经历，谈一谈他们一路走过来的心路历程，一起庆祝我们的“3•28”节日。久远的历史，鲜活的体验，刹那间穿越时空扑面而来，让我们对西藏几十年翻天覆地的变化肃然起敬。

听多巴老人娓娓道来，他是1934年出生的老党员。1959年农奴解放那年，有一天他正在背玉米回家的路上，刚好遇到了印度派来的二级特务土登在村里造谣，说共产党很可怕，老人要被杀掉，小孩要被吃掉，吓得十一个村民直往印度方向跑。他立即向武工队报告，给部队带路去追赶被谣言吓跑的村民。经过长途跋涉，部队终于找回了其中的四个村民。说到这段经历，老人家的脸上洋溢着骄傲和自豪。

稍微年轻一点的老人白马次珍，回忆起了小时候家里的困境。他说旧西藏时家里每年都要向四大家族缴税，不管好的坏的都要被收走，包括倒酒的竹筒、粮食甚至是老鼠皮子。他们的生活里就只有责任干活，却没有权利吃饭，被四大家族压得抬不起头。说到现在的日子，这位七十岁的老党员豪情满怀地说：“入党时曾经的誓词还记忆犹新，现在虽然年纪大了，但心里仍想为群众多做点事情。”

五十七岁的次登当过村委会会计、兽医、村支部书记和村委会主任。谈起现在的好生活，他说现在国家政策好了，吃穿生活跟旧社会相比有了翻天覆地的变化。国家扶持西藏的政策兑现之后，现在的村民脚上穿上了皮鞋，身上有了干净的衣服。而这一切美好的生活离不开毛主席，离不开共产党，心里十分感谢他们。

刚刚成为预备党员的金珠以前担任过县、乡的通讯员。言语不多的他铿锵有力地说，以后只要是村委会安排的任务，一定尽全力完成。

现任的支部书记德庆平措1982年就开始担任村干部，这位三十多年的老村干部回忆起几十年工作的变迁时感慨万千。他说，以前在村里工作开展难、事情忙、任务多，现在科技发达了，村民劳动不用像以前一样辛苦，但吃的有保障，仓库里装满了粮食，住的条件也好了，干劲越来越足了。

原本没有安排谈话的老人家高红抢着发言，大声说退伍军人有话说。他是县里的党代表、镇里的人大代表，曾担任过民兵营长、治保主任、调解委员和党支部书记。他说现任第一支部书记褚召军来了之后，带着全村的百姓把卫生搞好了，村民更团结了，整个村子的变化很大，越来越好。自己是老党员，有信心也

□在亚东村与部分村委会干部、老同志座谈后合影

有决心做得更好。

时间不知不觉过去，很快就过了三个小时，我听了老党员老干部的发言，深受感动，更是深为敬佩。他们大多遍历艰辛，经历了从旧西藏到新社会的变迁，旧西藏的苦难刻在他们布满皱纹的脸盘上；他们曾经做出贡献，在各自岗位上做了不少工作，迎来的新西藏的幸福荡漾在他们脸上；他们一生追随共产党，凭借自己的忠诚和朴实在平凡的岗位上扎根发光，到现在还牢记入党誓词，仍想着老骥伏枥，壮心豪迈，真乃历经苦难不移志，年迈犹言再建功……

作为年轻的一辈，作为有幸参与援藏的佛山干部，作为已经成为墨脱一分子的我，一定要将他们的忠诚、正直、实干、奉献精神传承下去，继承他们的优良传统，更为积极地工作，将老西藏精神、老墨脱精神和广东援藏精神发扬得更好！

一月四上仁钦崩寺

仁钦崩寺始建于六世达赖喇嘛仓央嘉措年间，属藏传佛教宁玛派，位于墨脱村南卓玛拉神山上，是墨脱最大的寺庙。相传缘于莲花生大师曾在此修行，它在藏传佛教信众中具有十分之高的地位，在青藏高原乃至印度、锡金、不丹、尼泊尔、缅甸等国影响颇盛。今年3月，因为工作的关系，我一个月内四次亲近这座极负盛名的寺庙。

一上神山，是陪谢国高书记到寺管会检查维稳工作。3月的墨脱时晴时雨，上山的道路也是一直在修，所以上山并不容易。检查之后，我们与寺管会的干部座谈了起来。因为工作需要，很多驻寺干部在清修之侧坚守岗位，时间过得很悠然，但在荒山野岭日复一日，虽无青灯黄卷之义，却终难免与世隔绝，这份清苦实在是外人无法领会的。围着神山转山，是西藏的一种常见现象。据传，在仁钦崩寺这里转一次山等于念经一亿遍，转十三圈则功德无量，于是常遇到转山之人。当日我们遇见一位长者，他说这次已经转了十三圈了，满脸的虔诚和幸福。我们党奉行宗教信仰自由，对于老人的虔诚，我们自然是诚挚地祝福他平安健康。

第二次去，是陪同一个考察团，其间与驻寺干部桑杰拉姆和才旦卓玛到旁边的村里去看望一户人家。这名妇女的老公在县里干活，白天她上山种地，晚上不敢睡在山上则再回到山下去。房前屋后种满玉米，都是为了酿造墨脱人喜欢喝的黄酒。虽然是酒，但这里的人当它是饮料，俗称门巴可乐，从早喝到晚，大人小孩都喝，女人坐月子时喝它则当是补品，于是家家户户酿黄酒，从早到晚喝黄酒。平时农牧民下地干活，不是带瓶水而是带一壶黄酒下地，渴了就喝上几口。这个情况，让我们这些外来人有些惊讶。

第三次去，是因为第二次去的时候发现驻寺干部工作和生活很不方便，厕所凹陷，便池沉塌，污水横流；没有冲凉的地方，厨房的污水也没有地方排放，只能任油污随意流淌；太阳能热水器将房顶压塌，房梁变形。谢书记带着我，请上施工队的人一起上山，详细查看，商量改善办法。墨脱还有不少地方的基层同志工作艰辛，很多时候生活因为条件问题很不方便。援藏队经常谈及此事，老是想为他们做点事情，哪怕稍微改善一下他们的工作和生活条件，能多做一件是一件，尽量去做。结束工作准备回县里时，谢书记记起以前曾听村民们说过，山上有条小路直通县城的墨脱村，走下去很快。谢书记是个喜欢尝鲜的人，于是我们按照指引沿路下山。不料山陡林密，加上时不时下雨，我们连滚带爬居然走了一个半小时。跌跌撞撞冲到山下，颇有些腿骨颤颤。

第四次上山，一是为了加快施工进度，二是为了对接另外一项工作。墨脱村希望将仁钦崩寺附近的农家乐扩建一下，需要与县旅游、国土、住建等单位现场勘察。之前请李斌书记牵头找县旅游局谈过，这次请旅游局约了国土局的领导，我则与镇里格桑卓嘎书记加上县住建局李展健副局长以及设计院的严工、李工一行五人上山，不料刚上一会便遇到一辆货车拉缸抛锚拦在路上。好一会才弄好，继续前行。可走到半途，又遇上施工队在修路埋管，直接把路挖断了，只能掉头走回原来的老路，可发现老路也是在修，淤泥很厚，很难过去。

既然来了，当然要上山。下车，走路，不管是泥泞还是坦途。司机们则尝试着继续往前开。因为车上带了不少送给驻寺工作队的蔬菜，车不上去，就只能靠人扛上去了。

好在沿途风景漂亮，原始森林的景色非常宜人。此时的墨脱杜鹃花开得正艳，空气很好的森林里到处是高原牧场的淡黄色青苔。树影婆娑，斑驳点点，只是路烂点。放眼看去，不远处红的黄的繁花处处，已经放晴的天气舒服得很。天蓝得清澈，云淡得像纱。后方的司机可没那么幸运，车陷在淤泥里前进不得，后

□车辆陷在前往仁钦崩寺的路上

退不得！搞了半天，负责拖的车子也一起陷进去了。铺石头，放树枝，废了九牛二虎之力终于在我们走回原路时弄出来了。

我们走了四五十分钟到达寺管会，稍事休息便开始工作。请设计院的同志看地方，绘图纸，测方量，打造价。

下午，墨脱村的干部也上山来了，准备听听县里几个部门领导对扩建农家乐的意见。等人的间隙，卓嘎书记跟他们谈起了村里的工作，大家围坐一圈，一起交流。在墨脱，干部群众经常近距离接触，熟悉得很，亲切得很。

不久，县旅游局局长拉巴次仁、国土局副局长丹增等人上来了，于是一起到

□与县旅发委、县国土局、墨脱镇和墨脱村同志在研究农家乐扩建问题

现场察看。两位局长的工作作风很是令我钦佩，虽然按照我们指引的路上山少花了点时间，但也是奔波了一个多小时才赶到，一上来便风风火火地商量起来。我表示感谢的时候，他们直说，你们援藏干部这么老远跑到墨脱来想做点事情，我们地方同志这样做是应该的。听到这样的话，心里的温暖是满满的！

各抒己见，提了很多中肯的意见。卓嘎书记表示感谢的同时，要求村里既要开动脑筋，积极思考，带着村民依靠勤劳致富，也要依法依规，按照相关程序办理手续。

站在农家乐的位置，不远处的仁钦崩寺静坐一隅，经幡飘动。寺庙前的五星红旗亦在风中迎风招展，伴随祥云朵朵。

承担四种角色　筑牢基础工作

——以双联户“社会细胞”的微和谐汇聚成墨脱社会的大和谐

在墨脱援藏走访过程中，遇到了很多的基层干部，其中印象最特别的莫过于双联户“户长”。这个群体很大，却不是很起眼，却在基层的工作中起着难以替代的作用。通过跟多名双联户“户长”的多次接触，笔者认为，这个群体履职效果的好坏将极大地影响基层基础工作的效果，对社会和谐的作用非常大。为此，要引导双联户“户长”正确履行职责，充当好四种角色，成为稳定基层、发展基层、和谐基层的一支重要力量。

一是要做社会稳定的奠基石。联户单位的优势在于在人员流动相对较少的村落里形成若干个相对稳定的小型熟人社区。在每个小范围之内，联户成员之间相互认识，荣辱共知，大事小事皆知晓。在这种情况下，对一些尚在萌芽状态下的事务容易发现和处置。因此，双联户“户长”在日常工作中要勤于走访、细心观察、不断留意，在全面宣传党的各项方针政策的同时，全面掌握联户单位内外来人员的出现情况，人员外出不归的情况，及时询问来者的来意和外出不归的原因。对可能存在民族分裂活动的迹象和存在治安隐患的苗头要及时处置和报告，提高警惕。对可能发生的各类安全隐患要定期排查，及时消除，防止安全事故的发生。对重点工作对象要落实管控措施，利用熟悉的身份做好心理帮扶。留意好进出之人，管理好重点对象，排查出各类隐患，在此基础上按照相应的规定进行处置，就能及时在源头上预防矛盾、减少事故、消除隐患。一个个的联户单位平安稳定形成一个个“社会细胞”的微平安，积小成大，微稳定组成大稳定。

二是要做邻里和谐的润滑剂。虽然说清官难断家务事，但谁都知道远亲不如近邻。联户单位住在附近，虽然是人各一家，却是邻里相望；虽然不是亲戚，却胜似亲人。所以，双联户“户长”在工作中要多串串门，对成员之间的大小事务都放在心里。喜事，大家一起乐乐；悲事，大伙一起劝导安慰；有事，坐在一起聊聊出出主意；没事，唠唠家常经常聚聚。通过勤走动多交流，使户与户之间更加团结融洽。在这个过程中，如果遇到什么家长里短的矛盾或者纠纷，就及时予以调停调解，帮忙撮合，将小的矛盾化解，将小的隐患排除，化解消除不了的及时往上级报告。与此同时，邻里之间互相帮助，尤其是要帮扶相对较弱的成员。这样，双联户“户长”当好邻里和谐的润滑剂，社会和谐就多了一道“安全阀”。

三是要做勤劳致富的带头人。双联户“户长”都是经过大家民主推选产生的，在村民心目中有一定的威望。这个威望既来自其本人的人品和德行，也来自其能力和本领，大多数是一定程度上的行家里手。要想得到群众的长期认可，双联户“户长”既要做到品行端正，也要积极组织大家勤劳致富。要多学习科学文化知识，多增长见识，多了解外界的情况尤其是各种经济信息，在此基础上根据当地的实际情况，带领村民找门路、上项目、谋发展，提高致富能力。有条件的地方，组织群众成立各种经济合作社，寻找资源联合经营，让大家共同参与，共同致富。通过大家一起努力，力争做到户户有门路、人人有活干、经常有收入，从而不断改善生活条件，切实增加收入，实现发展、共享成果、共同富裕。

四是要做良好风气的引领者。一个家庭的家风怎么样，与长辈或主事的当家人有关；一个单位的风气营造与牵头人有关。一个联户单位虽然户数少人数不多，但却是一个小集体。这个群体的风气和精神风貌怎样，与双联户“户长”有较大的关联。近朱者赤，近墨者黑。户长的品行端正，道德高尚，团结在他身边的村民也会受其影响，从而逐渐形成孝于长、亲其亲、友其朋的氛围。因此，在推举双联户“户长”时，要切实注意人品问题，选出来的人要言行一致、品行端正。选出来的双联户“户长”也要注意形象，做良好风气的引领者。平时组织大家在村里搞好清洁卫生，处理好家庭关系和邻里关系。尤其是在目前从严治党治国的大环境下，要更加注重遵守八项规定，带头坚决反对四风，做正能量的传播者。

□墨脱县城

关于参加墨脱100户困难家庭结对帮扶的邀请信

浩颖吾兄：

进墨脱的时间悄然已经八月有余，突感三年援藏已过去近四分之一，真是光阴荏苒，日月如梭！

在墨脱的这段时间里，我和其他援藏队员一起走遍了七乡一镇46个村，已深深地融入这片土地，深深地爱上了这片土地。墨脱在藏族人心目中是宗教信徒朝圣的“莲花宝地”，又名“白马岗”，被称为“隐藏在云雾、雪山、密林中的人间绝域”“地球上的最后秘境”。在某种意义上，墨脱已作为一种象征而存在，作为全国最后一个通公路的县，它风景秀丽但交通不便，充满神秘而为外界所少知，静谧地躺在祖国的西南边陲。

宗教传说虽然增加了墨脱的神秘感，但它因长期与世隔绝而致发展相对滞后的情况也是不争的事实。我们进驻以来，整个援藏队按照上级的要求，拟在“十三五”规划里投入超过两个亿支持墨脱经济社会建设，投入高，力度大。作为任职广东省第八批援藏工作队墨脱县工作组秘书长的我，一方面要积极落实工作组安排的任务，另一方面要协助工作组组长统筹协调整个佛山队的工作；而同时兼任墨脱镇党委副书记、常务副镇长的我，在镇里也酝酿了“三十百千万”的工作思路。

“三”就是成立三个基金：以湖南师大“2000政二”励志奖学金为基础成立“助学基金”；以促成100户贫困家庭与外地爱心家庭结对帮扶为基础，爱心物资组成“帮扶基金”；以佛山对口援藏三水帮扶墨脱镇为契机以及社会其他捐赠为基础成立“建设基金”。“十”就是用建设基金在镇里建设十项民生实事。“百”就是促成墨脱镇内100户经济条件相对较弱的家庭与外界相对较好的家庭结对开展帮扶。“千万”就是协助第八批计划内援藏资金9000余万元在墨脱镇开展建设，同时大力推介墨脱，宣传墨脱，让外界知晓墨脱、神往墨脱、走进墨脱。

这其中，促成墨脱一百户经济条件相对较弱的家庭与外界经济条件相对较好的家庭结对帮扶是我今天跟兄长要汇报的事情。2016年时，墨脱镇尚有96户家庭为建档立卡贫困家庭，他们或因病，或因缺乏劳动力，或因家有学生就读等原因，生活贫苦，挣扎在这个落后偏远的地方。兄长历来怀仁爱之心，不时行善意之举，我一直深为敬仰。如果能对墨脱因我在援藏而给予关注且支持，我心更为感激。所以，今特以信达，恳请兄长以兼己达人的胸怀认领一户，既是帮助墨脱贫困家庭，亦当帮助晓坤也！

具体操作上，结对帮扶内容可以多样化。一是现金资助，建议每年2000元左右，上下半年各1000元；二是物资捐赠（建议每年1000元左右），衣服、被子、食品等生活用品均可以，也可以根据帮扶对象的需求个性化处理；三是定期交流，电话、微信等各种方便的方式都行，每年联系两次以上；四是人员走访，条件允许的情况下将这里的人请出去，外面的人走进来，到结对的对象家里或所在地增进了解，尤其是双方的小孩。当然，其他方式也可以，比如贫困户家里小孩在哪座城市就读时，可以去看看等等。帮扶时间可以参加一年的，也可以参加三年的，更可以长期联系交流。

兼己达人历来是贤者之为。愚弟今执笔疾书，所盼者兄长行仁义之为，与我一道为墨脱办一实事耳。

此达，盼好，拜谢！

晓坤2017年4月于墨脱

□三水爱心人士在墨脱镇100户困难家庭结对帮扶签约暨“援藏帮扶基金”启动仪式上

因为爱，我们跨越几千里来墨脱相遇

一群朋友，因为心怀爱心，因为志同道合，在三水已经彼此温暖很久了。这一次，他们在很短的时间内，策划来墨脱看望我这个老朋友。短短的几天，有旅途的疲惫，有相聚的温暖，有爱心的传递，有畅饮的欢快，更有传播正能量时收获的快乐和尊重。

最先到来的是从湖南益阳出发的朋友张鸣、钟桔红和王建，他们先从长沙飞成都，再经成都飞林芝。可没想到的是，受雷雨云团影响，长沙黄花机场迟迟不能起飞，他们到成都时已经凌晨四点多了。因为六点钟又要上飞机，他们下飞机后只能直接走到飞林芝的安检口过安检，一夜无眠。幸亏赶上了下一趟航班，不然就要成都一日游了。因为中间基本没有停留，帅哥美女笑言就在飞机上睡了。

稍后来自广东的朋友一行走下飞机，年长的有同方医院的李院长，年幼的有袁振湘院长的一对双胞胎儿子，其他俊男美女都是我熟悉的，唐任科、李春良、肖博言、曾炼专、龚云兆，还有狮子会狮山服务队的卢艺、胡展超、崔壮辉、莫亮成。相拥一个熊抱，再献上洁白的哈达，这批来自广东的朋友，十足就是我的亲友团。团长易浩颖带队，是个地道的低调做事做人的好兄弟。

原本打算在波密住一个晚上，可几天前波密前往墨脱恢复了全天双向通行，只要过了古乡封路路段，进墨脱就不成问题，于是我们一路奔袭，由林芝而鲁朗，再到波密，然后进墨脱。中间因为古乡修路，只在中午一点到两点半放行，我们从林芝出发时已是十点十五分，所以一路上在确保安全的情况下基本上是全速前进的。只是苦了肚子，到波密吃饭，已经是下午三点了。而他们从早上开始只在飞机上吃了点飞机餐。

进墨脱是一天遇四季，十里不同天。他们第一次来，一路上惊叫不断，色季拉山口4720米海拔上，冰天雪地，风雪蒙眼，遥望南迦巴瓦峰晶莹剔透，俊秀挺拔；嘎隆拉隧道两侧则是白雪皑皑，如同童话世界；52K至62K杜鹃花粉的、红的、白的开得灿烂艳丽，如痴如醉；从3000多米一路下山，从针叶林到混交林再到阔叶林，原始森林保护得野趣盎然……

一路风景如画，一路心情倍儿棒，到达墨脱已经是晚上七点多了。至此，他们一天内凌晨三点多起床，赶早上六点的飞机，经历三个半小时飞行后又赶了十来个小时的长途汽车。考虑到太辛苦，我让他们赶紧吃了晚饭早点休息！

第二天一大早，团友们将满含爱心的物资捐赠给广东省第八批援藏工作队墨脱县工作组，这里面，有袁振湘院长代表同方医院捐赠的药品和毛毯，有刘稳固先生代表三水三龙公司捐赠的五金用品，有吴丽女士一班朋友捐赠的衣服，一共价值10万元。还有我的本家喻佳先生捐赠的1万元现金以及三水很多的朋友捐赠的现金共3万多元。县委常务副书记、工作组组长谢国高代表工作队愉快地接受了这笔捐赠，并热情地介绍了援藏工作的进展以及队员在墨脱的工作生活情况，在家的几位队员邓宏照、李展健和郭振华也出席了捐赠仪式。

然后，朋友们便马不停蹄地来到墨脱镇亚东村，这是我工作所在的镇，亚东

□南伽巴瓦峰

村则是我包的村。镇党委书记格桑卓嘎和镇长曹启兵以及镇其他班子成员早早地在门口等候。

这次他们来，我安排了一个重要的任务，那就是出席墨脱镇 100 户家庭结对暨“援藏帮扶基金”启动仪式。墨脱是外人神往的莲花圣地，被誉为隐秘的莲花，但因为交通不便，还有不少家庭生活贫困。墨脱镇 2016 年建档立卡贫困户 96 户，还有部分家庭经济能力较弱。我提出让自己的一百个朋友家庭帮扶这里的一百户家庭，每年资助现金 2000 元，物资 1000 元，连续三年。并且让这边的孩子出去看看，外面的家庭到墨脱来感受一下，多点沟通促进双方交流，互相学习进步。

谢国高常务副书记、四郎拥珍副县长、全镇班子成员以及各村支部书记、第一书记、驻村队长和结对家庭参加了结对仪式。

认领了帮扶家庭结对的爱心人士，每个家庭都郑重地签下爱心结对书，并赠送第一次慰问金每户1000元。

一个家庭每年3000，三年近1万，100户家庭三年就是100万，加上其他的一些捐赠的物资，这笔资金将汇聚形成墨脱镇“援藏帮扶基金”，帮助一些有需要的人。仪式上，谢国高、四郎拥珍、格桑卓嘎、曹启兵以及团长易浩颖和我共同为墨脱镇“援藏帮扶基金”启动揭牌。

格桑卓嘎书记多次感谢爱心人士，表示助人为乐是中华民族的传统美德。

因为有爱，我们聚在一起。因为有爱，我们彼此温暖前行。

获悉亚东村在全县 46 个村里唯一没有伙房，团长易浩颖代表爱心人士一行将现金 32 300 元捐赠给亚东村委会，村里的德庆平措书记和次仁旺堆主任接受了这份礼物。

仪式结束后，一行人到各自结对帮扶的对象家里走访，实地深入了解情况。在帮扶对象家里，招待的不是茶，而是酒，墨脱的黄酒献给远方来的尊贵客人。尝了黄酒，也不妨试试藏白酒的味道。

走访的空隙，谢美莲老总发现了墨脱的柠檬，足有小西瓜那么大，惊讶得不得了！

安静祥和的墨脱，笼罩在一片美丽而神秘的仙境里。因为它的神秘，所以引人入胜；因为朋友们的爱心，墨脱揭开了它真实的面纱；而因为爱，我们结缘墨脱，情留墨脱，跨越几千里来墨脱相遇……

三水区林剑伟常委带队到墨脱对接全面对口支援工作

墨脱的五月天气暖，三水的客人分外亲。2017年5月22日至26日，为全面落实习近平总书记在东西部扶贫协作座谈会上的重要讲话精神和《佛山市全面对口支援墨脱县镇乡结对工作方案》要求，三水区委常委、常务副区长林剑伟与副区长江飞带领区发改、财政、西南街道等单位主要负责人一行9人来到墨脱，调研援藏工作、对接全面对口支援乡镇、慰问援藏干部，并向广东省第八批援藏工作队和佛山援墨工作组开展捐赠。

风尘仆仆赶路　马不停蹄调研

5月23日下午6点，林剑伟一行不顾舟车劳顿，刚来到墨脱便立即与援墨工作组召开座谈会。工作组成员、墨脱镇党委副书记、常务副镇长喻晓坤主持座谈，三水区党政代表团全体成员、在家援藏干部和墨脱镇党委书记格桑卓嘎参加了会议。座谈会上，墨脱县委常务副书记、广东省第八批援藏工作队墨脱县工作组组长谢国高对三水区党政代表团的到来表示热烈欢迎，并详细介绍了工作组进驻墨脱后开展的工作、取得的成效、工作的亮点以及三水籍派出干部的工作表现。谢国高表示，工作组进驻前就多方请教相关领导和援藏前辈；进驻墨脱后，在创新工作理念、县直部门调研和下乡走访、项目建设、创新援藏、惠民济困、产业发展等六个方面做了大胆尝试，得到了当地党委、政府和人民群众的一致认可，获得多项集体荣誉，每个队员也获得个人表彰。林剑伟代表三水区委、区政府对工作组开展的援藏工作表示高度肯定，对工作组取得的成绩表示热烈祝贺，对援藏队员的无私奉献表示真心敬佩并致以诚挚问候。同时他表示，三水区党政代表团将结合此次考察情况，深化全面对口支援工作，规定动作做硬，自选动作做优。最后，林剑伟代表三水区委、区政府向工作组捐赠10万元工作经费和16万元项目专项建设资金。

为了支持援藏工作，经过墨脱县工作组与三水区党政代表团和广东省第八批援藏工作队沟通，三水区党政代表团一行5月25日晚上从墨脱返回林芝后到广东省第八批援藏工作队拜访，汇报在墨脱开展工作情况及下一步工作思路，向省援藏工作队捐赠工作经费20万元，并慰问全省援藏干部人才，受到林芝市委副书记、常务副市长、广东省第八批援藏工作队领队许典辉，林芝市政府党组成员、鲁朗管委会党组书记、主任兼市旅游发展委副主任、省援藏工作副领队黄细花，市委副秘书长肖锋等领导的接见和肯定。

顶层设计铺排 深入谋划对接

5月24日一早，林剑伟一行来到三水区全面对口支援的单位墨脱镇，与墨脱镇全体干部座谈，对接全面对口支援工作，受到墨脱镇全体干部的热烈欢迎。在听取全镇基层党建、综治维稳、扶贫攻坚、环境保护等工作图片展示介绍后，双方在墨脱镇会议室举行了深入的座谈。全国政协委员、墨脱镇党委书记格桑卓嘎对三水区党政代表团的到来表示热烈欢迎，并详细介绍了墨脱镇基本情况、存在困难以及需要对口支援的方面。在墨脱镇参加援藏的三水籍干部喻晓坤汇报了担任镇党委副书记、常务副镇长以来开展的工作情况以及援藏工作思路。林剑伟在座谈会上就全面对口支援做了讲话。他表示，三水党政代表团此次前来墨脱有三个目的：一是结对认亲；二是深入了解墨脱镇的基本情况，为下一步开展全面对口支援作准备；三是共同探讨下一步的工作安排。同时，他对墨脱镇提出的对口支援请求阐述了四项原则：一是相对集中财力、物力和资源，帮扶墨脱镇做一些重点项目；二是确定主攻方向，成立共担机制，充分利用好各级资源一同推进；三是希望能够引入一些创新的理念，勇于探索，培育思路；四是进一步明确目标任务，量化考核机制，精细化开展工作。为了突出成效、形成亮点，他表示三水区将对墨脱镇在全县率先完成基层党建标准化建设、冲刺人均超万元乡镇、提前完成脱贫攻坚等先期启动三个方面对口支援，并打造墨脱三水茶园。对于下一步工作，他对开展好全面对口支援工作提了四点建议：一是高度重视，站在贯彻中央到各级地方尤其是习近平总书记在中西部工作座谈会上的讲话精神的高度扎实推进三水和墨脱镇对口支援工作；二是建立机制，加强合作，制定三水和墨脱全面对口支援的相关制度；三是明确分工，形成合力，用好援墨工作组和墨脱镇党委、镇政府两个平台，发挥区援藏工作办公室，区有关部门，西南街道，其他镇街、社会力量，三水籍援藏干部等五个方面的力量；四是建立组织上、制度上的保障。最后，他感谢墨脱镇党委、政府以及全体干部对三水籍援藏干部的关心和高度评价，希望三水籍援藏干部再接再厉，并为墨脱镇亚东村机耕道路改造修护项目捐赠项目专项建设资金16万元。

情系民生福祉　聚焦项目建设

座谈会后，林剑伟一行马不停蹄地赶到墨脱镇亚东村，参加墨脱镇援藏十大民生实事暨亚东村机耕道路改造修护项目动工仪式。该项目地处亚东村 203 户和巴日村 21 户农牧民群众进出巴米典耕种收割场的必经路段，涉及 1000 余名农牧民群众的 1100 亩耕地。因常年降雨导致路面过水、冲垮，其中瀑布路段过水最高水位达 50 厘米，且水流湍急，影响了出行。多年来，该村“两委”干部多次向上级反映，人大代表、政协委员也多次就此事提出议案但均无果。在佛山援墨工作组的协调下，三水区获悉这一信息后，果断出资投入建设，修建过水路面 4 处、架设涵管 5 根。项目完成后将大大改善所涉及田地的交通状况，提高整地、插秧、收成等水稻种植各环节的机械化水平和效率，节省成本，加快农牧民群众脱贫致富的步伐。这是全面对口支援制度出台以来，最先启动的对口支援建设类项目，也是聚焦精准扶贫、造福民生的项目。三水区党政代表团、墨脱县委常务副书记谢国高、墨脱镇有关领导、亚东村村委会干部和驻村队员以及部分村民参加了启动仪式。

同时，三水区党政代表团此行的一项重要任务是考察墨脱县基本情况和对口支援乡镇的项目情况。在墨脱的两天时间里，代表团一行在参加各项活动的间隙，见缝插针地考察了几个项目。5月22日下午进墨途中，代表团一行到达果大桥考察；5月23日下午，代表团一行到墨脱村农家乐项目考察。

三水区委区府办副主任卢山，区发改局局长邓沃明，区财政局局长钱静瑜，西南街道党工委副书记、办事处主任黎达贤，区发改局副局长董仕新，西南街道党工委委员、办事处副主任禤启棠，区发改局产业投资科副科长黎伟聪全程参与考察对接工作。在家援藏干部人才郭振华、赖明建、雷震、陈建林、丁云霞参加了座谈会。

□三水区党政代表团一行与墨脱镇部分干部在镇政府前合影

我在仙境墨脱等大家
——在校友聚会介绍援藏工作时的发言

各位尊敬的师兄师姐，各位亲爱的师弟师妹：

大家中午好！

在异地他乡见到校友是让人觉得温暖的，温暖得就像这个冬天的太阳一样。昨天在湖南长沙时看到北边已经下雪了，而我们这里居然只要穿个外套。我元旦那天回到三水，第二天就回长沙去看了正在医院做些检查的父亲。为了今天的约定，我昨天赶了回来。向大家汇报一下援藏工作，就说四个细节吧。

第一个细节，是那里的条件。大家知道，墨脱是全国最后一个通公路的县，基础条件还比较薄弱，尤其是交通条件。还有两个乡、十七个村不通公路。2016年的最后十几天，我们徒步下乡。到最远的那个村，我们的路要这么走：第一天，先从县城开车行进三个半小时，到帮辛乡；午饭后再开车半个小时到加热萨乡的久当卡村（到这里就没有公路了），接着开始徒步。步行两个小时到加热萨乡政府。第二天，从乡里先走两个小时到一个叫龙利村的地方，再走四个多小时到达甘登乡政府。第三天，从甘登乡政府出发，走四个小时到达多卡村。两天半，才走到这个最远的村，大家别以为走的路像我们平时在佛山走的绿道，那里全是土路、山路，时不时是悬崖边。有一个位置，我每次想起都很后怕，是去一个叫达昂村的路上。青藏高原经过三次隆起，以前是古特提斯海，是海底拱起来的，所以山体里面很多是岩石和沙子，雅鲁藏布江流域很多时候容易发生泥石流。那里就是一个大的塌方面，下面是一千来米的滑坡，上面也是几百米的流沙面，人去村里要横过这个塌方流石的横切面。所谓的路只有一个概念，踩上去的位置只是沙石堆积的一个线状小路，人不敢往下看，滑下去则根本不可想象。上山，下山，我们用脚步去丈量墨脱这座祖国西南边陲的县城。

第二个细节，是那里的干部。大家会不会以为西藏的干部也像我们一样一家老小生活在一起？哪怕老人家不在一起，也会小家庭生活在一起？其实很多都不是！我跟大家汇报一下西藏的一项制度，就是驻村驻寺制度，每一个行政村，安排四名干部（从自治区到市到县到乡镇各个部门抽调干部）驻村，每个寺庙也要根据僧尼的多少安排人数不等的干部驻寺。每批一年，到现在西藏已经派驻到第七批了。西藏很多地方交通不便，根本不能随时回家，有时是半年，有时真可能一年到头才休个假。加上很多干部是走读干部，形成了很多多地分居的情况，经常是老公在这个县，老婆在另一个县，孩子在读内地班，老人在成都或者内地其他地方。大家能否想象得到，这对家庭是一个多么现实的考验？西藏地大，不少地方之间交通距离远，有的干部在偏远的地方工作，一扎根就是十几二十年，那种清冷和艰苦大家可以去想一想。

第三个细节，是对边疆的一次触动。2016年底，援藏队安排我跟部队去联合巡逻，去了三天。第一天开车一个多小时后，就没有公路了，然后徒步走了三个多小时山路，刚好为第二天热身。第二天，我们六点起床，早餐后七点出发。从村子里出发后，走了大概一个半小时到了雅鲁藏布江河边，然后沿着河床在一个个大石头上跳来跳去地往前推进，跳爬了一个小时左右，其中不少地方是涉水的，鞋子全湿了，那天又下小雨，衣服也湿了。爬山之前，我们在十点钟左右到了一个粗糙简易棚子里补充了食物，喝红牛，吃牛肉干和饼干等。随后一路往上爬。部队走得快，我心里也不想掉队，一直跟着他们急行军。我个人的体力不算是弱的，但跟着他们的节奏一直是冲刺的速度往山上攀。连续两三个小时的急行军式冲刺之后，我的大腿抽了四次筋。到那个时候，我都有些要崩溃了——不爬了，作为援藏干部丢不起这人，也不是我的个性；接着爬，已经抽筋四次，下山怎么下得了？在爬了四个小时之后，终于到达了巡逻的最前沿，那里是中印双方巡逻的一个重合点。在山上，我们将对方的标识全部铲除。我们的士兵用英语写上“China”，我后来用中文写上“中国”两个字。在这个时候，一个人对国土的理解才直观而强烈。那一刹那，我真的涌出一股浓烈的情感，就是想俯下身子去亲吻一下这片属于我们祖国的土地，每一寸都是那么的来之不易。

第四个细节，是对亲人的不舍。在西藏援藏，一年可能外出出差几次。但是，出差不是意味着回家。因为师大一个奖学金将墨脱困难学生纳入发放范围的缘故，最近几年我有时会回长沙去申领资金。每次去长沙，没法考虑回广东，爱人就会带着两个小孩去长沙与我相聚。可是，他们只有周末，每次都是匆匆两三天，而我每次送他们乘地铁，或者乘高铁离开，目送他们的身影消失在人群中，内心的一种离别感越来越强烈。我女儿当时一听说我要离开家去援藏，她的眼泪唰的一下就来了，现在慢慢大了不哭了，坚强了；但儿子现在每次离开我都会哭得稀里哗啦，慢慢有了离别的概念。远赴他乡，于我们大人而言是工作需要，于小孩子而言却是实实在在地感受到父母的远离；于爱人而言又是需要无名地默默付出，这是外人难以想象的。我们的心里，经常涌现出无限的对家人的歉疚。当然，牺牲小家，为国效力是每一个热血青年的豪情壮志，我们是要有一股子情怀的，也要动员更多的青年才俊到祖国需要的地方去建功立业。

最后，我想告诉大家的是，佛山援藏队在墨脱沉下心来扎实工作，取得了非常优异的成绩，获得了上级领导和当地干部群众的高度评价，不负佛山援藏的名称，请大家放心。同时，西藏又是一个非常美丽的圣洁之地，非常值得去看看。如果大家来，我愿在美丽的仙境墨脱等着大家。在这里，也祝大家身体健康、工作顺利、家庭幸福、万事如意！

墨脱雅鲁藏布江果果糖大拐弯

遭遇地震险情

原本乔羽副市长打算带着市里几位领导来林芝准备进墨脱考察，谢国高书记带着我和雷震出来林芝迎接。没想到临近出发乔市长因故取消了行程，但李灿局长等九人如期过来。今天清晨六点多的时候，在林芝宿舍的我突然被一阵强烈的摇晃惊醒。我稍加判断，发现应该是地震，林芝地震了！那是一阵非常强烈的晃动，感觉既像是非常大的狂风将整个建筑物吹得前后左右摇摆，也像是装了上百吨砂石的大货车从头顶的水泥桥墩上经过一般轰轰隆隆，还像是人的肩膀被别人抓着猛力地摇晃。

那一瞬间，我居然没有赶紧跑，可能是没看到房子裂开的迹象，心想着我住在四楼房子真要垮也跑不掉；潜意识里想着地震应该就只是几秒钟的事，很快就会过去；同时我也没有赶紧躲到厕所什么的小型狭窄位置，搞点水之类，就是傻愣着坐在床上一动没动。我估计摇晃了三四十秒钟（后来确认是四十多秒）。后来摇晃停下来不久，隔壁的胡雄英打电话给我，没有半句啰唆，直接让我赶快下楼。本已停止摇晃，我便从容穿上裤子、鞋子，带上手机和钱包，再穿上冲锋衣下楼。到楼下一看，发现已经有好多人到下面了——他们的避震逃离意识强多了。谢国高书记穿着拖鞋和睡裤，冷得直哆嗦，后来好在有人把他请进车里避寒。后来才知道他连鞋子都没穿就第一个跑下来了，手机也没带，衣服也没穿多少。下来后借人家的拖鞋和衣服穿着然后躲进车里才暖和一点。

慢慢地，大家逐渐收到关于地震的信息，确定刚刚发生的地震是6.5级，后来修正为6.9级。这可是一个不小的震级了。才发现，自己居然体验了一次真的堪称大的地震，之前在墨脱有一次发生4.5级地震时，正好周末，我在宿舍看书，感觉是房子被风吹得晃动了几下，但不强烈。可这一次，是真真正正地感觉到了强烈的地震。事实上，从后来的信息反馈，余震还发生了三百多次，可见多么恐怖。但如果从这次发生地震之后我的应急处置来看，我明显发觉自己是很不及格的。一是自己发现发生地震之后却没有采取任何逃离或避险的措施，而是傻傻地坐在床上等待地震过去，而且在被通知下楼时还先穿鞋子裤子拿手机钱包，没有丝毫对危险的警觉性；二是作为工作组的秘书长，在地震发生之后没有采取任何措施处理工作队的事，比如了解其他在墨队员和柔性援藏成员是否安全，镇里有没有发生灾害和险情，工作组的相关工作尤其是工地有没有发生什么危险受到影响，收集信息为领导决策以及上报做准备等。这一切，我都似乎处在一个比较混沌的状态没有做出迅速反应，可能是当时真的被吓到了，也可能是睡梦中惊醒还没有睡醒，值得引起深刻反思。好在停顿下来，就能够按照应急要求去开展工作。如果住的房子不是很牢固抗震，恐怕很多人已经陷入一片瓦砾当中。

接下来，就是远处的亲人和朋友打过来电话或者微信发来的问候。我第一时间发信息打电话告诉了妻子小红，爷爷紧接着连续打了三个电话过来询问情况。满叔、爸爸、姑姑，以及周扬、蔡颂、汤美玲等人均打电话来确认，廖常委很快发来信息问我是否安全，黎镇和谢局也在晚上打电话问我情况，陈国雄和河口的林耀强书记也打了电话过来，何启华、卢钊华等领导则发信息来问候，郭昉、匡洪志、周展鹏、魏端峰以及朋友龚德贵、罗伟、郭粮丰等均打来电话，还有很多的朋友发来信息询问有没有受伤，喻氏家族群里伯父、婶婶、姐姐、姐夫等人多次发来了询问。在上午八点多的时候，我发了一条微信，在朋友圈里宣告“本人安全，工作队平安，镇里暂时没有收到涉及人房等方面的险情”，算是给大家一个交代。在这种时候，接到亲人或者朋友的电话，心里是能够感觉到温暖的。如果在这种时候哪怕一个问候都没有，即使是亲人和兄弟相称的朋友，又怎么能称得上是亲人或兄弟呢？只不过是人生过客或酒肉狐朋罢了！真正关心你的朋友，一定非常关注你的生活，何况关乎性命！

其实，援藏之后，遇到的险情又何止是这一次呢？前几天从墨脱出来的时候，强哥过了排龙时在倒后镜中发现，我们的车子刚过就有一块大石头掉下来；之前国高书记进出墨脱几次遇到滚石，幸亏强哥及时处置才没有发生实质性的伤情；去年我们国庆时回了一趟广东，进墨脱时发现新增了十几条泥石流的痕迹；在下乡的路上，经常看见掉落在路上的石头；今年八月，省政府办公厅一行人来的时候，玛迪村的路基直接塌方了只好绕道德兴；还有三月份的雪崩致进出墨脱的路断了十几天；进墨一年多，来自全国各地的援藏干部就走了好几个……单单讲这进墨之后发生的危险，其实真是数不胜数。只是，没有亲身经历或者受到损伤，内心的警惕心理没有那么强烈。

应急处置的能力要提升，其实也同样需要我们保持清醒的认识和高度的警惕。在墨脱这个地方生活和工作，一定不要蛮干。经此一事，我们的心会受到警醒吗？希望只有警醒，没有事故！也祈愿我们所有的援藏成员一生平安，顺利安康！

村干部应该具有的民意观

前一段时间，按照自治区的统一部署，全县组织对各村党支部、村委会以及团、妇负责人进行了换届选举，各村按照要求都选出了新一届的村“两委”干部。按照镇里的分工，我负责包村驻点亚东村，并筹备参与了选举的每一个环节。我觉得，村委会干部官虽不大但责任不小，权虽不大但影响很广；做得好造福一村，做得不好则拖累一村。于是，在亚东村新当选干部第一次会议上，我跟大家分享了我对新一届村委会干部的“三个民意”思考。

一是村委会干部要感谢民意。天大地大，民意最大。我国著名学者俞可平教授曾说，何为民意？民意就是民众的愿望，民众的心声，民众的信任和民众的评判。村委会干部是村民直接选举出来的同志。大家能将选票投给当选的同志，是一种认可，一种肯定，一种支持，也是一种信任。能够从候选人中顺利地被推荐和选举出来，得到村民的选票，当选的村委会干部应该发自内心地感谢投赞成票的村民，感谢村民的支持，感谢这份沉甸甸的认可和信任。

二是村委会干部要尊重民意。群众在你的心里分量有多重，你在群众心中就有多重。村干部当选，很少有全票当选的，这说明有支持的也有不支持的。但既然被选举出来了，就是大部分村民的一种期待。要对得起这份期待，对得起大部分村民的这种支持，按照村委会干部的身份要求，充分履行好自己的职责，做好自己的本职工作，以自己的实际行动回报村民的信任和支持。《大学》曰：“民之所好好之，民之所恶恶之。”要以群众的好恶作为村委会干部工作的导向，有效防止偏离民意。要正视还没有投赞成票的情况，不但不能对没投赞成票的村民打击报复，反而要端正态度，正视短板，找出不足，反思别人不投票的原因是不是自己的工作哪些方面做得还不够好，在接下来的行动中以更加扎实的工作取信于民，做得更好，赢得村民内心的支持。

三是村委会干部要敬畏民意。民为邦本，本固邦宁。毛泽东同志当年和黄炎培先生在谈到历史周期律时曾说道：“我们已经找到了新路，我们能够跳出这周期律。这条新路，就是民主。只有让人民来监督政府，政府才不敢松懈。只有人人起来负责，才不会人亡政息。”干部是一种身份，也是一种责任。被选举成为村干部，不仅仅是一种荣誉，更是一份责任。但是，这种信任和支持不是简单的单方面的，也不是平白无故可以一劳永逸的，更不可能任人肆意任性。古话说，水能载舟，亦能覆舟。民意既可以选一个人出来，也可以在下次选一个人下去。所以，敬畏民意，就要扎实肯干，敢于担当，以实际的业绩展示于村民；要依法办事，公平公正，一碗水端平处理群众之间的矛盾和纠纷；要想方设法，多方筹谋，带领村民通过诚实的劳动勤劳致富；要一身正气，移风易俗，引领良好风气，在全村激扬正能量；要综合施策，一心为村，坦荡为民做出一番真业绩，做无愧于村民信任的村干部。

夜宿达昂

晚上八点，饱饱地吃下两碗饭，窗外已是万籁俱静。不管是远处的雪山，还是这个宁静的小村庄，都沉寂在这个离县城八十七公里的地方——今天我们乘车四个半小时、徒步五个小时才到达的加热萨乡达昂村——从今天开始我们第二次徒步墨脱上三乡，被喻为不通公路的三个乡，这是第一站。一个好消息是，加热萨乡刚刚迎来历史性突破，公路初通到了乡政府，但到各村的路仍然要靠步行。

早上八点半从县里出发，一路看到很多修路的农民工在紧张地施工。墨脱的路，是一个老生常谈的话题，墨脱因为是全国最后一个通公路的县而“享誉”全国。扎木公路这次应该是第六次修了，扩建为双向两车道。工人们埋头苦干，这段时间的进展很快，我被这群勤劳肯干的朋友感动着，他们是美丽墨脱的建设者，是使墨脱越来越好的辛劳者，也是自己幸福生活的守望者。

一路往前，经过四个多小时的行车，我们先到达加热萨乡政府，朴实的张岗乡长在政府门口的操场上迎接我们，还有正在排练舞蹈的干部群众。简单午餐，观看了舞蹈队的表演之后，我们开始上山。从乡政府到加热萨村，一路是上坡。中午出发，太阳晒，天热，汗如雨下。我们走了大概一个小时，循例慰问村“两委”干部、驻村队员和贫困户，然后前往拉贡村。因为路途遥远，且没有什么路，到曾求村时已经是下午五点多了，我们于是绕过该村直接前往达昂村。去年去达昂村的时候，遇到一个路段极其危险，上下一千多米的塌方面仅一线条的路面，让我至今后怕。前去的路上心有余悸。好在这次已经扩宽了一些，足有二十厘米，过路已无问题。而今晚选择住在这个村，也正是因为它的路险，少有人去，更是少人关心。

国高书记身体抱恙，感觉有些疲惫。加热萨村的驻村干部苏龙带我们住在上达昂村支部书记家里。没有想到的是，第二天早上慰问贫困户的时候，女主人在得到慰问时感动得居然跪了下来，拉着国高书记的手放在额头上，如同农奴制度下的农奴让尊贵的人摸顶赐福一样，可见这里的村民多么淳朴，也说明当年留下的农奴制影响之深。

第二天早餐在妇女主任家。这个只有十来户人家的村，几乎每个家里都有干部，要么是村“两委”干部，要么是监督委员会成员，要么是村医，要么是公益岗位。离开达昂我们先去了曾求村和曾求寺慰问，然后下山到根帮村，再回到乡里。因为国高书记接到任务，我们只好提前打道回府去县城，另外的行程待下次再折返继续。回到县里已是六点半，吃罢回宿舍，感觉还是有些累。

按照安排，这次重走上三乡，是进墨脱之后对所有村的第二次全覆盖。之所以先到加热萨乡，一是这个乡主要是垂直排列，且爬山相对辛苦；二是想接下来直奔甘登乡的多卡村——离县城最远的村落，然后从里面往外走，回程时再顺着走遍帮辛乡，感觉会是越走越近。同时，这次前往上三乡，还有一层想法，就是在即将搬迁的多卡、龙利和岗玉三个村全部住上一个晚上。

因为疲惫，其实身体已经有些辛苦；又因为时间已经临近元旦，马上就到春节休假的时间，大家多少有些归心似箭。可是，国高书记这么安排，大家都精神饱满地迎接挑战。对于我们援藏队来说，精神和气节是很重要的，如此奔波于各乡村之间，这种与群众的鱼水之情是难能可贵的！

龙利村的月光

再次出发赶往甘登乡，第一站选择途中的加热萨乡龙利村入住。昨天开始喉咙发炎有点咳嗽，昨晚跟人喝了两听啤酒感觉身体很是难受，今早一路上咳得厉害，咳得扯着头上的筋痛，加上有点感冒症状，人很辛苦。经过帮辛乡时慰问了四个村，到贫困户家慰问时我没去，实在是感觉有些累。又或者是中午到了午睡时间不能入睡，更加犯困。在车上，因为不舒服，心里一直纠结要不要在到达加热萨乡政府时下车打道回县或者就在乡里原地休息。四点左右从加热萨出发，我们雇了一个骡子帮忙驮运东西。乡里扎西顿珠副书记和龙利村第一书记李军陪同我们徒步前行。一开始路比较平缓，后来到了十一道拐，之后一直上山。没想到身体没有想象当中那么累，可能是出了一身汗反而好了些，到达龙利村已经是晚上六点多了。

吃住在村支部书记家里。晚饭很丰盛，有我最爱吃的猪脚炖萝卜，有藏鸡炖萝卜，还有牦牛肉炖青菜和一个蛋汤。我吃了两碗饭，饱餐一顿。

天黑之后，原本就没有什么平地的村子里，上下都是坡度比较大的山体，路则是土路。入夜之后，村里根本没有地方去，仅限于在支部书记家的房子附近活动。这边的村子，大多是在稍微缓一点的山体中间选择一处不那么陡的地方建房子，而大部分山都是六七十度的坡。这就很是考验人了，只能在稍微有点缓坡的位置建房，房前屋后基本上没有太多展开的空间。支部书记家门前也不过四五米宽而已，左右侧延伸几米处均有木栅栏防牲畜进出。往上是近千米的山，山下千来米则是雅鲁藏布江，蜿蜒流淌。跟雷震跑到旁边的路边“站了一下马”——在墨脱下乡，最难的就是上厕所和洗澡。我选了一个灰尘较厚的地方，完事后用脚拨拉了一些尘土盖上了事！

晚上在书记达瓦次仁家的伙房（藏式厨房）围着炉子烤了一会儿火，然后就在伙房打地铺，我跟国高书记和雷震以及加热萨乡的两个干部五个人一起住在伙房里。因为有点感冒，且白天走得较累，很早就准备铺床休息，我跟国高书记各自写完日记，十点钟左右就睡下。

准备睡觉时，发现外面的月色很漂亮！皎洁的月光洒满整个雅江两岸。半夜起床小便，看到满天的星斗，很久没有见过这么多的星星了，就好像浩瀚的宇宙里，没有半点遮拦，所有的星系都呈现在眼前，布满天幕。睡在床上，窗户外面传来雅江的流水声，很是响亮……

直插县城

从多卡村出发，正好早上九点。如果按照稍微轻松一点的方式走，国高书记打算在甘登乡政府休整半天，这样只需要徒步四个小时走20来公里就行了。可那天雷震跟我说，想昨天赶到多卡（顺利如愿），今天直接赶到帮辛的岗玉村入住（第二天从岗玉回县城再去林芝）；最好是直接回到县城后第二天直接回林芝，这样就不会误了1号的飞机。

飞奔到甘登乡，正好中午一点。因为是第二次走，路况比较熟悉，所以走得比去年第一次走时轻松一些。但沿着磅礴大山一路绕行，尤其是有很长一段爬山路，且一走四个小时，运动量刚刚好！

吃午饭的间隙，雷震跟谢书记谈了想法。谢书记则同意我跟雷震的意见，并让我们直接赶回县城。调子虽定，前面的任务却是不轻。因为甘登乡政府到龙利村再到加热萨乡还有四五个小时的徒步路，加热萨乡回县城还有四个多小时的车程！但是，回县城的想法催促着我们一刻不能停留。于是，草草午饭后大概两点钟出发，一路往前赶。中午出发后，走到七点多的时候，脚步开始飘了起来，踩在满是碎石子和灰尘的山路上，上山下坡出现多次踩滑，几次踉跄。到龙利村的时候，已经是下午五点二十分了，体力也逐渐消耗得差不多了。接着往前走，基本上是下坡，又走了一个多小时才到加热萨乡政府。

达瓦唯色副乡长老远就来接上我们，还让我们在张岗乡长的宿舍里吃上了几个热腾腾的包子。强哥已经开车在等着我们，简单整理，开车从加热萨乡继续前往帮辛乡。走了大概四十来分钟，我们遇上了前来接应我和雷震的司机索朗。在帮辛乡宗荣村的路口，我们跟国高书记拥抱道别，他和支教的贾老师与强哥今晚继续前往岗玉村，我和雷震则赶回县城，争取第二天赶到林芝。

乘车继续前进，天已经完全黑了下来。路上比较顺利，除了几次轻微的会车还有修路停顿外，我和雷震九点四十分回到了县城。

在墨脱，以往从多卡出来，到县城至少需要两到三天。今天，我们早上九点出发，回到宿舍虽然超过十二个小时，但估计这已经是一个记录了！当然，加热萨乡初通了公路，久当卡村到加热萨乡的两个小时徒步路程已经缩短了。这是历史的又一进步，也是墨脱日新月异变化中的一个！

回到宿舍，将背包打开，清理东西时才发现，犄角旮旯里到处都是灰尘……

哪里困难就去哪里

昨晚十一点多睡下，早上七点多便醒来了，但赖到八点才起床。待了一会，洗刷完毕，不得不去上厕所。到了才发现，茅坑是工地在山边挖的一个大坑，用帆布盖上分成男女两侧，脚站的地方是两根不粗的树棍，大小不一，感觉很容易滑下去，下面的污秽不堪入目，如果滑倒落入粪坑里那就惨了。我双脚慢慢试探着移过去，战战兢兢地拉完一次。

回到朗杰岗村驻地，请大家把烤火的地方用铁皮挡好。说是驻地，其实是借用工地指挥部的一间板房，共用一个用铁皮搭建的开放型空间，而这个烤火的角落，看上去虽像是一个安全的小港湾，实际上却是四处来风。这几天下雨，又还是在三月初，村里的温度大概在十来度。在这个天冷的时候兼湿气弥漫，坐在角落里也是冷得很，所以必须想办法挡一下。

上午格桑卓嘎书记来检查三月维稳工作，因为昨晚他们四个驻村队员忙活两个小时补材料，基本是齐备的了，西洛也还是指出一些需要完善的地方。后来村干部和几个村民来了，卓嘎书记便认真地跟大家强调了几点要求。讲完，大家伙一起去村子里看看，顺便去看望昨天给我治病的多扎巴老人，我则请他再帮我顺一顺落枕仍有点疼痛的脖子。卓嘎书记自己掏了五百块钱送给老人，老人家帮我

□朗杰岗村多扎巴老人在给笔者治疗

捏住脖子左侧的一根经络顺了一下，瞬间便让我感觉舒服多了，真是奇了。后来他又帮卓嘎书记看了一下，然后我们送卓嘎书记回去。她离开后，我召集驻村干部和村干部开了个会，将全国两会和三月份维稳的相关要求以及卓嘎书记刚才的要求做了一次落实部署。

因为雷震说午饭后将要来看那个之前镇里提到的生病的年轻人，我便等他。他到后，帮我带来了上午我让小雅帮忙准备的一些物资，被子和袜子、洗脸盆以及饺子包子等，至少晚上睡觉不会冷着，吃饭能有保障。找到那个年轻人后帮他检查了一下，也看了他拍的片子，交代他因为需要麻醉插管，需待专家商议后看是在县里做手术还是送到外面去治，交代了一些注意事项。后来村干部伦珠因为髋关节疼痛，也找雷院长看了看，雷看后直接带他去县人民医院拍片后再做治疗。在这些欠发达地区，有时候医疗和教育人才非常欠缺，如果有好的医生，能够解决很多人的病痛，是真的能够造福百姓的。

因为中午没睡，下午看书时便精神不集中，老想打瞌睡，于是我躺在次成郎加的床上小憩了一会，顿时精神好了起来，将《政治社会学》看了一章有多。晚上吃饭准备再看书时，多洛书记来电话说召集村民开大会，请驻村工作队的同志过去参加，我便一起前往。尼扎传达了上级要求，部署了村里的任务，我讲了五点意见：一是全国两会召开和三月敏感月期间，请大家主动为这一全国大事创造和谐环境，不闹事，不闯祸，不乱来，不接待外来人口尤其是转经人员，非必要尽量减少外出；二是防范好地质灾害以及注意用火、用电，出行时注意交通安全；三是搞好家庭和谐，少喝酒，多尊重，别打人（村里一个男人喝酒经常打家人）；四是做好明天自治区政协罗梅副主席到朗杰岗村检查的准备工作，请大家搞好环境卫生，以良好的精神风貌迎接检查；五是遇到不稳定因素和矛盾纠纷马上向驻村干部或者村干部报告，及时处置化解，消除隐患。

回宿舍刷牙洗脸洗脚，没想到电筒却不见了。外面的温度更低了，甚为清冷；又兼海拔一千九，群山之中湿气比较重。这地方，条件确实是差了些。可是转念一想，作为党员干部尤其是援藏同志，哪里辛苦就往哪里去，并且坚定地跟当地干部群众工作生活在一起，给他们以信心和能量，是一种应有的态度和作风。

一次交锋

昨天下午，我原准备给全村党员上一次党课。前几天就定下的事情，但昨天下午多洛书记请我们去的时候，党员二十人居然只有七八个人到会；我当场就生气地走了。到晚上七点半的时候，村委会主任贡桑伦珠来告诉我们，人已经齐了。我们赶紧把饭吃完，上去看到来了十八个人（其中有两个人是代替开会的），于是开会。

我讲了一个开场白，然后逐一认识了每一位党员。再讲了三个方面：第一，认真学习了党的十九大和全国人大一次会议的有关精神，让大家懂政治，观大局，看到国家的发展变化，感恩党和政府对朗杰岗村生活的关心，真正感党恩、听党话、跟党走。第二，分析了在朗杰岗驻村发现的一些好的方面和不好的方面。好的方面：一是村民淳朴；二是涌现出了一批品德高尚、勤劳致富的人；三是新村建设欣欣向荣，每天都有新变化；四是干部参加工作有责任心。不好的方面：一是致富的渠道不够宽；二是环境卫生和个人卫生不够好；三是干部有些带头做了破坏要求的事；四是党员的带头作用、先进性凸显不是很明显。第三，对接下来的工作提出六点建议：一是认真学习党的十九大和全国人大一次会议精神，学深学透学精髓；二是旗帜鲜明地发扬正气，义正辞严地打压歪风邪气；三是建设堡垒型基层党组织，要健全党的组织生活；四是搞好村内环境卫生个人生活卫生；五是继续做好三月敏感月维稳安保工作；六是关心新村建设。我讲完之后，尼扎做了翻译。他非常认真，提前将讲话稿做了全文藏语翻译。

后来，支部书记多洛、村干部热旦与他妈妈、上任村委会主任忠军等人相继讲了话，围绕的主题是村外林子里搭房子的问题（朗杰岗村是一个地质灾害异地安置搬迁村，刚刚搬到墨脱镇辖区，临时安置住在搭建的帐篷里，但几户村民在安置点之外私自砍树毁林自行违规搭建了一些木头棚子）。因为提到了村干部不守规矩在村内搭建木板房的事情，所以他们“跳了”出来。首先是热旦，说之前不曾知道不能搭，也没人讲过；后来他妈妈作为老干部说话，说是有原因，还说村干部不要只等靠要；忠军则更加。其实在林子里搭房子就是他们两家，所以讨论得比较激烈。后来会议上有些争执，核心在于有人说村干部和驻村队将村民卖了，搭房子的事情告诉了镇里面而没有把事情“兜着”；村民去工地打工，工地不要，驻村队感觉有些是指桑骂槐的味道，不敢当面冲撞驻村队，只好向多洛书记发火。

我当时因为完全听不懂珞巴语，看了一下尼扎的笔记，仅略知一二。但回到驻村点之后驻村队员的讨论则深化到了一些前因后果，村内多洛书记威信不足，而有人为了自己利益我行我素，村委会内部又不团结，搞得多洛书记没有凝聚力，工作没法开展，而整个党支部尤其是一些党员怀着私心杂念。因为涉及之前的一些事情尤其是新村建设中的一些情况，多洛书记不敢太过于深入，但心里很不高兴，对得不到坚定拥护和认同有点心灰意冷甚至不敢再全心开展工作，曾提出不再担任书记一职。驻村队员既不想惹太多事情，也感觉有些无奈。我看到这个情况，先跟驻村队员做工作，不要因为这些群众哪怕是党员的觉悟不高而影响了自己做工作思考问题的高度与心态。

一觉醒来，我感觉村里党员越是这样，就越没有正气，昨晚一次会一方面把原本要树立的正气反而给搅坏了，另一方面本来就威信不足的多洛书记和部分村干部更加没有威信了，同时歪风邪气扰乱了整个会场气氛。于是我想近几天做个事，逐一跟全部党员、村内“两代表一委员”（党代表、人大代表和政协委员）、老干部谈话，征求他们对一些工作的看法，了解真实情况。具体谈话内容包括：自身发挥党员先进性的情况、对党支部的认可情况、对林子里搭建房子一事的看法、对如何做好党支部工作提建议。专门用几天的时间谈话之后梳理统计意见再决定下一步的行动，如果只是少数人的歪风邪气，那就再次开会指出问题，孤立少数进行教育提高；如果整体有问题，就要向镇党委汇报后再行定夺。

交锋，意味着存在问题；交锋，必然交火！

交锋之后打胜仗

在连续两天两晚跟在家所有党员、“两代表一委员”和老干部谈心之后，上午在朗杰岗村召集全体党员再次召开了一次会议，让每一个人都发了言，我就党员如何践行先进性，如何讲党性、讲政治、讲正气，如何运用沟通技巧和方法搞好团结等做了讲话，村干部逐个表态发言。应该说，会议的效果非常好，党员们对我们组织的这个活动都表示充分肯定。我向陪同奇正药业老总前来朗杰岗村调研的卓嘎书记汇报了前后的经过后，她十分肯定我和驻村队做了一件大好事！我的心里也是非常高兴，认为做了一件负责任的事情。

自前几天召开党员会议遇到有人当着我的面争执，尤其是老干部热旦的妈妈、原村委会主任忠军以及现任村干部热旦对林子里搭房子一事不讲党性只讲自身困难的情况我感觉党员群体里党性不足、正气不足，于是我第二天决定跟全体党员逐个谈话了解深层次原因，然后再作引导。在征得格桑卓嘎书记和曹启兵镇长的同意后开始扎实实施，并将当晚发言可能存在问题的部分党员放在后面谈，重点谈。在听了多洛书记父亲和热旦父亲等人的谈话后，我基本上摸清了两个家族之间的纠葛历史及来源。其实是围绕着两个家庭三代人存在的历史矛盾夹杂误会，致使村委会班子成员之间，党员之间存在矛盾和争执。矛盾的双方是多洛书记和热旦两个家庭。热旦祖父跟多洛书记的父亲原来同在村委会搭班子时有过不

□在朗杰岗村召开党员会议

开心；后来热旦的父亲索朗和多洛书记在同一个班子时也遇到了不高兴，并且说是因为多洛书记的告发引致热旦父亲和母亲同时辞去村干部的职务，多洛书记担任了党支部书记后则更加深化了矛盾；热旦平时跟多洛书记的沟通存在不畅引发多洛书记的猜忌，两个人都心存不满。绕来绕去，其实就是两个家庭的三代心结。可事实上，热旦父亲和多洛书记是同母异父的兄弟，两人可以说是亲兄弟。

搞清楚关系和问题的由来，我跟热旦以及他的父母、多洛书记分别作了深入地谈话。做通他们的工作之后，我让热旦和多洛书记在我们驻村队进行了面对面的深入沟通，各自剖析自己的问题与纠结的心结，坦承一些心里的不快，相约将心里的误会抛之脑后，从此团结一起工作。

做好了这些前期工作之后，今天重新开会。先是重温了入党誓词。每个党员对自己发挥党员先进性作用做了剖析，对存在的问题作了自我批评，对村内树立正气打压邪气表明了态度，尤其是对前段时间一部分干部和党员不顾要求和纪律我行我素破坏形象的做法谈了认识，形成了讲正气、讲团结的局面。而最后结束了之后，热旦的爸爸主动要求在党员会议上承认林子里搭房子的做法是不对的，当面道歉，让整个会议的效果达到高潮。我心甚慰！作为任期只一个月的包村领导，又是援藏身份，我本来可以不管，拖一拖就过去了。但党员的一种使命感让我做出了深入虎穴解决问题的决定。在驻村队的帮助和投入下，一起解决了这个村子里存在了很久的一个老问题，我的心里确实是感到高兴的，就如同是打了一场胜仗一样。

旗帜鲜明树正气 讲究原则促团结
——在朗杰岗第二次党员座谈会上的讲话

各位党员同志：

上午好！

三天前我们来村里跟全体党员开了个党员会议，学习了党的十九大和全国人大一次会议的有关精神，分析了村里存在的一些问题，并对接下来的工作和生活提出了几点建议。在会上，虽然听不懂你们讲的话，但我感觉到部分党员就一些问题讲了一些自己的观点，引起了一些小争执。因为我到村里的时间不长，有些情况不是很了解，对发生的情况也不清楚原因。为了深入了解村里关于党支部工作、关于党员同志如何践行党员先进性的情况，在请示了镇党委格桑卓嘎书记和曹启兵镇长之后，我跟驻村队的同志用两天的时间，跟在家的党员同志逐一进行了谈话。刚刚，我们朗杰岗全体党员重新温习了入党誓词，每一位党员同志都作了发言，谈了自己的认识，我认为很多的同志认识到了平时党支部工作和党员日常表现中突出的一些问题，分析得很深入透彻，很有觉悟。下面，我就这两天谈话的工作谈一点自己的体会。

一、讲党性——旗帜鲜明地讲政治，讲正气

刚刚我们重温了入党誓词，大家还记不记得当初加入中国共产党的初衷？习

近平总书记谆谆教导我们一定要不忘初心，奋勇前进，这个初心是什么？在革命战争年代，我们的先辈抛头颅、洒热血是为了解放全中国，为了全中国的老百姓翻身做主人；社会主义建设时期我们工业学大庆，农业学大寨，造出原子弹是为了我们的国家能自强于民族之林，不被别的国家欺负；现在我们处于改革开放时期，生活已经逐渐富裕起来，国家的政策这么好，给我们盖房子、修道路，都是为了让我们的百姓生活得好起来。在这个时候，我们的党员同志是不是可以松一口气了？是不是可以谈享受了？是不是可以不要艰苦奋斗，不要发挥党员的先锋模范作用了呢？是不是党员可以和普通的老百姓一样，不需要觉悟，不需要讲政治，讲党性，讲正气了呢？

我们现在步入深化改革的深水区，墨脱还处于脱贫致富的攻坚期，我们朗杰岗村还有很多的事情要做，朗杰岗村的党员在这个时候不是可以松懈和不要表现了，反而更加需要跟以习近平总书记为核心的党中央保持高度一致，不断提升觉悟，提高党性修养，增强全心全意为人民服务的宗旨意识。什么叫讲党性？就是要上对得起党和政府，下对得起群众和百姓。就是要立场坚定，顾全大局；牢记宗旨，执政为民；忠于职守，敢于负责；要重品行，以德树威，以廉服人；要严于律己，以身作则做表率；要真正做到践行党的群众路线，密切同人民群众的联系；严格遵守党的纪律，维护党的团结统一。

我们的党历来反对山头主义，搞小圈子小团体，在一个村里也不能搞拉帮结派，不能搞家族亲疏。十八大以来，我们查处党员干部违反八项规定，查处小圈子小团体拉帮结派的案例还少吗？教训还不够深刻吗？这两天，我跟党员同志的谈话谈心中，跟个别的同志交换了意见，要将之前的一些家庭之间的不愉快翻过去，冤家宜解不宜结，一切向前看，不要将一些东西延续到下一代身上去。我希望我们的党员同志都要讲大局，讲政治，讲党性，讲正气。今天为什么要开党员会议，就是因为党员的身份，要让觉悟更高。我希望大家不要忘了我们共产党员的初心，不要忘了我们作为一位党员的身份，要带好头，以高的觉悟和好的修养获得群众的尊重，而不要让别人在背后骂你，说某某某作为一个党员自己带头做不好的事；不好的事，违反政府要求的事是党员干部带头做出来的。

二、讲原则——大事讲原则，小事讲风格

今天开的是党员会议，讲的是组织生活原则。如果是普通的老百姓，有些时候觉悟不高是正常的，但对于一个党员来说，应该将党的组织生活看得神圣而重要。在这一点上，我建议大家坚持大事讲原则，小事讲风格。什么叫讲原则？村委会工作有什么原则？有很多，比如民主集中原则，比如少数服从多数原则，比如全心全意为人民服务，比如坚持党委领导等等。在这里，我今天主要讲两条：一是民主集中，二是公平无私。先讲第一条，研究工作要实行民主集中。对一些村里面的重大事务，涉及村内的发展规划，贫困户的定夺，一些上级慰问或者公益岗位的安排等大事，都要坚持会议研究民主讨论集体决定；同时，党支部、村委会决定了的事情，党支部、村委会干部和全体党员就要心口一致，不要当面一套背后一套，表面上服从，暗地里乱说一通。我在其他一些地方发现有这样的人，嘴上说得天花乱坠，信誓旦旦，但心里却并不这么想，做也不是这么做的。我们党最反对两面派、阴阳人，当面说你好话，背后说你坏话！第二项，干工作要公平无私。无私则无畏，心底无私天地宽。没有私心杂念，走到哪里都不怕被人戳脊梁骨。我跟一些党员说，朗杰岗的村子很小，一辈子的时间却很长，我们的长辈、自己这一辈和我们的小孩都生活在这么一个村子里，如果党员和村干部一心只想着自己的私利，只想着自己亲戚小圈子的利益，群众也不是傻子，历史更不是傻子，肯定会看穿。所以，不要以为谋私利别人不知道不清楚！只要是党员干部没有私心，即便是一时不理解，总有一天是会理解的。

什么叫小事讲风格？平时生活当中的一些小事，大家多一点谦让，少一点计较。王岐山同志曾经跟我们讲过一个叫“三尺巷”的故事，就是说以前有两户人家都比较有势力，在村里建房子的时候都想扩大一点自己家房子的面积而互不相让，都想占多一点位置。两家人里一家是有很多钱的大财主，另一家人里有人在朝廷做大官，托人打官司都打到朝廷里去了。后来那个在朝廷当官的人想了之后说，让他三尺又何妨，让家里人避让。这一让，地方虽小，但境界却很高，被人传为美谈。人家就说，没有因为家里有权势就欺压别人。我们的党员、老干部，在遇到这种事情的时候有没有这样的境界？我们的生活里就是需要谦让礼让的风格，这是一种良好的品德。我了解了一下，村子里很多人之间是亲戚。人家说远

亲不如近邻，现在大家住在一个村子里，不仅是亲戚，还住在一起有个照应，更加应该多关心，多礼让。

三、讲方法，讲究沟通的技巧和方法

沟通是一门艺术，也是一种工作的方法。在党内，在组织生活中既要讲原则，也要注意方式方法。一是表里如一。要做到有事会上说，当面说，不要打小报告；会上说的要认，要服从，组织制定的决议要执行；不要当着组织的面不说，到群众面前乱说一通，破坏团结，要一个口子出气，保持一致。这是组织原则的要求。二是掌握时机。遇到一方动怒上火时，如果不是十万火急就尽量缓着说，别顶牛。明明有人着急上火的时候，你冲上前去就是一通铺天盖地的批评，这不是明摆着火上浇油吗？不如等他火气消了你再说，效果会好很多；或者你悄悄地把他拉到一边说，这个效果不是会好一些吗？这是一种沟通的技巧。三是虚心接受意见。要听得进别人的意见。我们说兼听则明，博采众长，就是要多听听别人的意见。有些党员自以为老子天下第一，听不得别人任何的意见，一听人家有意见就不高兴，就想撂挑子，说不干了；有些人却是眼里容不得一粒沙子，看到不好的马上就要说，而且说的时候一点情面都不讲，甚至还要用刻薄的话去刺激人家，这样的两种人就肯定打架！所以，我们在平时的工作中既要讲原则，也要注意方式方法，我这里想跟大家共勉一件事，就是向我们尊敬的周恩来总理学习。我们尊敬的周总理，总能把人说得服服帖帖，向这些人学习，不要给自己找借口，说自己脾气不好，好像我的脾气不好就是这样，其他的人就都要让着我，我发了脾气也不要怪我，这是不好的。

四、讲团结，百年村庄的相处需要大家亲如一家

说一千道一万，讲到底是要讲团结。朗杰岗村就一百四十多个人，大部分其实是亲戚，大家要多团结，想方设法把朗杰岗的事情商量好。昨天热旦跟我说，援藏同志从广东那么远的地方跑到墨脱来干什么？人家林芝市住建局的驻村队跑到墨脱县来干什么？都是为了朗杰岗村好！这个认识我认为是对的，不是我们欠大家的，也不是说组织上让我们来就活该做牛做马，其实我们的所作所为是为了

朗杰岗村越来越好。我不怕跟大家说，朗杰岗归根到底是在座的各位党员的事，我们长也好、短也好，迟早是会回去的，朗杰岗的事情还是需要大家来办的。所以，希望大家团结一心把自己的事情做好，不要让外人看笑话。从另外的一个层面讲，在座的党员没有将现在的朗杰岗带好，没有利用好现在国家、党委政府给我们的这么好的条件发展好，这是对子孙后代的不负责任，你们的子孙后代是要骂大家的！

啰啰唆唆讲了这么多，我的最大的想法是希望全体朗杰岗的党员同志们团结一致，发扬好党员的觉悟，发挥好党员的先进性作用，发扬好党员的正气，以一个党员的标准、以一个优秀共产党员的标准来要求自己，把朗杰岗的事情做好！我的讲话完了，谢谢大家！

感动时刻

今天上午，我和驻村队员到朗杰岗村参加“3·28”西藏百万农奴解放纪念日活动，慰问村里困难家庭，听德庆伦珠等几位老人讲新旧西藏的对比。

开始前，我们举行了升国旗仪式。因为村民住在临时安置房里，新村尚在建，暂时没有升旗台，我们便在伦珠家里请两位年轻的村民用手托住国旗，其他全体村民则面向国旗行注目礼并唱国歌。当国歌奏起，大家一齐注视着国旗，各自用普通话、藏语和珞巴话哼唱国歌的时候，我的心里升腾起一股强烈的庄严与神圣，眼睛不由得湿润了。在这个边境地区，在这个暂时没有升旗台的村子里，和村民一起升国旗、唱国歌，感恩强大祖国，感谢党和政府关心的心情强烈地冲击着我的内心。只有在这一刻，只有用这样的淳朴的方式，边疆的感觉，祖国的

□在朗杰岗村“3·28”百万农奴解放纪念日活动中举行“升国旗仪式”

感觉，各民族团结一心的意义，才会如此深切地直击心灵！我记得来墨脱后有过三次对国旗有强烈触动的时刻，第一次是刚来的时候看到一个一个的村子里飘满了国旗，自豪感特别强；第二次是跟随部队巡逻，直面中印实控线时将国旗展开，对国界国土的认识十分强烈，对每一寸国土都深深地感觉来之不易；第三次便是在朗杰岗这个村里，我们用手捧着国旗，那是要将国旗，将对国家的爱与敬意捧在手心，进而融入血液里的一种情感。这一刻，我们与祖国同在，与国家同呼吸，感觉是与母亲在一起一般神圣与温暖！

驻村队员凑钱给困难老人进行了慰问，我则向他们献上了洁白的哈达。我看到，他们的眼神里饱含着真诚和谢意。德庆伦珠老人今年 73 岁，经历了旧西藏和新中国，也是之前的老村干部；伦珠今年 47 岁，是现在的村干部；青多老人 65 岁，也对过去的历史记忆犹新。他们三个人从各自的角度讲述了新旧西藏的对比，让大家都深有感触，感怀现在的幸福生活应该感谢共产党，感谢毛主席，感谢现在以习近平同志为核心的党中央的亲切关怀。因为很有体会，他们都讲得很激动，大家听得也非常认真，没有一个人随便走动，很多人回忆起了久远的往事。

我在与大家的分享中谈了今天的感受，并认真地表示，回顾那一段过去的历史，不是为了故意去触碰心中的伤痛，而是为了珍惜现在的来之不易美好生活；举行这样的庆祝活动，不是说可以放松下来安享生活，而是为了感恩党和政府给我们的关心，要跟全国人民团结一家心连心，齐发展；展望未来的生活，我们应该满怀信心，紧跟党走，昂首挺胸地勤劳致富。

驻村队副队长索朗尼扎代表驻村工作队也作了讲话，最后我们在奏唱《国际歌》中结束了会议。中午，驻村工作队特意做了一顿饭，和村委会干部一起午餐，下午则一起观看了《农奴》纪念片，大家聚在一起过节，一边观看影片，一边聊天叙话。

西藏有过一段特别的历史，这种特殊的经历铸就了在西藏生活的群众，尤其是对政教合一统治下农奴生活有过体验或认识的人会有特殊的情感。回忆这段历史，能够使人记起很多以前的事情，激发很多的感恩，萌发积极向上的奋发精神。参加这样的活动，是一种受教育的很好机会，我深受感恩与教育，也为身为中华民族大家庭的一员感到由衷的骄傲和自豪！

胡学骏区长带领三水区党政代表团来墨脱开展对口支援工作

2018年5月14日至15日，为贯彻落实《佛山市全面对口支援墨脱县镇乡结对工作方案》，三水区委副书记、区长胡学骏带领三水区党政代表团来到墨脱县调研考察。代表团一行调研了墨脱经济社会发展现状和规划，考察了援藏项目建设情况；了解帮扶需求，对接商讨乡镇对口支援工作；看望慰问援藏干部人才并开展对口支援捐赠。

深入调研详细了解墨脱基本情况

在墨考察调研期间，为了全面了解墨脱镇基本情况，党政代表团一行到全面对口支援单位墨脱镇开展了深入调研。5月14日上午，代表团一行来到墨脱镇米日村，考察该村便民服务大厅建设和驻村工作队工作开展情况；随后来到玛迪村，考察该村雅鲁藏布大峡谷旅游水果种植情况并了解村委会运作。15日上午，代表团一行首先来到亚东村，听取了该村基层党建工作开展情况介绍，考察了援墨工作组正在打造的“五个一千”助推扶贫工作（对一千余米长机耕道路实施硬底化、种植一千棵玉堂春、种植近千亩蔬菜和油菜花，种植数千株旅游经济水果、建设惠及千人的扶贫农家乐一座），并到亚东村蔬菜种植基地考察。之后，代表团一行来到墨脱村仁钦崩自然村，考察了援藏项目仁钦崩寺庙至四方亭道路修建情况并与驻寺工作队交流。接着，代表团一行来到朗杰岗村考察了地质灾害异地搬迁村安置点和新村建设情况，并先后在朗杰岗村安置点和巴日村开展慰问。15日下午，代表团一行首先来到亚让村慰问贫困户，后到墨脱村考察了拉贡茶场和民族服饰加工点；再到墨脱镇与全镇干部亲切交流，考察了在建的援藏项目墨脱镇扶贫商住楼。

深入对接认真座谈探讨支援模式

为了做好全面对口支援工作，三水区党政代表团与广东省第八批援藏工作队墨脱县工作组于5月14日下午举行了座谈。座谈会由墨脱县委常务副书记、工作组组长谢国高主持。县委副书记、县长魏长旗，三水区党政代表团、援墨工作组全体成员和墨脱镇在家班子参加。魏长旗首先代表县委、县政府对三水区党政代表团的到来表示热烈欢迎，并详细介绍了墨脱县的基本情况。谢国高则从下乡入户调研、项目建设、产业帮扶、创新工作等方面介绍了援墨工作组进藏以来的工作开展情况，并介绍了三水籍援藏干部在墨脱的工作表现。墨脱镇党委书记格桑卓嘎和三水区委常委、西南街道党工委书记廖流波分别代表结对镇街作了发言，喻晓坤亦作了表态发言。胡学骏代表三水区委、区政府作了讲话。他对魏长旗县长代表墨脱县委、县政府的欢迎表示感谢，并简要介绍了三水区的基本情况。同时他表示，在墨脱县干部群众和援墨工作组的努力下，墨脱的变化很大。接着他谈了来到墨脱的四点感受：第一是对变化感到非常惊喜；第二是对工作的环境感到

□三水区党政代表团与魏长旗县长及全体援藏队员合影

震撼；第三是受教育，为墨脱干部和援墨工作组的干事创业精神感到钦佩，为援墨工作组在不到两年时间里创造的成绩致以敬意；第四是将担责任尽义务进一步贯彻落实习近平总书记关于援藏工作的指示精神，接下来将按照佛山市委、市政府的工作安排，只要是援墨工作组所需，三水将尽己所能地做好对口支援工作。同时，他表示可以考虑借鉴其他地区的帮扶模式提供支持帮助墨脱大学生完成学业。会议最后，胡学骏区长代表三水区人民政府向工作组捐赠工作经费50万元用于援墨工作开展。

深入帮扶走遍七村一寺访贫慰问

在墨考察期间，三水区党政代表团一边考察项目，一边走进门珞农牧民群众家中，看望和慰问贫困户家庭，送上来自三水的祝福和温暖。在朗杰岗村，党政代表团亲切慰问了该村两个搬迁到安置点后出生的小朋友次仁玉珍（佛缘花）和尼玛多吉（佛缘果），并送上提前购置的奶粉、玩具和衣服等物；在巴日村，慰问了贫困户加多和德前，并详细了解加多生病治疗的情况，鼓励她积极就医，养好身体，照顾家庭和开展劳动生产；在亚让村，代表团一行分别来到爱东和扎西拉姆家中，查看住宿和生活情况，了解两户家庭的成员构成、经济来源，探讨脱贫致富的对策和出路。每到一个村，代表团一行都认真询问村里的贫困户数、致贫原因，了解村委会开展脱贫攻坚的途径和方法，交流工作经验。

考察期间，三水区党政代表团克服高原反应带来的不适，马不停蹄地开展调研、座谈、慰问和对接，先后考察了广东省重点援藏项目鲁朗国际小镇以及雅鲁藏布大峡谷旅游水果经济林种植、生态景观林种植、果果糖茶场、拉贡茶场、墨脱门珞民族历史文化博物馆、墨脱镇扶贫商住楼等墨脱在建援藏项目。胡学骏区长成为佛山五区中第一位党政正职来墨脱对接援藏工作，第一位到农牧民家中用餐并深入到田间地头，第一位走遍对口支援镇七村一寺的领导。三水区委常委、西南街道党工委书记廖流波，区委区府办常务副主任彭家文，区委组织部常务副部长杨胜坤，区教育局局长李健鉴，区发展规划和统计局（发改统计）总统计师张坤祥，西南街道办事处副主任唐智明，区发展规划和统计局（发改统计）综合一科科长萧志恩参加了考察。

进藏以来最担心的一次出墨脱

接到任务外出，可路上隐忧很多。

连续几天下雨，波密与墨脱之间的扎墨公路已经多处出现塌方和滚石，可谓险象环生。近几天的天气预报已经多次预警，昨天还听闻80K上下好几起滚石和塌方，正在处理。本来定下今天上午出发，可昨晚又是一夜雨，噼里啪啦的。询问过县交通局，说是四五处险情仍在加紧排除，只好等等。

说实话，今天这趟出行，心里一直打鼓。墨脱的雨季，路上不安全是基本常识。因为墨脱这个区域所处板块以前是古特提斯海，整个地区是印度洋板块和亚欧板块的挤压隆起形成的，山体是沙土居多，一遇到长时间下雨容易发生泥石流；这个地带又是一个活跃地震带，近期的修路还经常使用爆破致山体岩石松动，长时间下雨之后更加容易造成塌方、滚石、倒树等地质灾害。刚进墨脱时不知道这条路的危险，无知者无畏，没有害怕过。这两年听到的事故太多，尤其是今年上半年多起交通事故致几人掉入雅鲁藏布江，实在是让人担心。而这段时间已连续下雨七八天，山上泥土蓄水早已饱和，多处的塌方、泥石流和滚石开始显现，这已经是明显的凶兆。我们出去时万一碰上，这是谁也避开不了的事，最好的避险就是待着别动。可是，不出去就拖着时间。当知道今天外出的消息，其实这几天心里一直很担心路况。

一路出来，现实中的情况跟微信中看到的差不多，确实多了很多新的泥石流痕迹，有一处大石头我估计有一辆手扶拖拉机那么大，没有挪得开，在旁边挖开一些勉强可以过车；倒地的树枝、滚落的石头、泥石流的痕迹，均是新清理的样子。我坐在后排左侧，正好可以不时看路边崖上的树林，关注有没有滚落的石头掉下来。一路上，师傅王强是眼观六路、耳听八方，小心翼翼、十分谨慎。他一会儿加速通过，一会儿则仔细观察一番再开动，始终绷紧一根弦。行至52K后，我们的心才基本放下来。

□扎墨公路上的塌方

到波密时，已经八点多了。吃过晚饭，回到酒店感觉有些疲倦，似乎是轻微感冒的样子。因为喉咙有一点发红，昨晚请雷震看过之后他拿了氧氟沙星给我吃，昨晚和今天上午各吃了一粒，晚上我干脆吃了两粒，确保明天能完全恢复，以便去高原不受影响。

找个地儿待着

这是一个美丽的邂逅！

偶然从一个微信上发现了一个链接，于是不经意地点进去。不曾想，居然发现一个好地方。看文案所述，一个轻柔女子追求宁静与梦想的形象跃然纸上。

林芝，是一个圣洁而美丽的地方。它的美，是南迦巴瓦的峰，在转山途中点燃桑烟时的恍若隔世；它的美，是尼洋河畔的水草，迎着高原的风自由地守护着蓝天；它的美，是养在深闺的绝色，春日桃花芳菲，夏天杜鹃灿烂，秋天红山遍野，冬日白雪剔透……

在世俗生活中经历了太多的聒噪与日复一日的熟悉之后，很多人都在寻找自己内心深处的桃花源，那里会有信步闲庭的悠然，会有随处可见的悄悄，会有抨击心灵的温暖，也会有肆意妄然的率性。于是，我们会在有意和无意中去寻寻觅觅，为她百转千回。

当你来到林芝，来到这片充满羞涩的美丽之地后，你可能突然发现，这就是我们所寻找的地方，你或许会惊讶于它的内秀与静谧，多情与含蓄，美丽与冷艳。可让人更为惊喜的是，在这个宁静而美丽的地方，居然还有一个如此充满诗意的地方——“找个地儿待着”——单看这个地方的名字，就知道主人家虽有随遇而安的心性，却绝无随便将就的苟且，而是在经历了万般风情之后选择了真正适合她自己的心灵休憩之地、此生交付之所。我想着，这一待，世间之事皆是他人之事，世间之人任你东西南北；这一待，曾经的纸醉金迷随风飘散，她只在这里守候她的雪月风花。

行车入村，推门而入。映入眼帘的是柔柔的青稞苗在下午微恙的峡谷清风中飘扬，扑鼻而来的是淡淡的草香。没有富丽堂皇的华贵，有的是砖瓦木板的自然；没有张扬显摆的阔气，有的是石头小径的滑润；没有嘈杂鼎沸的热闹，有的是高山背靠的气定与神闲。每个院子里，几间房子；卵石弯弯，轻绕庭前；玻璃透明，窗帘轻挂；几净案明，摆设简单。不远处，炊烟袅袅，狗吠声声；院子里，几友相逢，谈笑轻轻。因为简单，所以见心性；因为纯粹，所以远浮华。在这里，我们守着自己的时间，倾听自己的内心，不急、不惑、不虑、不忧。

古人说：众里寻他千百度。蓦然回首，那人却在，灯火阑珊处。这诗人，等的是有情之人，守的是心中情意。看到这个地方，我不禁如有诗人之感，终于寻找到这方静谧与惬意。只是，这个地方，没有情人，却让人想起跟亲爱的朋友一起前来，携手碎步，偎依呢喃。

因为，在这里，我们可以躺在床上看雪山，蹲在院里闻草香；在这里，我们可以看着银河数星星，守着远山等月亮；在这里，我们可以拥着爱人牵手指，挽着手儿追彩云。

所以，你愿来，我愿等！

咱们找个地儿待着，到天荒，等地老。

翻越多雄拉

徒步派墨线考察定在2018年国庆期间——这是一个一直想挑战却又未安排的项目。

行走墨脱是徒步爱好者的终极梦想，这里是高原上海拔最低、生态环境保存最完整、气候最温和、雨量最充沛的地方；但同时，也是塌方、泥石流、蚂蟥、野兽、毒虫、暴雨、烈日、高山、峡谷、雨林完美结合的中国顶级户外徒步路线。雅鲁藏布江大峡谷由于环境恶劣，成为人们很难逾越的屏障与鸿沟，所以很多人将墨脱看成是远离现代社会的“世外桃源”。早就有人说，徒步墨脱是眼上天堂，身下地狱。一路上会有很好的风景，更有数不胜数的挑战。

昨晚派村的几个小伙子建议我们早点出发，说是这时候徒步的人比较多，到了拉格只有一个住宿的地方，担心住宿的房间不够。我们觉得有些道理，于是采纳了他们的建议，早上六点半出发。但因为一辆车来得迟，第一拨出发六点五十，第四辆车等了好一会车才到。后来司机告诉我们，之前原本要接我们的那辆车翻车了，好在人没事，我们上去的时候发现车子就侧翻在路的一边，只掉下山五六米，树枝保护住未掉下去。没想到还没开始就来了一个下马威！

出发时就下起了小雨，温度也变低了，我穿着冲锋衣也是凉意十足，赶紧将领口锁紧。来到松林口，第一拨赶到的同志已经在分发整理物资。背夫们分装好东西，有不少是装不下的，只好请随车司机带回去。开拔，小雨却越发大了起来，冷风嗖嗖。虽然每个人都加穿了雨衣，我的心里却直打鼓，担心后面三天天气如果是下雨就麻烦大了。但想着之前的人唯此一条路进出墨脱，只好硬着头皮往上走。

一路上山，沿着湿滑的山路往上，今天的目标是翻越4200多米的多雄拉山。几个背夫吃力得很，因为有两个伙计昨晚喝酒喝到今天凌晨才回来。帮他们卸下一些水之类的重物，大家保持基本的队形出发。但雨一直没停，风也逐渐加大，慢慢地变成了雨夹雪，到半山之上终于成了大雪，我们居然遇到暴风雪了，这原本是一个凶兆！雪粒在风的吹动下像一粒粒的沙子铺天盖地地砸到我们脸上，眼睛都无法完全睁开，头更是无法正面迎向来风的方向。风雪肆掠，我们走得很是艰难，可越往上，高原反应让本已辛苦的我们更觉呼吸困难，只能走一段停一段，却又考虑风雪问题不能停留太久。走了近两个小时，我们的向导——县旅发委景区管理局副局长洛桑告诉我们快到垭口了，但提醒我们在山上切莫大声喧哗，那样容易导致雪崩。山上整个四周已是白雪皑皑，并且风雪刮起，到处都是灰蒙蒙的混沌一片。

□翻越多雄拉途中遇到暴风雪

带的两只活鸡，羽毛被淋湿，一只被冻得瑟瑟发抖，索央看到另一只冻得发抖便抱在雨衣里。但遗憾的是，两只活鸡都冻死在半路上了，估计它们也没想到这辈子会被冻死在山头！

垭口上积雪已两寸有余，劲风更烈，风雪迷漫，爬了几个小时后我们的体力在高海拔的寒冷天气里消耗很大，半闭着眼勉强拍了个照片，马上往下走。上山是北面，下山是南坡，往下走了一段之后风雪逐渐小了起来，于是大家开始放慢脚步往下走。虽然少了爬坡，但下坡路基本上是大的鹅卵石路，而且哗哗的雪水沿着小路一直往下流淌，我们所有人的鞋子基本上都泡在水里。洛桑走到一些地方告诉我们哪些地方哪些年月曾经发生的事故，因为不熟悉路况，不少人误入雪区丧命——风雪之中很难判断路在哪里，遇到暴风雪时稍有不慎就会找不到路致误闯误撞迷失方向，要么怎么也转不出来，要么经历高海拔的消耗体力耗尽，要么可能直接坠入易滑的悬崖——因为白茫茫的很难看清前面的路况。

往下走的路一直延伸，我的膝盖第一次感觉到了难受，脚板也因为鞋子是硬底而感到脚板心肌肉拉扯得痛。踩着大小石头，踉踉跄跄往下，因为早起，因为路上水流夹杂，又因为风雪交加，走得实在是有些辛苦；我又背了一些必要的衣服和其他物资，加上相机，还是有些重。我们八点半上山，十点五十到达垭口；可垭口往下我们走了四小时又四十分钟，到拉格服务站时已是下午三点半了。说实话，希望看到中转站的念头在后面的两个来小时里一直很迫切，感觉身体有些疲惫，尤其是腿和膝盖。

到了拉格服务站，打前站的兄弟已经定好了房。安顿下，发现客栈周围稍微平坦，植被丰富，但下雨天潮气很重，烟雨朦胧，到处湿漉漉的。我请老板开始做饭，并让他把两只鸡炖汤，其他的人围坐在不远处房子里的火炉旁将身上被淋湿的衣服和鞋袜烤干。这个上面透风的四方形木头房子里，中间搭着一个架子，四周可以围坐游客；上方堆着很多的木头可以在烤火时一并烘干，四围围着铁丝可以供游客挂袜子等物。围坐一圈，可以坐下十几二十个人。下面烧着大木块，很是暖身。我先去用水洗了个脚，刺骨的凉，然后在火炉旁将鞋子挂起，将湿了的内衣袖子和袜子迎着火慢慢地烤，个把小时基本干了。在这个风雨交加、衣服淋湿、又饿又冷的地方，有盆火烤是非常暖身更暖心的事。衣服烤干，饭也差不

□派墨线上拉格点一客栈的烤火小屋

多了，晚上喝了四碗鸡汤，吃了两碗饭，那真叫一个舒服！

我们吃了饭，陆续还有两三拨游客来到服务站。这个地方，是徒步派墨线的必经之地，也是大多数人从派镇松林口出发第一天休整的地方。派镇到这里需徒步十九公里，但因为需要爬上四千多米的多雄拉山，耗费体力相对是一个节点，不少人选择在这里住一晚；第二天徒步二十八公里，基本不用上山下坡，又是一个一天的任务量。当然，也有人会继续前行八公里抵达大岩洞，但那里的住宿条件差一点。饭后在火房聊天，珠海的有一批，成都和重庆的各有一批，广州的有几个，大家天各一方，神侃胡聊一番。但珠海的驴友在路上摔伤了，雷震给她看了看，问题不大。看到她的手，才发现原来我们每个人自己的手也在山上冻伤肿起来了，倒是不很厉害。

因为累了一天，我们早早地洗刷了一下上床。这里是没法洗澡的，洗脚的水也是冰冷的，刷牙后捧一捧冰水往脸上抹了一下算是洗脸了。外面还是下雨，湿气特别重，被子也是冰冷的，我打开睡袋钻进去，休息。

赶到汗密

今天从拉格的3000米下降到汗密的2000米，我们走了28公里。因为是一路往下，基本上每走一步都相当于下一级台阶，对膝盖的考验比较大。

八点出发，我们对队伍的行进提出了要求，整体推进，不要太超前也不能让人掉队。上午还是有零星小雨，我们穿着雨衣走。一路上风景不错，这个海拔，又是沿多雄河往下，原始森林给人的感觉是丝毫没有被人破坏的恬静，是真正的世外桃源。听人说，路基本上是水冲出来的，所以我们走路基本上是踩着水中露出的石头前行，垫着脚走路。但不时会有些木头架在上面，应该是之前有人为了方便行走而放置的，也有可能是之前墨脱人为了进出县里专门架设的。我的小腿经过一晚上的休整，有点酸痛。

到大岩洞中转站，我们已经走了三个小时。看到我们来到中转站，两位来自北京的阿姨带着哭腔述说着她们的不幸。原来是手脚受伤实在走不动了，央求大岩洞的老板去拉格雇两匹骡子，希望送她们出山。这两个阿姨，一个66岁，一个56岁，居然敢到这条线来徒步，也是实在够胆大。在这种地方，如果自己走不出去，想靠其他人帮忙基本是幻想。一条派墨线，几多孤魂鬼，这是这条路既吸引人又充满危险的原因。我们一边安慰她们，一边吃了一些干粮，不少人为了补充热量加吃了方便面。又遇到昨晚相遇的四川和重庆驴友，她们的向导还给她们带了新鲜牛肉现烤着吃。我也尝了一块，不错。继续赶路，我的脚在走了12公里左右后开始膝盖外侧疼痛，这种痛之前还没有出现过，应该是从高处长时间用脚尖垫脚走路引起的，但痛感随着往下的步伐不断增强，似乎是每走一步都要被扯得痛一下，我不得不求救于同行的雷震副院长。老雷说这是外侧附韧带拉伤，给我贴了膏药，建议我吃止痛药。我从未吃过止痛药，心想止痛药不过是止痛而并没有真的减少损伤便没吃。但疼痛的感觉逐渐强烈，基本上是每走一步都钻心地痛，让我担心接下来的十几公里没法完成。没办法，在忍耐了一阵之后还是接受了他的意见。吃了药后，发现止痛还是很有效果，至少没有之前那么厉害了。

□赶到汗密客栈

今天的路，风景不错。原始森林保护得很好，参天古树比比皆是，淡绿的青苔弥散在整个森林里；泉水叮咚，清澈的水流沿着行道往下，和着不远处的多雄河奔腾着；沿途的草甸也很柔和，周围的一切干净而亲切；两旁的山间，不时有瀑布飞下，遇着拐弯折叠，飞花四溅，说墨脱是瀑布之乡决然不是吹牛。大概走到一半路程的时候，国高书记的痔疮发作了，不时需要停下来处理一下，我和老雷一路在前后不远处陪着，不时停下来等他，所以行进得比较慢。过了不多久，看到他的脸色开始变白，基本不再说话，感觉情况不妙，非常担心接下来的十几公里山路是不是走得完。估计他一路上弄了十来次，到最后他干脆不再理会，强忍着一路奔袭赶往下一个站点。到达汗密，我们比预计的时间早了一点点。

汗密，是一个废弃的兵站，徒步墨脱派墨线中绝对是一个响当当的名字，海拔2100米左右。我们在走了20多公里之后，终于在下午五点半赶到了。从早上八点二十分出发，在路上超过了9个小时，路实在是难走。

来到客栈，老板人称“四眼哥”，1978年出生，在这里待了17年了。来之前就传说这个“四海旅社曾眼镜客栈”，居然说老板在这里已经待了17年，不得不说后面应该藏着什么故事。一个20来岁的男人，在荒郊野岭一待就是17年，还是单身一人，说没故事你信吗？我跟他握了一下手，却发现他的手掌枯如老松树皮，看来是日常劳作所致。晚上又炖了两只鸡，吃饭已经是8点钟了。下午没下雨，衣服也可以明天带回宿舍去洗，但在客栈洗了一个热水澡，那个舒服感确实是徒步路上一个非常好的兴奋点，痛快！

穿越蚂蝗山

□树林里的草叶上沾满了伸长身体四处吸附的蚂蟥

今天的行程是从汗密赶回县城。据说路上有两个难关，一是要穿越蚂蝗山，二是要经过老虎嘴。想着路途只有20来公里，又因为昨天的疲惫，我们决定9点钟出发。

刚出汗密居住点，一进树林就发现了蚂蟥的踪迹——多，超级多！在墨脱两年多，对蚂蟥我们是不感到奇怪的，早已被它吸叮过。逐渐地，我们发现了蚂蟥山的厉害，说它是虫山虫海，绝非浪得虚名。脚边的草叶上，一片叶子可能有三五条，甚至更多。我们在出发之前每个人都是做足了准备的，但每个人的身上不断有人说粘上了蚂蟥，鞋子上，裤子上乃至衣服上都有蚂蟥挪动的影子，一时间大家身上蟥影摇动。我里面穿了秋裤，用袜子覆盖在秋裤上面，然后将一对好的袜子剪去前面一小截后变成直筒套多一层，将外面的裤子也包裹进去，这样估计蚂蟥就进不了腿里面了。但裤管上不时有蚂蟥爬上来，鞋子上也经常发现。从两千米到一千四五百米，到处都是蚂蟥。我们虽然对蚂蟥有所了解，不至于谈蚂蟥色变，但每个人心里还是有着或多或少的心理阴影，所以基本上是一路飞奔，直冲往下。一路沿山而下，仍然是石头路，要垫脚走，而且是一直下山，需要一直往下踩，对膝盖的支撑就要求很高，我的脚伤让我很是痛苦，刺痛感让我想快却快不起来，但今天的速度明显在众人的群体性加速中慢不下来，我的汗一下子就飙了出来。赶了一段路，我只好再找老雷要了一粒止痛片吃下再接着赶路。

走了三个多小时后来到了叫老虎嘴的地方。之前，我对老虎嘴是没有概念的，但听他们说有一段路还是比较危险的。今天经过，确实很难走。左边是笔直的岩石，直线崖壁，往上足有几十上百米，右侧就是多雄河轰隆的奔腾声，白浪翻滚，咆哮着冲刷而去。我们从昨天开始一直沿着多雄河往下，基本上是顺着河流在一侧的山体腰间行走。好在悬崖边上长了不少的草木，让人看起来没有太过恐怖，但直觉告诉我们危险就在身边。更要命的是，因为左边也是上百米的悬崖，山体浸下的水滴啪嗒啪嗒地往下掉，不断滴在我们身上，但我们无处可避。路面时宽时窄，只有左右两侧的悬崖不变。有一段路全是大块的整石，落差大，又流淌着水，十分润滑，我只好后躺式手撑着地，面朝上，一脚一脚地探着身子慢慢往下挪，因为一不小心就容易掉下崖去。在这种地方，如果掉下去是根本没法搜救的，因为常人根本无法下去。

下午三点半，在行进了六个多小时后，我们基本上都成了疲惫之师。当看到接我们的车辆已经赶到背崩时，那种获救的感觉涌上心头。回家，洗澡，是最想做的事情了。至此，在翻越了多雄拉雪山、穿越了蚂蟥山，徒步奔袭了八十多公里之后，我们终于完成了派墨线的徒步。回首三日，想得最多的是感觉到以前墨脱人的不容易。进出墨脱，至少要三天，这还是顺利的。如果要去到上三乡，还要再走几天，这种无助感是会弥漫到全身，让人心生恐惧的。而我感觉最麻烦的是，进来之后，如果要出去，还是要原路返回，对于一般人，这种想法简直会让人产生绝望，因为进来是下山，出去就全部是上山了。如果是生病要出去救治，如何得了！难怪当初有些女孩子进墨脱，是一路走一路哭，不哭才怪呢。在这种地方生活，需要多大的勇气！

完成徒步派墨线考察，我真心地向墨脱人致敬，也为自己的走过而喝彩。

期待精彩的汇演

做了一个多月的准备，尤其是近段时间的紧张筹备，“祝福母亲、庆祝新年——佛墨心连心”文艺汇演将在今天彩排并演出。目前场地基本交付使用，卫生打扫今早乡政府负责推进；主背景加一层遮阳布、左侧彩旗增加、六栋房子的条幅悬挂、各点指示牌摆放、安全防护彩旗带的设置以及电视机的安放均需在上午完成；主持人的默契程度、所有节目走场一次并联排一次需要在汇演前完成。这些，需要我们的密切衔接与准备。

其实，每一个环节，都需要我们的付出和努力。场地这一板块，宏照、展健和欧工付出了艰苦的努力，近一个月的强行督导促成了现在虽然未能全部完成但总算有了雏形的广场，施工单位组织工人们投入了大量的人力物力；广告公司做了大量的筹备，从场地设计、舞台及背景架材料的租赁搭建、条幅、横幅、背景喷画、节目单、指示牌、宣传牌、道具购买、氛围打造以及电力保障、化妆间、休息室、厕所设置等等；后台的协调也推进得细致入微，节目的选定与排练、各方案（总体方案、场地布置构思尤其是氛围打造方案和主背景、节目单等）的设计与定稿、邀请领导、讲话稿草拟等；当然还包括一些细节也在不断改进，比如摆花以设置安全警示、安排人员引导观众就坐和安全提醒、一些未完工区域用彩旗包围遮蔽等；其中不少缺漏在几次的筹备巡查中不断改进。

今天上午，雷震统筹安排车辆接送县领导、演职人员进背崩，这也是一项繁杂而庞大的细琐工作，关乎上午彩排的进展顺利与否，也关乎安全。为了确保万全，我原本安排了镇里白马旺堆驾驶镇里皮卡车，想到他没有驾驶证，今早还是坚决撤下，另外安排车辆。

一会的主要工作，分几个板块：一是场地组由展健和欧工继续推进，负责周围的材料清场及化妆间、休息室的布置；二是现场广告公司继续加强布展，查漏补缺，增加元素，做好安全提醒和指引牌设置；三是乡政府负责卫生打扫、观众席摆放、工作人员（政府安全引导员、公安警戒、道具搬运人员、彩炮施放人员）的配备和逐一确定，定人定岗定责，还有节目单、矿泉水摆放，另外出席领导和单位的介绍名单要反复确认（尤其是县领导处的确定名单与顺序），座签摆放；四是演出组，由我和普琼牵头做好一次走台和联排的节目与音响的彩排。

现在的墨脱，还是早上七点五十分，窗外是漆黑的一片。昨晚我们在场地观看了一场电影，这也成为我在墨脱乡下的唯一一个年末和元旦。展健、明建、欧工、山西师大的张子恒以及佛山两位幼儿园的园长度过了一个难忘的夜晚。至夜，场地施工方仍在清理场地。没想到的是，到凌晨零点十几分的时候，我们在顺德请的武术指导谢健萍老师与肇庆学院的几位支教老师深夜出来散步并宵夜。在这样的时刻，在墨脱这个美好的夜晚，我们在紧张而又愉快地准备与享受生活！

希望上午的准备工作顺利，期待给佛山和墨脱呈现一台高质量的文艺汇演！

□文艺汇演结束时，演职人员在舞台一起合唱

胜利之后的感动

昨天（2019年1月1日）下午的文艺汇演非常成功，绝对是墨脱县这么多年以来规模最大、场地效果最好、节目质量整体最高、协调最为顺畅的一场汇演。国高书记非常开心，晚上主动喝了一点酒以示庆功，我看出他是由衷地喜悦的，既有对我的奖励与肯定，也有对他坚持做这场活动的坚守之后的欣慰，其实他的压力我们有时候知道，却未必能全部领会。而我，也从刚接触时的有些抵触，到投入之后的兴奋与快意，到紧张筹备过程中的细致入微，再到最后排练时的紧张，享受了一次全心投入工作之后、高质量顺利完成任务之后的欣喜。其中，虽然有对明星发脾气的时候，但总体来说保持了定力和用心用脑。

活动结束后，为了表示对大家的答谢，今天早上我在筹备组的群里说：经过紧张的筹备和不断改进，“祝福母亲、庆祝新年——佛墨心连心”文艺汇演顺利完成，这个结果与筹备组每一位领导和兄弟姐妹的付出是分不开的。当《歌唱祖国》的旋律响彻背崩雅鲁藏布母亲广场时，我的内心充满由衷的感激。感谢谢国高书记的充分信任和授权并审定所有关键细节；感谢背崩乡党委、政府坚强有力的支持，特别是王海斌书记、扎西曲扎乡长的亲力亲为而且默默付出不求扬名，更有谭建伟副乡长后期的全程跟进，特别负责任；感谢文化局格桑达瓦局长的优秀指导和无私协助，尤其感谢县民间艺术团普琼团长的倾力导演，他是整台文艺汇演实至名归的明星导演，达瓦维色的音响也是非常棒，效果超出我的预期非常多；感谢项目组邓宏照副主任、李展健副局长和欧康奎总工程师的用情用心用力，难为他们在条件如此复杂的情况下在这么短的时间内提供了这么好的场地；感谢明星科技广告公司的付出，尤其是尹明星的配合，在这么恢宏的广场布展，做了大量卓有成效的工作，效果特别好；感谢赖明建副局长跟进音响、罗德涛总农艺师跟进节目顺序，出色地完成任务；雷震副院长跟进后勤尤其是派车，做了大量细致入微的工作，值得狠狠点赞；郭振华副局长自己的节目演得好，还协调跟进几个节目，任务十分重，但效果非常棒；尤其难得的是主持人索朗达杰主任和杨静怡老师，在自身任务非常多的情况下高质量地完成了主持任务，特别棒！山西师大的王烁楠老师指导我们排练和队形站位，张子恒协助统筹，特别投入和用心用情。所有的节目都演得非常投入，呈现给墨脱群众特别棒的观感！想起汇演的点点滴滴，实在是充满太多感激。值得期待的是，新的一年第一天大家顺顺利利，希望我们整个一年都顺顺利利。谢谢大家，祝大家身体健康、家庭幸福、工作顺利、扎西德勒！

我是发自内心地感谢大家的。因为之前，自己甚少全面统筹如此大型的活动，心里没有底。很多时候，看别人做，可以提很多的要求、指出很多的不足，真正自己去做的时候未必能够做得那么顺利和想得周全。但经过这一次，既锻炼了自己，也增强了自信，确实是一次非常棒的体验。

投入，是最好的态度！

非中心城区公路沿线乡镇村实现乡村振兴的路径选择

——以墨脱县墨脱镇玛迪村为例开展的调查分析

习近平总书记在十九大报告中指出要大力实施乡村振兴战略，并提出了“产业兴旺、生态宜居、治理有效、生活富裕”的总要求[1]。西藏地广人稀，交通线长，很多非县城的乡镇村位于较长的公路沿线，发展可利用的各种资源要素不多。对于这样一些地区，既没有特别重大的项目资金长期投入，也没有较为完善的公共服务配套体系，有的只是穿城而过的一条公路以及过往游客，如何结合实际实现乡村振兴是亟待破解的一个课题。本文通过对墨脱县墨脱镇玛迪村开展调研，拟对非县城所在地公路沿线乡镇村发展经济从而实现乡村振兴做一些分析。

一、墨脱镇玛迪村的基本情况

墨脱镇玛迪村是墨脱镇下辖 7 个行政村之一，地处雅鲁藏布江中下游，距县城20公里，距波密100公里，平均海拔860米。作为全国最后一个通公路的县城，整个墨脱县的发展都与扎木公路休戚相关，而玛迪村正好就处在扎木公路的沿线，且是离开县城之后的第一个村，也是进县城之前的最后一个村。全村经济基础薄弱而潜力可待挖掘，村民文化素质整体偏低但基础工作扎实、人数较少且相

[1] 《决胜全面建成小康社会夺取新时代中国特色社会主义伟大胜利——习近平在中国共产党第十九次全国代表大会上的报告》。

对聚居，是一个典型的公路沿线村。

（一）村情基本数据

根据2018年国民经济数据统计[1]，玛迪村共30户141人，其中农业人口134人，劳动力（不含残疾人）72人。全村农作物播种面积526亩（水稻146亩、香蕉194亩、玉米115亩、柠檬45亩、野花椒26亩）；粮食总产量127.36吨（水稻39吨、玉米85吨、蔬菜28吨）。全村存栏牛26头、猪172头、家禽231只，农村经济总收入283万元，人均纯收入14 063元，人均现金收入12 414元。村内道路硬化面积1520平方米，学生入学率、养老保险参保率与合作医疗参保率均为100%。无卫生院，村医2人。通水、路、讯、网，通电话率100%。原村级组织活动场所286.7平方米，第二期正加建604.28平方米。

（二）经济及产业基础

玛迪村主导产业是香蕉，建于2010年3月，香蕉基地占地194亩，共10 445株，经两次扩建，总投资31.2万元。2015年开始香蕉种植户户均增收6000元至8000元。除了香蕉，全村还种植有水稻、柠檬、甘蔗、野花椒等经济作物。另外，全村拥有大货车2辆、挖掘机1台、装载机6台，小车5辆；村内有农家乐1家，家庭旅馆1家，小卖部7家；有农业合作社1个（香蕉）。

（三）文化程度及技能

文化程度上，玛迪村大学以上文化及在读大学生18人，高中文化以及高中在读7人，初中文化及初中在读8人，其余为小学及以下文化。目前在村里的大学生2人、高中生3人、初中生2人（该6人中大学文化者为村委会协理员，初中文化者为村监委成员）。从村委会 5 名成员来看，无初中以上文化，小学3人，脱盲2人，不识字0人。

（四）基层组织建设情况

全村党员27人、团员9人、入党积极分子5人、后备干部5人、村“两委”班子5人，共3个联户单位。

（五）脱贫攻坚方面

2015年全村建档立卡贫困户10户31人；2018年贫困户剩1户1人，为五保

[1] 数据来源于《墨脱镇 2018 年年终国民经济概表》。

户，已送县城集中供养。

二、墨脱镇玛迪村经济发展优劣势分析

对于整个西藏地区而言，玛边村的发展具有较为明显的特定优势和相应短板。其优势，自治区党委曾总结为“三大三多三特殊”（面积大、山川大、草场大，林多、水多、矿多，中央特殊关心、全国特殊支援、西藏特殊区情）；其弱势，诸如经济发展起步晚、底子薄、积累少、实力弱，部分地区公共服务基础较差等[1]。作为非县城的公路沿线村，墨脱镇玛迪村也具有其自身的优势和不足。

（一）优势

一是县域特色明显，自然资源丰富。墨脱县被称为“植物类型天然博物馆”和“动植物基因王国”；门珞文化独特；气候资源更是稀缺，由于地势高差大（相对高差7000多米），出现了明显的“一山有四季，十里不同天”的垂直变化，外界对墨脱较为神往，颇具吸引力。二是位于公路沿线，交通相对便利，无论是货车还是小汽车，通行均较为通畅。扎木公路已于2013年建成通车，目前正在进行扩建；派墨公路正在施工，未来交通更加可期。三是来往的游客较多，墨脱每年进出游客超过10万人次，派墨公路打通之后游客可能更多。这是村内经济发展最大的可利用资源，也是可以撬动经济发展的发力点。四是离中心城区墨脱县城较近，具备接受中心城区经济辐射带动的先决条件。目前离波密4个小时车程；派墨公路打通之后，离林芝市区也只三四个小时路程，并将在林芝、波密、墨脱三地之间形成一个环线。

（二）不足

一是马路经济明显，但未能充分挖掘潜力。由于村庄位于扎木公路沿线，很多家庭均搭台出售部分商品，比如香蕉、野花椒、柠檬、佛珠首饰、酥油茶茶桶、竹编、白米、红米等，但除了村头村尾和一个家庭旅馆竖了三块已经掉了颜色的广告牌之外，别无其他宣传，进出县城的游客要看到摆出的香蕉摊位才能猜测有东西可卖；摊位未有专人值岗，卖东西全靠游客呼叫。马路经济还处于很浅层次的水平。二是离县城距离较近，但接受县城经济辐射不强。虽然玛迪村离县

[1] 牛治富等著《中国特色西藏特点发展路子研究》，西藏人民出版社，第11页、第69页。

城只有20公里，但村民进县城务工的情况很少。村里与县城的经济互动很少，将物资送到县城售卖的很少，接受县城经济带动和辐射不强。三是常耕地面积较少，种植空间拓展有限。玛迪村拥有粮食种植面积455.21亩，但除了水稻种植的146亩已经开展高标准农田改造，其他种植玉米、香蕉、甘蔗、柠檬等作物的地方均为较为陡峭的多石头山坡地，地势不平、石头较多，不利于机械化高效耕种。同时，由于墨脱所处大部分地方为林业用地，受政策约束不能用来开垦种植经济作物和粮食，其土地耕种面积能够拓展扩大的空间很小。四是经济作物产量不大，附加值不高。村民种植的水稻基本用来自给自足，多出部分除了喂猪甚少出售；玉米基本上是用来酿黄酒及喂猪，两者产生的经济效益均不明显。村内种植的一些主要作物产量不高，以香蕉种植为例，全村种植194亩，按户均最高的8000元计算，30户一年的收入也不过24万元，每亩产出只有1200元，效益与种植其他经济作物相比也明显较低[1]。五是村干部整体文化素质不高，发展思路不多。村民整体文化水平不高，尤其是村两委班子的文化程度偏低（最高文化为小学，其中两人仅脱盲），经济视野不够开阔，发展思路不够多。

三、对公路沿线乡村实现乡村振兴的建议

古典经济增长理论的代表人物亚当·斯密将经济增长的途径归纳为两种：一是增加生产性劳动的数量；二是提高劳动的效率[2]。有学者在专门研究西藏农牧民增收的路径选择时则提出了七个方法，分别为劳动增量法、技术进步法、要素扩张法、专业合作法、特色取胜法、农外就业法和完善机制法[3]。笔者认为，对于公路沿线的乡镇村而言，一定要找准自己具备的优势，减少短板给自己带来的影响，并将优势发挥成拉动本地经济发展的牵引力。事实上，西藏地区很多地方整体市场意识并未形成，一个地方的发展只需要在一个区域范围内形成比较优势，做到“人无我有”；即使隔壁地区效仿，也可以在原来基础上探索“人有我

[1] 在讨论种植香蕉效益比较低而是否需要转换成其他品种时，村民提出种植香蕉虽然亩产收入不是很多，但所需要投入的劳动也较少，而且全年都可以采摘，所需劳动就是去基地砍下带回家即可售卖。相对种植茶叶需要经常除草、采摘等打理，种植香蕉简单省事，因此并不建议换掉。
[2] 姜国刚、赵东安主编《经济学教程》，清华大学出版社，第356页。
[3] 沈宏益《西藏农牧民持续增收的困境分析与路径选择》，载《西藏社会经济与文化发展研究》，西藏人民出版社，第90—93页。

优”，关键靠思路。

（一）做强马路经济

所谓“马路经济”，其实就是人们常说的道路两旁的临时摊点。西藏的很多乡镇村处在公路两旁，一方面视野和思维不够开阔；另一方面因为来往的游客人数不多承载不了太多的商业载体，以至于给游客提供的服务非常少，获利也少。但是，客观上来看，对于公路沿线附近的乡镇村来说，马路经济是当下他们的最大先天优势，也是必须重点借力的关键载体，所谓“靠路吃路”。一是打造本地品牌。公路沿线乡镇村不要单从自身所在村、所在乡镇来寻找挖掘自己的品牌，至少要放到所在县来思考，以提升区域品牌产品的外界知名度，吸引游客。当然，如果有极为有名气的品牌产品更好。以墨脱镇玛迪村为例，可以将墨脱的特产作为玛迪的经营品种，打造玛迪市场。玛迪自身产出的香蕉、柠檬、佛珠首饰、酥油茶茶桶、竹编、白米、红米、野花椒以及墨脱市场上可以采购到的门珞民族服饰、墨脱石锅、乌木筷子、藤编、橘子等，都可以统一称作“墨脱特产”。二是形成本地市场。公路沿线乡镇村有时因为客流较少而没有安排人值守铺位，造成有摊无人，有摆卖无市场的现象。为此，既可以在招徕游客上下功夫，也要在探索成立合作社进行集中销售上做尝试。以玛迪为例，可以在村内希望经营的点打出广告，将目前仅有的“玛迪村香蕉集中销售点”升级更名为“墨脱特产销售基地”，还可以用一些诸如“带得走的墨脱印象”“西藏唯一能出产大米的地方”等较文艺的广告语[1]来吸引游客，既形成品牌效应，又让游客知道玛迪哪些地方可以购买众多的墨脱特产，形成“硬件市场”和“心理市场”。如果分散摆摊值守有困难，可以尝试成立若干经济合作社，探索集中摆卖，分班值守，收入按工分配的方式开展销售。三是设计特产包装。很多地方都将特产精选几样，装进一个方便带走的纸箱子里，既可以作为礼品袋，又方便携带。可以考虑精选几样形成包装，并出册商标，方便销售。外来游客到一地，一些土特产

[1] 外地游客来西藏的最主要原因，一是西藏的高原风光，二是西藏的藏传佛教文化。而游客来墨脱，要让他们看到墨脱与西藏其他地方不同的地方，比如墨脱作为高原地区居然能产出香蕉、甘蔗等亚热带水果，又比如墨脱是西藏能够产出大米的地方之二（其一为察隅），这样的大米不论是3块一斤还是5块一斤，购买的就不仅是普通能食用的大米这么简单，还是一种特殊的地域特产，红米的价格就是一个例子。大家到墨脱来购买的绝不仅仅是实用性的价值，还有一种墨脱情结、墨脱韵味、墨脱痕迹、墨脱记忆。

不方便携带是困惑，特产用合适的包装装好，方便装车或物流，能增加销售量。四是探索两面延伸。公路沿线乡镇村待销售合作社成熟之后，可以探索在邻近的经济中心设立销售点，打造集体经济扩大规模增加收入的模式。目前，玛迪村的马路经济已经初具优势[1]。在成熟以后，甚至可以向墨脱县城乃至波密进行两边延伸。从现在来看，即使是县城也没有一家较为成熟的墨脱特产店，做得较好的不过石锅、茶叶等品牌专营店，但将墨脱特产作为一个整体品牌经营的还没有发现，外界则更是少见。一旦形成品牌，借助外界对墨脱的深入了解，其销售将值得期待。

（二）接受县城辐射

经济辐射效应是指以城市为经济发展的基点，通过其较强的经济、文化、科技、教育、人才等资源优势，带动周围乡村经济、文化、教育、科技的发展。同时也指某经济区域的发展所带动的相关产业链或周围区域产生联动增长的间接经济效应。公路沿线乡镇村一方面要发挥马路经济的优势，另一方面，也要主动接受中心城区的经济辐射，利用中心城区所需要的农产品、人力劳务、机械装备等资源发展经济。以玛迪村为例，主要可以做好三个方面：一是要倡导进城务工。玛迪村离县城仅20公里，扎木公路扩宽之后有望十五分钟就能到达县城，而县城有较多的工地项目，需要大量的施工人员；很多的餐饮、酒店等服务行业也需要固定的员工，如果有相对固定的岗位，完全可以动员村民到县城务工增加收入。二是输送县城所需物资。对一些村内物资比如藏鸡、藏香猪、野菜、蔬菜等，如果县城需要的，可以尝试输送到县城出售。该村村民红星就经常用自家的三轮车将自种的蔬菜、甘蔗、柠檬和香蕉等物送到县城出售，仅2018年就销售获利2万余元。三是参与县城经济活动。利用县城周围的项目建设，可以购买挖掘机、货车、装载机等机械装备参与运营，也可以利用自身的一技之长到县城开店经营。

（三）做实主导产业

要选准自身所在地域的主要产业，利用公路沿线的便利强化其增收牵引力，

[1] 通过走访，玛迪村种植的香蕉除了2019年以来因公路定期封路且路况较差致游客很少而销量减少，其他年份均供不应求，需要到德兴村、文朗村等地进行采购补充货源；所产柠檬、红米等亦经常脱销；李东的老公小兵和罗布次仁的弟弟达瓦次仁均制作手工饰品，也不够卖。村民预计，待派墨公路打通，整个墨脱形成一个环线之后，游客会有一定增加，届时需求可能会更大，销售量也应该会增加。

并以之作为马路经济的重要支撑。可以说，马路经济是市场，自身出产是资源，自有资源可以通过马路经济获得源源不断的增收。以玛迪村为例，玛迪的香蕉种植及销售已经初步成为墨脱县的一个特色品牌。但玛迪村的香蕉存在几个问题：一是产量较低，正常年份即使是各家马路销售也供不应求；二是品质不优，个头较小，从颜色和形状上也不太好看；三是保质期不长，难于长期保存；四是不便运输。要解决这几个问题，需要从以下四方面努力：一是改良原品种。通过政府渠道引进农业科技人才，或者对口请教研究香蕉的农业专家，研究目前玛迪香蕉品种的改良之策。二是试种新品种。不管是新的香蕉品种，还是其他适宜的作物（广东省第八批援藏工作队墨脱县工作组已经在村内试种草莓番石榴200株，村里还打算试种火龙果和板栗），只要具备较好的经济效益都可以尝试。目前香蕉种植只有194亩，可以适时将原来种植玉米的部分地块改种香蕉。三是扩大种植面积。按照村里的预想，仍有120亩左右的土地可以用来扩大种植规模，这里的扩种建议先试种新的品种。四是尝试林下套种。玛迪村的香蕉基地，香蕉树冠较高而间距较大，可以询问农业专家尝试其他作物的套种，比如草果之类经济效益较好的林下品种。通过以上努力，寄希望于能够在一定程度上增加玛迪村农作物的产量，从而实现一部分增收。公路沿线乡镇村也可以挖掘自身特色资源，将自有资源变成现实的经济利润。

（四）提升村民素质

有研究指出，西藏经济跨越式发展必须立足于大力提高人口素质，开发人力资源。重点开发人力资源，将未来西藏发展战略的基点由过去的“以物为主”转到“以人为主”，是西藏经济跨越式发展的内在要求[1]。可以说，只要有一技之长，均容易就近找到商机，尤其是对于公路沿线的乡镇村服务来往游客，具有先天禀赋。基于此，建议从三个方面开展培训：一是村民日常培训，通过驻村工作队开展文化知识、基层党建、村规民约以及上级文件学习等，潜移默化地提高村民基础文化素质。二是“培养一批具有一定科学文化水平、适应市场经济思维、熟练掌握实用劳动技能的乡村能人，充分激发贫困群众内生动力。”[2]“乡村能

[1] 王太福、王代远、王清先著《西藏经济跨越式发展研究》，西藏人民出版社，第29页。
[2] 魏长旗2019年2月27日在墨脱县十一届人大五次会议上所作墨脱县人民政府工作报告。

人”，笔者认为应该是具有一定经济头脑并能起带动作用的致富带头人。通过在墨脱县的走访，笔者认为贫困地区开展脱贫攻坚要实施“扶贫”和“扶强”相结合：“扶贫”就是帮扶贫困户，帮助一户脱贫一户；“扶强”则是指通过帮助致富带头人协助其扩大经营、开拓市场，进而增加就业岗位，安置当地贫困家庭成员就近上岗，从而不断提高村民收入，带动一个地方稳定脱贫。事实上，“一些地方探索出来的‘合作社+能人+贫困户’‘党支部+能人+贫困户’等扶贫模式是比较受欢迎的。类似这种‘先富帮后富’的理念被普遍运用到扶贫工作的实践中来，‘能人’也成为扶贫的主力军之一”[1]。三是呼吁“政府主导的人力资本投资重点还应该放在对现有在业人员的职业技术培训”[2]。让村民获得一技之长，能够开展技术性工作，比如一旦村民学会驾驶、烹饪、电器或汽车维修、电脑操作等，非常容易在附近找到就业岗位。

（五）盘活集体资源

壮大集体经济，开展年终分红是群众增加收入的又一渠道。要盘活现有集体资源，做到原有的增收，已收的创出效益。一是要增加集体收入。二是为已有租金寻找升值渠道，不管是入股产业还是进行置业，都应该考虑到在集体资产保值的基础上予以升值。

[1] 胡军：《“十二五”西藏扶贫攻坚：40余万人脱贫》，载《中国西藏》，2016年第1期。
[2] 王太福、王代远、王清先著《西藏经济跨越式发展研究》，西藏人民出版社，第29页。

援藏干部

有一个地方
她圣洁而宁静
她的山
雄浑而伟岸
她的湖
晶莹而剔透
她的百姓
朴实而虔诚
对
她就是西藏

亿万年之前
她从古特提斯海高傲地隆起
从此
她以母亲般的胸怀
养育了她的儿女
传播了她的文明
让这个世界屋脊
散发出了灿烂的文明
世人只能敬仰
膜拜在她的脚下

朴实而虔诚的藏民啊
世世代代在这里繁衍生息
用她们的智慧
用她们的善良
在这个圣洁而美丽的地方
演绎着温暖的亲切
述说着动人的故事

然而
尽管这里的藏民勤劳、朴实和善良
但特殊的环境
致使发展的步伐还是有些欠缺

在这个时候，党中央、国务院高瞻远瞩做出了援藏的战略部署

从此
这里来了很多陌生的面孔
他们
跛山涉水
他们
翻山越岭
他们
远离父母、妻子和儿女
奔波在这片陌生却迅速熟悉的土地
用他们的汗水、辛勤和执着
浇筑起很多永恒的痕迹

对
他们就是援藏干部
不怕流汗
不怕流血
不怕牺牲
钉在他们各自的岗位上
戮力前行

这里
没有害怕
没有犹豫
没有后退
只有拼命地做方案、搞设计、抓质量、催进度
只有执着地求效率、惠民生、拉近民族感情、实现民族融合

不管艰难险阻
不管风吹雨打
干，是他们的情怀
做，是他们的状态
跑，是他们的精神
只要是这方土地的需要
他们深情地奔跑在这片创业的热土上

即使
有无尽的艰辛
即使
有流汗流血的付出
即使
有不被理解的困惑
即使
有难以预测的风险
他们，都不会犹豫
因为
他们心里带着爱，带着情，带着真诚
所以
他们勇往直前
他们坚定前行
只为心中的梦想

□作者与西南中心小学贺若谷、元子圆、欧思妤、李越洋、徐慧恩、杨雅琳、连嘉涛、喻凯文参加“佛山市三水区组织系统‘不忘初心·牢记使命’主题汇演”时朗诵该作品

刻在西藏的历史上

刻在共和国永远飘扬的旗帜上

那里有他们激情燃烧的岁月

如果

你愿意

让他们成为你的一份子

让他们成为你的生命里的一部分

那就让他

在陪伴你的时光里

燃烧

直到

汇聚成建设国家的磅礴力量

□拉萨八廓街一景

清空西藏的记忆

在西藏工作三年的期限就要结束，返回广东之前，我来到了拉萨。不知道为什么，在离开西藏之前，我的心里有一股很强烈的期待，那就是特别想在拉萨静静地待上那么几天。

之前来过拉萨几次，一些游客常去的景点像布达拉宫、大昭寺、罗布林卡、色拉寺等地自然都已去过了，大型历史剧《文成公主》也看过了。但这次，心里面所想的，不是去看这些地方；而是，在大昭寺周围的八廓街转转，既能感触这座有着千年历史古城的温度，也能将自己置身在转经人的如梭人流中，享受动中带静的热闹与宁静——这本是一对不矛盾的统一体。

沿着八廓街的小道，我随性地走着。没有任务，没有世俗工作的牵挂，当然可以悠闲地转悠。第一晚在马吉阿米的店里吃了晚饭，很多人来八廓街是要去那里的。仓央嘉措的书里，马吉阿米的形象留在了大家的记忆里。只可惜人多了些，东西的味道也没有想象当中的好。第二天一早，我进了广场安检的门，继续转悠，首先来到一个“古修那书坊”的地方，这是我每次来都会到的地方，很大部分关于藏文化的书也是在这里购买的。因为快要离来，这次我只挑了一本书。继续前行，不远处的转角位，一个小牌子上写着“聊天、看书、餐饮、品茶、发呆”——最下面的“发呆”让我顿觉有点意思。进门，上楼；楼道狭窄，梯子较陡。二楼未有甚物，三楼是一个开放式的阁楼。空间不大，八张大小不一的桌子。有食品制作小间，柜内有些简单的饮品；墙上挂着几幅抽象画作，玻璃小柜上摆着不多的一些书。临窗坐下，发现这里背靠大昭寺，侧下就是八廓街，视野开阔，藏式窗户上的挂帆以及插在房顶树枝上的风马旗轻盈地迎风招展，阳台上摆着一些兰花等植物小盆景，窗梁上还悬着几串铃铛不时叮当作响。以往转八廓街，大都是匆匆走过，匆匆离开。看到这个地方，我没有犹豫便坐下来，放下随身携带的电脑，点一壶甜茶，静坐窗边，遥望远处凸山，俯视转经藏人匆匆的脚步。

一壶甜茶待一天！幸在，上楼来的游客不多，没有吵闹，只有随性。就在店里吃了个简餐，原本我就有午睡的习惯，抱着抱枕小憩的时候，细心的老板娘王亭将一条围毯小心地围在我的后脖上挡风，顿觉一阵温暖。下午醒来，想伸一下懒腰，于是下楼围着八廓街转一圈。游客如梭，不少藏人沿着长条形的青石磕着等身长头，不少人则手摇着转经筒，嘴里念念有词地兀自走着。我沿着这一路转了一圈，不时看看路边的小店。转到一个叫“天堂时光书店”的地方，这也是之前去过的。进门溜达一圈，这里是比较多书的，也有不少来藏游客喜欢的一些物什，甚是让人喜爱。轻轻的音乐伴奏，不少人或坐或站地看着书，也是一处让人觉得舒适的地方。回到先前坐的地方，原来店的名字叫作“根敦群培当代艺术画廊”。间或处理些琐事，吃了晚饭，至夜方回。

第三天我依旧早出，继续在八廓街闲逛。清政府驻藏大臣衙门旧址、朗孜夏陈列馆是游人不多去的，我闲着无事，便拾级而上，轻松看之。而后继续上三楼

□虔诚藏民在八廓街

待在艺术画廊。店里的小哥名叫小海，在拉萨流浪后被老板娘收留，在这里边打工边待着。午饭小憩后继续转转，来到根敦群培纪念馆，又是一处清闲处。让人很难想象的是，在八廓街这种游人如梭、寸土寸金的地方，还有人愿意将偌大的一块地方打造成能让人宁静的去所。让人更想不到的是，在这个纪念馆的三楼，居然还设置了一处书店。从经济效益的角度去看，我是很为它担忧的。转经的人不会上来，游人大底因为时间的因素甚少留下闲暇时间呆这么久，那么盈利的可能性就小了。又是一天，今天的风稍大一些，我换到有玻璃可以挡风的二楼小憩了一会。

生活中有时候需要这种转换。紧张的工作之余，可以找一处心灵的净地，一壶茶，一个人，一处风景，枕睡着沉淀浓郁的历史。我觉得拉萨就是一个这样的地方。当年松赞干布选址玛布日山建设布达拉宫，虽毁于战火，但在五世达赖喇嘛时期予以加建，期间的历史是可以想象的。待在拉萨，仿佛能看到松赞干布与文成公主的千古之恋，看到朗达玛灭佛的血腥无情，看到苯教和佛教的凶险斗争，看到藏族和内地汉族的千年融合以及血流成河的干戈战火，直至中华民族大家庭的团结一心……正因为这些，让拉萨这座城市，有了历史的沉淀。

我喜欢这种有着尘封感觉的城市。对于拉萨来说，其实中心是大昭寺。所以，当靠着大昭寺的时候，我就感觉背靠着久远的历史，在聆听久远的故事。

当世间的轮回已过，站在当下的年轮中，一切以前觉得重要的东西都已经化作尘烟。唯一可以留下的，是后人的回忆和逝去的故事。

当我即将离开西藏的时候，我来到这里，想要跟藏地作个道别。因为我知道，以后想要再来，不是不可能，而是机会少之又少。所以，我愿意用这种方式，来做一个灵魂的清空——这种清空是一种寄托的了断，是一种重新开始的仪式。回到佛山，我将放下在西藏的一切，开始另外一段生活。

当然，清空是一种愿望，是一种重生，更是因为一种不舍。

第三篇

仁心·千家之念

——助学诸人诸事

03

立足所在岗位　汇聚磅礴力量
——写在湖南师范大学“2000政二”励志奖学金第九年举行之前

明天（2016年11月19日）将要举行“困难使我更坚强”演讲比赛暨“2000政二”励志奖学金颁奖典礼，因为在西藏援藏的工作没法出席，彩娇书记询问我有没有话想转达。写下此信，权当向大家汇报一下近段时间的工作。

尊敬的各位领导，各位学弟学妹，广东狮子会狮山服务队现任队长李流泉狮兄、创队队长卢艺狮姐以及狮山服务队的爱心人士：

很高兴今年的助学金活动如期举行，这必将成为又一个难忘的日子。慈是平和的心态，德是委屈时的包容，善是逆境中的援助，爱是对天下无私的奉献。可以想象，公管院明日活动的现场会因大家的出席而温暖如春。

按照组织安排，我作为广东省第八批援藏工作队队员在西藏墨脱开展为期三年的援藏工作。现在任佛山市援藏工作队秘书长、墨脱县墨脱镇党委副书记、常务副镇长。

善为至宝，一生用之不尽；心作良田，百世耕之有余。当奖学金颁奖日子临近的时候，我的心里其实非常期待能抽空回去长沙，亲手将班上同学以及社会爱心人士的心意交到师弟师妹们的手上。可是，工作职责所系，难以赶赴学院，只能遥寄祝福。但有同学和爱心人士代为转交问候，我心甚喜！

想起明天下午将要举办的活动，我的心里激动万分。奖学金今年已是第九年颁发，在公管院也已经是第六年，它就像是我的弟弟妹妹一样融入了我的生命当中。之前八年，我都必定会到现场打气鼓劲。今年虽然不能参加，但我相信活动一样会顺利精彩。有学院领导的亲切关怀，尤其是你们的周妈妈、学工办老师的强力推动和精心组织，有我们班上同学的全力参与，有众多社会爱心人士的热心支持，这个奖学金活动已经非常成熟，它已成为我们共同的节日。

来墨脱援藏四个月的时间里，我们一直在走访和调研，跟当地干部群众讨论商量，看看如何结合墨脱的实际，不断改善人民群众的生活水平。就在今天晚上，我们仍然在下乡途中，入住一个离县城三个小时车程的乡里，明天还要继续下乡。到了这里才知道，之所以需要援藏，很多东西是来之前在平常生活中无法想象的——以我所在的地方为例，墨脱作为全国最后一个通公路的县，这里的交通条件相对恶劣，基础配套相对落后，人民的生活还相对贫穷，尤其是医疗和教育资源非常欠缺。但是，当地的民风非常淳朴，后续发展潜力巨大，非常需要一批又一批的有爱之士一茬接一茬地助力发展。在这里我才知道，我们的国家还有很多地方比较落后，很多群众的生活依然贫穷，很多的地方需要众多有真才实学的人才去推动，需要有能力帮助别人的人的助力和帮扶。

参加援藏，我个人感觉正和我们班上成立“2000 政二”励志奖学金的初衷是如出一辙的——达则兼济天下。只要我们有能力，就尽全力地动用自己所有的资源，去带动身边的朋友做好事，把正能量尽可能多地传递出去。这样，世界会因我们的努力，将一个个微小的正能量汇聚成磅礴的正能量。果真如此，善莫大焉！

大善皆由小善组成，爱心传递汇聚成大爱。让我们勇敢地面对生活，积极进取地创造属于我们年轻人的人生。为了不悔的青春，认真学习打下扎实的专业基础，良善为人结交众多的励志朋友，勤奋工作坚持用实实在在的成绩去充实自己的人生，不管从事什么岗位都廉洁守信坚持不越法律和纪律的底线，兼己达人去帮助更多需要帮助的人。让我们奔跑在传递正能量的路上，风雨兼程，奋勇前行。

胡适先生在《人生有何意义》一书中写道：“你要想有益于社会，最好的法子莫如把自己这块材料铸造成器。”加油吧，亲爱的学弟学妹们！

最后，请允许我在遥远的西藏墨脱，祝愿明晚的活动一切顺利，祝愿去到活动现场的老师、同学、社会爱心人士以及学弟学妹们身体健康、万事如意、扎西德勒！

继承恩师遗志　相守感恩前行

——在周彩娇老师追悼会上的发言

尊敬的各位领导、各位亲朋、各位校友：

今天我们怀着沉痛的心情聚在这里，一起送别我们尊敬的周老师。这是一个难以让人接受的事实，却又必须让我们艰难面对。周老师是我们学生的好老师、好妈妈、好姐姐，是我们永远都十分亲近的亲人和朋友。从接到周老师出事的消息到现在，每个学生都无比震惊，更是不愿接受这个事实。

我是2000级思想政治教育二班的喻晓坤，认识周老师的这十六年，就是她教导我、培养我、引导我和帮助我的十六年。回想这些年来的点点滴滴，我有些情难自禁。

还记得那年刚进师大参加新生军训，周老师一直守护在我们的左右，领着几个训练骨干经常加油鼓劲，她鼓舞我们要传承学院的精神。从那个时候起，洋溢在她身上的激情就一直感染着我们，什么叫作要力争上游，什么叫作精气神要足。军训晚间，她喜欢唱的《兵哥哥》的歌声至今回荡在我们的记忆中。

大学里的四年，她给予了我们无微不至的关怀。班上活动的组织，只要她有空都要来参与，还千叮咛万嘱咐；学生遇到什么难题，她都要关切地询问，全力帮助解决；哪个学生出现了不好的苗头，她都要认真和真切地提醒，及时纠偏指导。直至大学毕业，周老师的形象已经完全走进了每一个学生的生活和心里。那年离开学校前，我悄悄地告诉她，她已成为我们心中又尊、又敬、又亲、又爱的老师，对她的依赖无人可以替代。

毕业之后，每每回到长沙，我都要回到学校，回到公管院，见一见周老师。因为只要见到她，就能看到她灿烂的笑容，她的容颜里怀着浓浓的亲情和满满的亲和力；只要见到她，就能感觉到家一般的温暖。而我，则每次都要任性地请她做一顿饭给我吃。只要她到广州，我便带着老婆孩子去跟她相聚相叙。每每遇到人生的大事，一定要先听听她的个人意见。因为不需矫情，我们已成为一生的朋友，既是师生，又是姐弟，还是母子一般。

近几年回到公管院，我们在她的指导下成立了“2000政二”励志奖学金，支持学院的贫困学生已有六年，其实就是想把周老师当年身体力行教导我们的感恩、励志、自强和大爱传递下去，用学长学姐的实际行动鼓励学院的师弟师妹们勇敢地面对贫困的挑战，不屈不挠地战胜困难，成就人生，树立一面精神的旗帜。而这个奖学金成立的初衷，就是周老师当年在我们心里种下的善良和感恩。

从11月27日接到那个出事的噩耗，我在跟学院确认后便心急火燎地从西藏赶回来，可一路上，心里的震撼揪着我如同刀割一般，我痛彻心扉，泪水止不住地流在我的脸庞上。与此同时，那么多她教过的学生都陷入了极大的震惊和难以名状的悲伤之中，都在一遍遍地追问“那怎么可能？那怎么可能？”都在期望，这是一个不真实的谎言，是一个超级的玩笑，希望一转身，就发现她仍然在学院的教室门口温柔地看着我们，跟我们打招呼，多么希望，多么希望，我们听到的都是假的，一定是假的，她还会再回来，一定会回来……

这几天，我整天整夜地走在师大的路上，公管院还是那个公管院，校园里的路还是原来的样子，所有的树木以及其他的一切都是如故。我试图努力去寻找那个熟悉的身影，可是，周老师，您在哪里？您在哪里？您告诉我您在哪里啊？我却发现，我再也找不到我的周老师了，再也找不到那个熟悉的身影了。

我知道，现在，您躺在这里，但是您已经永远地留在我们心里；我也知道，您离开了我们，去了另一个世界，那里没有暴力和疾病，充满温暖和阳光；我们更知道，即使您离开我们，也仍然在传递关心他人、帮助友人的善良与担当精神。正因为此，我们将深怀着您的精神理念，将乐观、积极、大爱、温暖传承下去。所以在这里，周老师，请允许我代表您所有的学生，向您说一声：一路走好！

你在我的心里种下一颗爱的种子

——在“我们在一起 · 湖南师范大学资助工作十周年励志青春晚会”上的发言

尊敬的各位领导、各位老师、各位校友：

大家下午好！

我是公管院“2000政二”的学生喻晓坤。今天能够来师大参加这个活动非常感激，因为师大在我们成长的道路上给予了很多的东西，这次能够得到学校的邀请，是对我们最大的肯定和鼓舞。今天与我一同前来的还有我们班上的同学田浩和刘朝春，也是“2000政二”励志奖学金的发起人，我们是最佳拍档。

在师大，我们度过了非常难忘的四年时光。我们一同学习、一起看书、一同打闹，最后各奔东西。在学校的时候，我们对师大并没有太多的感觉认为哪天会离开，只觉得她就像一位平凡的母亲一样在呵护我们成长，一直会在我们身边。但是，当真正要离开师大的时候，才发现真的就要离去了。时间久了，才发现湖南师大这个名字将伴随我们的一辈子。我们的班级在当时是优秀的班集体，曾被评为师大优秀班级。毕业之后，我们一直在想着，有没有一个东西可以延续我们的这个无形但永远都存在的概念。加上我们做助学的想法，我们成立了以湖南师大“2000政二”命名的奖学金，作为我们毕业之后一个载体，继续维系我们的班级，我们的友谊。

我们常常无法做伟大的事，但我们可以用伟大的爱去做些小事。酝酿奖学金的时候，其实是很简单的，我们只是简单地想做一点对社会有点实际意义的事。就好像是一种爱的传递，在大学时我自己因为经济困难，申请并获得过国家助学贷款，那时家里真的是困难的，农村里出来的，读个大学不容易，助学贷款解决了我们当时的燃眉之急。毕业之后我们就想，可能也会有一些朋友像我们一样需要帮助呢！于是我们就开始酝酿我们的奖学金，当时想着，哪怕只帮助一个人，解决一个人的生活问题让他安心完成学业，说不定就解决了一个家庭的发展问题。有了这个念头之后，我们开始筹钱。但实话实说，刚刚毕业的时候，20多岁，正常的年龄阶段我们正好赶上找对象、结婚、生小孩、买房、买车，有些还在读硕士和博士，然后现在是生二孩的阶段，正好就是人生爬坡经济最脆弱的阶段。但是，从我们提出这个奖学金，到发动同学捐款，一直得到班上同学的踊跃参加，我们发起人第一年捐500元，其他同学200元、100元、50元钱地捐，大家都非常地支持，每年都有几十个同学参加。第一年加上社会捐赠共有1万多元。梵高曾说："爱之花开放的地方，生命便能欣欣向荣。"随着经济能力的不断增

□与湖南师范大学周俊武副校长为学生资助爱心吉祥物"鑫鑫"揭幕

强，奖学金同时也得到越来越多朋友的认可，我们一年的捐赠已经从最初的1万多元，发展到去年的16万余元。一路走来，我们做得很坚定，也很幸福，因为看到有些师弟师妹因为我们而减少了因贫困而影响学业的情况，看到他们在我们的鼓舞之下，更加坚定地勇往直前，我们自己也在活动中受到教育，心灵受到净化。我想，其实不是我们的奖学金成就了别人，而是我们自己得到了升华。但丁说："爱是美德的种子。"这些年我会思考一个问题，那就是为什么会回到师大，后来我想清楚了。当时的这一个念头，就是师大当年在我们心里种下的一个爱的种子发出的芽结出的果，这个奖学金是我们在师大学习、受到恩惠的一个回报。

现在，我们都已经参加工作，在各自的工作岗位上做着一些力所能及的事情，就如师大在全国乃至世界各地的广大校友立足岗位，努力工作一样。目前，我在西藏墨脱参加援藏，担任墨脱镇党委副书记、常务副镇长、佛山援藏工作队秘书长，田浩在肇庆，刘朝春在惠州，袁永恩因为工作确实离不开没有来。其实，我们这次从西藏和广东赶回来，是想对母校说，请母校放心，不管我们人在哪里，我们都会牢记母校"仁爱精勤"的校训，兢兢业业，努力工作，力争不拖师大后腿，努力争取为师大、为母校争光。请学校领导和老师们放心。

最后，请允许我在这里祝愿师大的明天会更好，祝愿母校的各项事业蒸蒸日上，也祝愿今天到场的领导、嘉宾、老师和同学们身体健康，一切顺利，扎西德勒！

□湖南师范大学“2000 政二”励志奖学金基金管委会部分成员走进墨脱，受到广东省第八批援藏工作队墨脱县工作组的热烈欢迎

湖南师范大学“2000政二”励志奖学金基金管委会走进墨脱参加助学

2017年8月16日至17日，湖南师范大学（以下简称“湖南师大”）“2000政二”励志奖学金基金管委会部分成员走进墨脱，亲切问候援藏干部，参观部分援藏项目，签订助学帮扶协议书，并到困难群众家中慰问今年考上大学的学生。

8月16日晚7时，基金管委会执行副主席、佛山市顺德区华侨中学办公室主任袁永恩，基金创始成员、广西河池市罗城仫佬族自治县粮食局党组成员、副局长卢翔，爱心人士代表、佛山市三水区人民医院神经外科副主任医师罗伟、佛山市顺德区来尚网络科技有限公司总经理黄万红一行四人经过十几个小时的长途跋涉后，赶到墨脱县城，受到广东省第八批援藏工作队墨脱县工作组的热烈欢迎，并随即举行了湖南师大“2000政二”励志奖学金墨脱助学签约仪式。仪式由墨脱镇党委副书记、常务副镇长喻晓坤主持。墨脱县委常务副书记、工作组组长谢国高，墨脱镇党委副书记、镇长曹启兵，县发改委副主任邓宏照，县住建局副局长李展健，县教育局副局长郭振华，县人民医院副院长雷震出席签约仪式。

签约仪式上，袁永恩代表奖学金基金管委会对援藏队员克服困难、舍小家为大家扎根墨脱展开奉献的精神表示钦佩，对短短一年时间做出不俗成绩表示敬意；同时，他详细介绍了奖学金的发起情况以及运行十年来各类帮扶工作，承诺将在接下来的三年里每年注入十万元共计三十万元助力墨脱贫困学子。谢国高代表墨脱县委、县政府和援墨工作组对基金管委会的热心助学表示感谢。他指出，工作组进驻墨脱一年多以来，始终保持着高原情怀、边疆情怀、民族情怀“三个情怀”积极开展各项援藏工作，取得“三个非常顺利”的进展。此次湖南师大“2000政二”励志奖学金进入墨脱，势必将为墨脱的教育注入新的活力。仪式最后，谢国高、袁永恩、曹启兵分别代表援墨工作组、基金管委会和墨脱镇签订《湖南师大“2000政二”励志奖学金捐资墨脱助学协议书》，谢国高、曹启兵、喻晓坤、袁永恩、卢翔、罗伟、黄万红共同为“墨脱镇援藏助学基金”揭牌。至此，墨脱镇援藏助学基金正式成立，标志着墨脱镇援藏“三大基金”（建设基金、帮扶基金、助学基金）全部成立。

17日下午，基金管委会一行四人在墨脱镇有关领导的陪同下来到墨脱村建档立卡贫困户达瓦拉姆家中，将第一笔助学资金4000元交到他们手中。达瓦拉姆早年因丈夫去世，独自抚养三个小孩成长，因缺乏劳力，经济负担过重。随着儿子扎西今年考入江苏大学，家中已有两名大学生、一名小学生，家庭处在贫困之中。基金管理方代表亲切问候达瓦拉姆一家，并表示将提供力所能及的帮助，同时勉励两个读大学的孩子一要心存感恩，热爱国家热爱党；二要努力学习，勤勉读书；三要不断提高自身本领，待学成归来为墨脱的建设添砖加瓦。作为湖南师大“2000政二”励志奖学金在墨脱的首个受资助学生，扎西表示会努力学习，争取用优异的成绩回馈党、回馈社会各界爱心帮扶人士。

十年相伴再出发

——在湖南师范大学"2000政二"励志奖学金资助仪式暨自强之星决赛上的讲话

各位领导、各位老师、各位朋友、各位亲爱的师弟师妹:

大家晚上好!

今天是一个值得纪念的好日子，我们迎来了2017年自强之星的演讲比赛，也迎来了"2000政二"励志奖学金成立十周年。十年温暖相伴，十年励志前行！在这个喜庆的日子里，我想用四个词来表达我此时此刻的感受。

第一个词是"念念不忘"。离开学校之后，最让人念念不忘的就是母校。我非常怀念大学四年的学习生活，以至于四年的相遇，一辈子都难以忘怀。那些年，我们在多个教室聆听大师们的精彩授课，不断汲取知识的养分；那些年，我们游历长沙以及周边的地方，不断扩大自己的阅历；那些年，我们从青涩的少年不断成长，萌发了很多难忘的同学情谊、青涩恋情；那些年，我们在恩师们的引领下逐渐成长，历练进步，尽管有些人已经离我们远去，但更多的人一直温暖相伴，历久弥深！这一幕的一幕，只因我们一同走过。因为这份浓浓的情谊和深深的思念，因为这份爱，我们回来了，我们每年都会回来参加学校的活动。没有离开学校的人或许还不能理解这种情感，但我相信总有一天，我们会一起深深地眷恋我们的母校，因为我们同样曾经是师大人。大家信吗?

第二个词是“来之不易”。奖学金一路走来，已经整整十个春秋。十年来，我们的资助地点从广西河池到湖南长沙再到西藏墨脱；十年来，我们筹措的资金从一万多元起步到今年捐赠资金已经超过二十万元；十年来，我们的朋友不断加入，到现在参与捐赠的朋友已经超过一百多人，尤为让我欣慰的是，广东狮子会狮山服务队以及华森服务队、铁夫服务队、聚贤服务队也加入了我们的队伍，并且他们的代表在今天也来到了我们的现场。十年，不是结束，只是开始。接下来，我们会更加坚定。就在前天晚上，我们与学校签订了下一个十年的捐赠协议，我们将在接下来的十年里捐赠超过一百万元用于帮助公共管理学院的师弟师妹们，助力大家完成学业。这份成绩单背后，汇聚了我们班上很多同学的无私投入，这几天的活动就来了很多位同学，凝聚了众多爱心人士的温暖支持，也克服了很多我们不想去掰弄的是是非非。我记得当年伍次友评论孝庄皇太后的时候说：“谁人背后无人参，谁人背后不参人。”一路走来，有不少人在背后嘲弄过我们，很多人不看好我们，认为我们做不好更做不成。有很多的不容易，但我们一路高歌一路欢笑，把这份不容易变成了超越自我、克服困难、披荆斩棘的成长之路。这告诉我们一个道理，即使前面有再多的困难，只要我们用心去做，还会有什么不容易和困难之说呢？你们觉得，我说得对吗？

第三个词是“一起奔跑”。每个人都会拥有自己不同于任何其他人的人生，所以每个人都应该好好地规划自己的未来。我觉得，大家的脑子里可以想着做大官，赚多钱，功成名就；但不要只想着做大官，赚很多钱，风光无限。而是，我们要在满足自己生活中的基本物质需求之后，多做一点对社会有意义的事情，做到心中有国，心中有家，心中带着情怀。在座的师弟师妹们，不要一开始就担心找工作和谋生等问题，湖南师大的学生走到哪里都是棒棒的，你只要在学校里认真地学习专业，认真地锻炼自己，认真地提升自身的能力，绝对无须担心将来的出路问题。所以，我真诚地期待师弟师妹们丢掉思想包袱，在锻炼身体、刻苦学习、增长见识、扩大视野和提升自己能力上，早起晚睡，厚积薄发，积极地奔跑起来，去创造属于你们自己的美好明天！大家有信心吗？

第四个词是“深深感谢”。感谢母校，感谢曾经教过我们的老师，是你们给了我们成长的阶梯，让我们能够在社会上摸爬滚打而始终怀揣着谋生的初始本领，是你们教会我们的学习能力让我们去不断适应这个变化的社会。感谢同学，我们班上的46个同学四年结下的不解情谊，让我们一生都难以忘怀。感谢我身边这一群朋友，有不少人从广东、江苏、西藏以及湖南的边远地区不远几千里赶到长沙为我的师弟师妹们打气鼓劲，是你们对我的不离不弃和一直坚定支持，让我虽然不时走偏或时有犯错，但始终走在充满正能量的道路上。感谢公管院这些年在“2000政二”励志奖学金活动上的出色组织，学院的领导尤其是孙书记和学工办的老师付出了辛勤的汗水和艰苦的劳动，从这些细微的点滴之中，既培养了您的学生，也温暖了您的孩子。感谢自强之星活动，每一次回来其实都是我们一次受教育的过程，让我们倍受感动，激起继续努力的动力，是自强之星给了我们一同成长的大舞台。大家说，是吗?

最后，请允许我深深地祝福，祝愿公管院的师弟师妹们学习进步、学业有成；祝愿领导和老师们身体健康、工作顺利；祝愿学院的各项事业蒸蒸日上，越来越好；祝愿今天到场的所有领导和学生、嘉宾和朋友万事如意，扎西德勒！

拥抱自我　拥抱未来

——在与湖南师范大学公共管理学院受助学生座谈会上的讲话

各位老师、各位同学、各位远道而来的朋友：

大家下午好！

非常高兴刚刚听取了很多同学一年来的学习情况介绍，有投入、有付出、有收获、有感悟。作为大家的学长，我真心为你们感到骄傲和欣慰。大学生活怎么过？生活困难怎么办？家庭包袱怎么解除？其实这是很多人面临的问题。今天我想向大家汇报一下我对大学生活的几点建议。

要有敢于吃苦锤炼自我的勇气。顺境和逆境是一个硬币的两面。有人说，饱暖思淫欲。衣食无忧、过于顺利，不利于成长，更不利于成才。有人说，艰难困苦，玉汝于成。说明越是艰难，有时候越是可能激发一个人的斗志，锤炼一个人的意志，铸就一个人的品格。其实，生活中又有哪些人会那么轻松地获得一切呢？我记得有人说过一句话：德不配位，必有祸焉。所以不要想着轻轻松松地收获，那样的人生没有根基，没有趣味性，没有获得感，将来回忆起来也是索然寡味，全无奋斗的拼搏。因此，越是艰苦的时候，我们要有敢于吃苦，敢于用生命的顽强去锤炼自我、提升自我、历练自我。生活中，既要有脚踏实地解决问题接地气的实际行动和作为，也要有豪气，有勇气，敢于把困难踩在脚下。台湾企业家郭台铭曾说：顺境的人生人人会走，只是速度快慢而已；人一定要学着走逆境，而且愈年轻愈好，因为逆境才是真正学习成长的机会。大事难事，看担当；逆境顺境，看胸襟；是喜是怒，看涵养；有舍有得，看智慧；是成是败，看坚持。

要有沉下心来琢磨专业的定力。蔡元培先生曾说："平时则放荡冶游，考试则熟读讲义，不问学问之有无，惟争分数之多寡；试验既终，书籍束之高阁，毫不过问，敷衍三四年，潦草塞责，文凭到手，即可借此活动于社会，岂非与求学初衷大相背驰乎？光阴虚度，学问毫无，是自误也。"大学生活要干些什么？首要是专业学习！有些人进了学校眉毛胡子一把抓，什么都想干好，什么都想出彩。既想学习上拿专业奖学金，又想竞选去当学生会主席搞社团活动，还想去做家教赚钱、搞兼职，等等。可人的精力总有限，很难做到面面俱到。所以，做人做事要有取舍，分清楚轻重缓急。尽管有人说找工作专业对口的情况不是很多，但专业的沉淀对于一个人的专业素养至关重要，很多时候也是将来谋生觅食的工具。所以，我建议大家在学校里的时光，一定要珍惜时间，首要一条是老老实实地将专业学好，将基础打扎实，在此基础上增加人文素养。学习这件事，最需要定力，最需要实实在在的投入。

要有融入社团奔跑锻炼的热情。专业很重要，活动能力也很重要。如何培养提升自己的办事能力、交往能力、协调能力和领导能力，建议大家在力所能及的情况下，在时间允许的情况下，多参与社团活动，花一些时间和精力去提升自己的素质和能力。先参加，慢慢参与，不断体验，逐渐提升。在积极的尝试中，敢于挑战那个还不曾知不曾会的领域。有些人总有很多的胆怯，不敢去，你不去别人去了然后就超越了你，下一次人家有了这次的进步胆量更大，锻炼后进步更大，更加充满自信，而你则因为一次又一次的放弃而更为胆小和觉得比不上人家了。差距是什么，就是不敢迈出第一步之后呈现出的放射状变化。在大学里的每一次尝试，都是将来走向社会时大胆尝试的宝贵经验。敢于迈出第一步，不怕出丑地勇于尝试，就是逐渐成长的锦囊妙计。

要有抬头远眺登高望远的视野。眼前有困难，会不会影响我们的目光？我相信肯定会影响。肚子都吃不饱，怎么去仰望天空？但我希望大家在以后的人生中，不管是在谋生的路上，还是在以后的工作岗位上，既要低头看路，也要抬头望远。世俗的东西很多，面前的杂事很多，欲望也很多。但是，我希望包括我在内的每一个读书人内心深处永远保持着一种永不停步、站高望远的境界和高度。上任总理温家宝在同济大学建筑城规学院向师生演讲时讲道：“一个民族有一些关注天空的人，他们才有希望；一个民族只是关心脚下的事情，那是没有未来的。我们的民族是大有希望的民族！我希望同学们经常地仰望天空，学会做人，学会思考，学会知识和技能，做一个关心世界和国家命运的人。”我期待有更多的人仰望星空，不是数星星，而是站在一个更高的位置看人生、看世界，进而为社会和国家多做贡献。

要有勇于奉献报效国家的情怀。在每个人求学、求职、求发展的这条路上，我们将会面临很多的诱惑。有物质的，有权力的，有美色的，也有其他可能的另外的东西。在大学里面，我们可能能够在一段时间里保持着追求理想的状态，但出社会之后，在现实面前，可能会迷失方向，为物欲，为情欲，为其他的私欲。我希望大家可以去追求，但不要长久地陷入这些方面看不清本色的自己。诗人陆游曾说：“位卑未敢忘忧国。”李白则写道：“中夜四五叹，常为大国忧。”希望跟大家共勉的是，要心里装着一些国家，有理想，有情怀，有大爱。穷则独善其身，达则兼济天下；天下兴亡，匹夫有责。做一个有家国情怀，乐于助人的侠义之士。

要有慎思慎独严守底线的守望。美好的东西有太多，破碎起来却很容易；成功需要长时间付出艰辛的努力，但一着不慎让一个人轰然倒塌却很简单。我们这个社会，有太多的人去教人成功，教人不失败的却不多。所以，想出了很多的方法、捷径、弯道超车、小步快赶；想出了很多的歪门邪道，旁门左道，甚至犯罪之道。这些年，各地发生的安全生产责任事故死了多少人、毁了多少家庭；这些年，纪委监委查处的违规违纪领导撤了多少职，处理了多少人？这些，都是没有人生底线思维的后果。据《贞观政要》记载，唐太宗曾意味深长地对侍臣说：“朕每日坐朝，欲出一言，即思此一言于百姓有利否，所以不敢多言。”作为拥有至高无上皇权的帝王，唐太宗对自己的一言一行尚且如此警醒，也就不难理解他治理下的大唐王朝何以能开创“贞观之治”的盛世局面。古往今来，凡是事业上有所建树的贤良之士，无不深谙自警之道，处事谨慎小心，为政慎思慎独。正如古人所言：“常鸣警钟，行举自醒。”生活中，慎思、慎独，守住底线，小心撑得万年船。

以上，是个人的一点心得，未必正确，和大家探讨，共勉之。讲得不对的，大家抛弃之，也请大家批评指正！谢谢大家！

沿着正能量的方向奔跑

——毕业13年后回湖南师范大学公共管理学院的心得体会汇报

各位学弟学妹：

大家好！

这些年我每年都会回来母校，回到公管院，举行我们的“2000政二”励志奖学金活动，今年是受邀参加“我们在一起——湖南师范大学资助工作十周年励志青春晚会”。跟孙书记汇报了之后，想跟学院的学弟学妹们做一个交流。

首先作一个自我介绍！我是公共管理学院2000级思想政治教育二班的学生，“2000政二”励志奖学金的发起人之一。

今天我汇报的内容分为四个方面：一是大学期间担任学生干部的体会；二是关于奖学金的来历与经历；三是援藏工作的一些见闻；四是对就业的一点建议。但是，我想总结起来一起讲，就是结合上述四个方面，谈一谈自己的一些体会。

一、与其临渊羡鱼，不如退而结网

大学里经常会遇到一个问题：别人怎么比自己优秀那么多？我们那个时候有中师保送生，就是非常优秀的师范中专学生保送到湖南师大学习，他们能歌善舞，有着非常好的文艺基础，弹钢琴、唱歌、跳舞、演讲、朗诵、主持等等，正好我们班有好多个这么优秀的同学。而我们这些高中上来的学生只是看了几本书，军训时一看到他们就傻眼了。不知道大家会不会遇到这样的情况。这种时候怎么办？我当时也经历了一个着急和焦虑的阶段，敬佩在眼里，着急在心里。怎么办？《淮南子•说林训》中有一句话："临河而羡鱼，不如归家织网。"我没有就此退守一角，而是告诉自己，要在坚持自己优势的同时，瞄准前进的方向，赶紧加倍努力，努力上进缩小差距。每个人不是一生下来就会所有的事情。不会没关系，学，看，总结，思考，逐渐成长。大三当学生会主席的时候，刚开始的时候感觉别的学院的学生会主席都特别厉害，而自己好像啥也不会。后来结识到了几个重要的朋友并开始向他们学习，一直到现在都在学习的路上。文学院的蔡颂，这个人我从认识到现在一直都是佩服得五体投地的，以前在读大学的时候，朗诵经常拿国家级的大奖，唱歌、书法、主持、写文章动不动就是省级的奖励，现在任师大宣传部的副部长，领导和学术都做得不错；李章，现在任思齐芙蓉教育集团的董事长，营业额早已突破亿元，我最佩服他的一句话就是他说他每天都是被梦想叫醒的人；周庆，原三一重工人力资源培训部的主管，现在出来与人合伙开公司；罗贤艺，现在湖南省财政厅工作；汤美玲，现在湖南省财信金控工作；牟灿，现在在成都开连锁饭店；等等。这些朋友都在他们自己的领域做出成就，每一天都激励着我向他们学习，叮嘱我不要落后太多。近朱者赤，近墨者黑。你跟着一帮比自己优秀的朋友，既学习他们身上的做人做事的道理，更学习他们积极进取，不断追求上进的心态，还学习他们各方面的优秀特长。坚持下去，每一天都会有进步。坚持四年，甚至坚持一辈子，那我们一定会让自己都为自己感动。

我是农村里出来的孩子，很多东西都没见过。这个时候怎么办？别怕，不会动的时候，先看别人怎么弄，然后自己再学着弄。到广东吃饭也遇到很多的不会，吃海鲜，吃鱼生，很多不会的事情学会去观察。不会没关系，犯一两次傻也没关系，好好地谦虚地去学就行了，也别怕丑。想做一件事情，任何时候都不为晚，关键是，从那一刻起马上行动。有人觉得大学里好多人比自己优秀多少倍，自卑。怎么办？与其临渊羡鱼，不如退而结网。相信一句话：只要你想提升，任何时候都不为晚。就怕你不开始行动，或者浅尝辄止。

二、别抱怨生活，感谢生活中的磨炼，笑看面对逆境

一个人要有小成就，必须有朋友；要有大成就，必须有敌人。古往今来都是如此。我在公安局成为笔手之前经过了一段很长时间的磨炼。那一段时间里有人歧视，有人贬损，有人耻笑，有人故意贬低，也有人不怀好意。学生干部的工作也好，以后我们的人生也罢，都可能遇到逆境。怎么办？针对自己的弱项和不足，学习、锻炼、思考、总结，然后不断提升。每个人的一生必须不断学习充电和持续地成长，千万不要以为读了多少书、当了多大官、赚了多少钱就不可一世，不要以为自己就是多么牛的人；不要以为自己现在当了学生干部就比其他所有人都牛。2005年我进公安局办公室，时不时被另一个同事看扁，还被他在领导和同行面前冷嘲热讽，后来的几年里，我暗暗提升，2008年一年里我估计超过一半的夜晚在加班，有一半的周末在写材料。经过一段时间的努力，那一年里我写的材料在公安部刊登2期，省公安厅刊登16期，获得了省的先进个人，佛山公安80后新秀，三等功以及三水区优秀党员，让所有看不起我的人看到努力之后取得的成绩。努力和拼搏之后，有些事情会功到自然成，当然要选准方向，别蛮干。

三、去做比去说好

在这个社会上，有人埋头在做事，有人喜欢评头论足，老喜欢指指点点。我们应该怎么做？2007年我们成立奖学金的时候，有五个核心成员。我们一起做方案，反复商量，就每一个细节去抠，去完善。后来，因为一些理念的不同，一个朋友中途退出了。他认为我们功利心太重，我们当时在广西的学校种了一棵桂花树，刻了一块纪念牌，他觉得可能做得有点过头；他觉得我们做的事情太小，可能就一两万块钱，不是什么大事，令人不屑一顾；也有极少数同学不仅没有参加，还在后面说三道四，认为我们图虚名；等等。其实，一路走来，我们的奖学金活动也遇到了不少难题。但是，不管怎么样，我和袁永恩、田浩、刘朝春几个核心成员从来没有退缩过。我们坚信：事情虽然小，但可做实。只要是能帮到人，哪怕只帮到一个人，说不定就帮到一个家庭；一个大学生成功就业，一个家庭甚至一个家族就可以因此不断改善生活。所以，十年来，我们不管别人说了多少闲话，照样干得坚定而执着。一不小心，我们居然做了十年了。现在，我最高

兴的是什么？那就是有越来越多的朋友，学习我们的做法，在帮助人的道路上迈出步伐，建立他们自己的奖学金。最自豪的事情是什么？那就是别人开始做的时候，我们已经做了很多年了。

我坚持将工作和生活中的感悟写下来，积累下来，每年一本。每年选取一到两个热点或重点问题撰写理论文章，现在积累下来有了十来本了，日记体。虽然没有去发表，但那是自己的珍贵资料。虽然不是做研究的，但在各类刊物上发表理论文章十几篇，文艺文章多篇。援藏之后，更加勤奋，我想写两本书，奖学金今年也会编一本书，已经在策划筹备了。所以，工作中也好，生活中也好，坚持做，别虚度光阴。做自己认准的方向。在做的过程中思考，在思考的同时提升，在提升的过程中积累成果。有朝一日，幸运会敲开你的门。我一直觉得自己非常幸运，学生会主席，考公务员，公选，援藏，上天都给了我机会。但是，我相信这一定与长期积累有关系。我喜欢两个词，一是“厚积薄发”，另一个是“积贤为道”。还记得2014年的一个场景，一个受助师弟教给我的生动一课，就是手指推球的故事。一个大球，用一根绳子吊着，刚开始用一个手指头推的时候一动不动，后来小幅推动，再后来慢慢动起来，到最后大幅动起来的时候，一个小手指头想让它停下来非常困难。这就是我们努力的样板，你刚开始努力的时候，是很微小的积累，但积累到一定量的时候，别人想拦你都拦不住。

我有一个习惯，每年给自己写一个总结。总结一年里都干了些啥，发表了多少文章，获得了什么荣誉，做了几件有意义的事情。刚开始的时候，总结得很得意，好像真的做了些事情；但几年之后很是紧张，从人的一生来看，其实很多荣誉和事情只不过是没有太多意义的小事，不值一提。人一辈子忙忙碌碌，但真正到总结的时候，可能绝大多数的事情都只是俗务，能做成一到两件事就已经是很不错的了。当时，做奖学金就有这方面的考虑在里面。在办公室的上传下达与办文办会虽然整天是忙忙碌碌的，但都只是机关运作的润滑剂，对社会的现实意义价值不大。既然这样，与其庸碌无为，不如先做一件小事，小事虽然不大，但做实了，可能真的能够帮到人。

四、尽量在正能量的道路上奔跑起来

我现在希望自己做几件事：孝顺父母，亲爱家人，教育好孩子，做好本职工作，然后引领身边的志同道合的朋友多做有正能量的事。在正能量的事情上，我认为我做了两件事让自己觉得欣慰，一是奖学金，二是援藏。奖学金十年来，我很多身边的朋友都参加了进来。我一直在思考，为什么会有这么多的朋友愿意进来参与呢？就凭我是一个小小的副镇长吗？不是，是认同，是感觉到我们在做的事是真的有利于社会的事。当然，还有另外一个重要因素是大家每个人心里都有爱的因子，都有奉献和付出的意愿，只是我给了他们一个平台去展现这份爱心而已。现在我去援藏，我在镇里提出了“三十百千万”的工作思路，其中的“百”就是由外界一百户经济条件较好的家庭对口帮扶一百户墨脱镇的贫困家庭，每年给三千块钱物资，帮扶三年，一共100万。从我发信息求助到结对，不到几天的时间里，第一批五十七户完成结对。现在有朋友到了墨脱参加了我的启动仪式之后，动员他的朋友一次性认捐帮扶80户。这说明我们如果朝着正能量的方向去走，一定不会孤独，一定会有很多同行者，就像这次学校对奖学金给予正面肯定一样。

援藏工作是国家的一个大战略。大家知道我们国家以前底子薄，提出了让一部分地区和人先富起来，然后先富带后富的发展思路。东西部地区发展不平衡，有些时候确实是国家投放力量之前有所侧重的原因。很长一段时间以来，国家开始重视援藏工作，其实不单是援藏，现在还有援助一些其他的相对落后的地区，新疆、四川等等，广东省内发达市区还要帮扶欠发达地区，现在我是一个援藏工作参与者。我所在的墨脱，是一个非常漂亮的地方，它是全国最后一个通公路的县，是《藏地密码》中香波拉的入口所在，血池的传说也在墨脱。但是，它的闭塞也致使基础配套很是落后和不足。这里我想说的事情是，一个方面其实我们的国家，我们的社会，还有很多需要帮助的人，需要非常多大学生这样的人才，还有很多需要做的事；另一个方面我们的大学生拥有丰富的知识却难以发挥自己的优势。所以，我建议大家在更加广阔的思维里，去寻找自己建功立业的舞台。

对于就业的问题，我提两点：第一是到国家需要的地方去。在这个社会，说这个会不会让你们笑话我？但是，我想和大家分享的是，当我从沿海走到内地，从东部走到西部，从珠三角走到西藏，尤其是走到墨脱之后，我发现一些地方对人才的呼唤是多么的强烈，而他们能够找到合适人才的机会又是多么的渺茫！墨脱，2000多个学生，但老师里面，很多都只是很一般大学的学生，不少还根本不是师范专业，而是其他专业的毕业生充任的，这样的教师队伍怎么能够教出好的学生？很多落后地区缺资金，缺资源，但更缺的是人才。但是我们很多的大学生不愿意去受苦，老想着往一线城市去，因为去到大城市听起来让别人觉得好听，待遇又高，所以都往大城市跑，往发达地区跑，很少有人愿意往艰苦的地区跑。但是，我们的大学生有没有想过，到国家真正需要的地方去？当然，我说的需要并不一定是艰苦的地方，而是需要的地方，去奋斗，去燃烧，去帮助真正有需要的人？第二个是建议。从现实的角度上看，我建议大家可以去一线城市的卫星城市去找工作，比如北上广深能够辐射到的卫星城市。这里的考量有几个，一是一线城市可能工资高一些，但卫星城市不会差太多，但一线城市的生活成本考虑到房价等因素会大很多，卫星城市这方面会相对小不少；二是一线城市的人才集聚大很多，竞争压力大很多，而卫星城市相对小一些，有些人会有“宁当鸡头，不为凤尾”的想法，这也是很正常的。但说到底，如果我们要站在事业的高度去考虑问题，我建议大家坚定地把自己的专业学好，用良好的专业素养去赢取成长的更大平台。

不管怎么样，我希望学弟学妹们朝着正能量的方向，去努力，去奋斗，去奔跑，去散发我们的激情与魅力。也希望大家能够通过自己的努力，找到心仪的工作。

五、希望我们做一个宁静而坦荡的自己

走出校门，走入社会之后，我们会发现这个社会上既有美好、浪漫、温暖，也有浮躁、焦虑和无情甚至变态。在这个社会当中，有太多的人希望在最短的时间里取得进步，实现自己的成长，也就是世俗人平时所说的“成功”，希望赚更多的钱，当更大的官，掌握更多的资源（物资、资源、色利）。而在此过程当中，有人会为了这个所谓的目标去谨小慎微，但有些人却会为了达到目的而不择手段。这个问题当我们走出社会之后将会一直伴随我们的人生——我们该往何处去？我们的步伐、效率、速度到底应该有多快？我们要通过什么样的方式、通过

什么样的手段去获得成功?

这些年的反腐败工作反下了很多的大的官员，让人思考一个问题——那就是一些官员在台上时衣冠楚楚，可当他们突然有朝一日轰然倒塌的时候，我们发现他们的内心深处很多时候存在着不少阴暗的东西。这个社会，太期待人“成功”，但鲜教会人“有底线”。我在镇里分管安全生产的时候慢慢树立自己的“底线思维”，那就是你可以不赚很多钱，但一旦安全领域出事，可能就是全盘皆输。人生也是一样，有时候做事没有底线，可能有朝一日万劫不复。所以，我在工作十几年之后，我感觉一个人的“成熟”很重要，这里的成熟是指理性的思维、明白自己的内心，有自己的底线和原则。一个人的进步、一个人的外在的成功与他的成熟是不同的，前几天武汉一个博士在机场的打人事件就是一个例子，前几年广州一个武装部长在飞机上打空姐也是一个例子。不是说我们读了多少书、当了多大官就会成熟起来，不是。成熟是内心的一种真正的理智，是一种自控力。它告诉自己，什么可为，什么不可为。所以，我一直告诫自己守住底线，不要违规逾矩，不要剑走偏锋，我也真诚地希望我的学弟学妹走出社会之后，守住自己的底线，做一个善良、坦荡、宁静的人。

拥有底线思维，并不是拒绝创新和突破，并不是让人裹足不前，什么都不敢做。其实每一个人成熟过程当中都需要时间，有些时候可能要在教训中成长，在一些错误中吸取教训，极端的甚至会犯下大错。这都是可能遇到的。我希望自己并建议大家在生活当中，想做事情的时候，认准自己认为对的东西不要怕，大胆去尝试，但要有敬畏之心。三尺之上有神灵，我们千万不要去欺骗谁。

在我36岁生日的时候，我给自己写信，希望自己要以积极的心态开始学习、写作、练字，多运动、少喝酒。要努力让自己成为父母长辈的老年靠山，成为妻子的恩爱之人，成为子女的父爱老师，成为身边朋友愿意亲近之人，成为工作上的好拍档。做一个正能量的积累者、散发者和传播者，心态积极地去追求工作的成功、事业的顺利，追求属于个人和家庭的幸福生活，而不被职位、金钱、名誉所束缚，积极地做出贡献，努力而不狭隘地追求虚荣，物质。心存底线，不做违法违纪的事。这段话，既送给我自己，今天也把它送给我的学弟学妹们!

我的体会今天就汇报到这里，谢谢大家!

□与湖南师范大学“2000 政二”励志奖学金受助学生座谈会

奔跑起来，与积极上进者为伍

——兼对学弟学妹几个问题的回复

2018年10月26日中午，我们与“2000政二”励志奖学金的受助学弟学妹一起座谈，交流一年来的成长与感悟。期间，学弟学妹们讲述了自己一年里的学习情况与参加社会实践的情况；旷志伟师兄则收集了大家的疑问与困惑。因为时间有限，一些问题未能在会上一一回复，固我与旷志伟、易浩颖、田浩和刘朝春商议，以写文章集中回复的形式予以回应。在四年的大学生活中，我也从迷茫，到焦虑，再到坦然，经历了很长的一段转变过程。这种经历，我觉得没有什么其他方式可以替代，也不是看书或者听人教诲就能够完全学会，只能由自己去经历了成长了才能深刻感悟。由于生活的多样性，我这里只能提供一个个人的范例给大家参考，不一定能作为借鉴，因为每个人都必然会经历不同的生活。

一、关于学习还是参加活动的话题

我大一当班长，大二进入学生会任卫生部副部长，大三任公共管理学院学生会主席。因此，参加和组织学生活动占据了我的大学生活很大一部分时间。那这是否意味着参与活动就让专业学习受到很大的影响呢？我感觉要分开来看。

一方面，实事求是地说上课确实会受到影响。因为有不少的活动需要提前做策划，中间忙组织，后期要总结，而且一项活动往往是一个系统工程，不是写一篇材料就完成那么简单。所以，有些时候，上课都是在想着这个事那个事，甚至出现缺课的现象。但是，从早上到晚上，每天还是有很多可以挤出来的时间的；如果加上周末那就有更多时间了。所以我晚上和周末还是有很多可以上自习的安排。在大四的时候，看到自己的专业学习不足，我利用一个专门的时间，系统自学了组织行为学、管理学、行政管理学等课程，补齐了自己的短板。这说明只要想学，是可以挤时间学习的。另一方面，其实活动也是另一种方式的学习，做方案，要讨论；组织活动，需要不断协调出现的问题；遇到困难，要想尽千方百计去克服和处置。而且，举办活动的过程，也会站在更高的位置去统筹各方面、各层面，有些甚至要协调学院多个班级乃至院内外。这就在很大的舞台上锻炼了自己的能力。不得不说，走出社会后，我们够胆去做的，不少是之前在大学锻炼过的，有些在大学没有尝试过的，很多时候显得胆量不足。这是实话。

从后来的发展路径去观察，很多学生干部参加工作后在各自单位表现出了较强的组织活动能力，而专业学习比较好的同学则部分考上了硕士、博士，走上了科研和教学的岗位，各有各的发展。当然，参加活动实践多和学专业多的结果未必因此就泾渭分明。不一定说多了专业学习少了参加活动就好，也不一定说参加了活动少了专业学习就不好。事实上，参与就是一个提高的过程。每个人有每个人的兴趣和性格，看看你自己适合什么。如果一时不知道，那就先让自己忙起来，再慢慢地观察自己，细细打量看看更喜欢哪种生活。我的建议是，先让自己奔跑起来，千万不要闲着，尤其是不要让手机占据了我们生活的大部分。待到一定的时候，可能突然间有一天，你自己会找到自己的方向。这个方向，事实上也只能由你自己去寻找。有些事，别人替代不了。这个过程，也需要你自己去经历和承受。

二、关于读研和参加工作的话题

本科之后是读研还是就业，各有好处。如果本科毕业有好的就业岗位，早就业早上岗，不一定差。因为迟早是要就业的，确实也存在读了研究生和博士出现高不成低不就的情况，而且也不是高学历就一定找的工作好。如果有兴趣继续深造，希望继续读书，把学业一次性完成，我觉得也挺好。当年我选择了就业，是因为我家里经济底子薄，无法再继续供我学习，我必须出来工作以解决自己的生计问题，解除家里的经济负担。所以，当时选择就业更多不是兴趣，而是客观条件决定的。如果当时家里经济条件允许，我会选择继续念书。

从长远看，我认为把书读多一点再出来，发展的后劲可能更充足些，这是大势，个别人的事例不要影响了我们对这个问题的基本判断；出来社会想再读书，不管是时间上和精力上，还有学习的效果上，都很难跟之前脱产在校学习好。

如果是现在来选，只要家庭条件允许，我会考虑把书读多一点，毕竟学历是一块找工作的敲门砖。实际上，拥有什么样的学历，在找工作时会是大家寻找工作平台的重要支撑。你的学历高一些，选择的平台会大一些。比如我很多的大学同学读了硕士或者博士之后选择去了高校，一些本科毕业的同学则去了中学（这里并非说中学比高校层次低）；身边有亲戚拥有高学历去了金融机构或国企，收入高一些。这是学历带给人的一个可以冲击更高层次单位的有利因素。2004年，我通过公务员考试到三水公安局工作。参加工作后，讲的是用心工作，讲的是投入和沉淀，学历反而不是第一位的。这些年，一同参加工作的，学历高的未必早被重用，用心工作的即使学历不是很高，有些也被优先提拔。因为到了单位之后，需要的是干事的人才，处理问题的干将。从这一点来说，读书和就业、学历和工作，不是简单挂钩的。

三、关于迷茫和焦虑的话题

我们的生活中有太多的选择，每个人可能都有他各自的精彩，所以我们经常能够看到很多人在他们的领域里有特别棒的优异表现，或者令人艳羡的东西，尤其是我们现在手机微信里的朋友圈，到处都有别人的牛人牛事。当看到别人的优秀，反观自己的不足时，我们有时候会存在焦虑和不安。为什么别人都那么优秀，自己却一事无成；为什么别人的成果那么多，自己却什么都没有。这个焦虑，之前我也有。

我在刚读大学时，经常会问自己一个问题——我到底学到了什么？每天上课和自习，也有去图书馆看书，但总感觉不是特别的明显，与自己的大学期望似有差距，感觉好像没学到什么东西。一直到大三快结束的时候，我不再问自己这个问题了。因为三年的奔跑和沉淀，让我看到了自己积累的成长和进步。这个进步，不是一朝一夕的，而是长期积累的。所以，对这个问题，我的建议是可以经常问自己，但是不必太过于焦虑。唯一需要做的是，让自己忙起来。不管是忙于专业学习，还是参加学校各种活动，学会去忙碌。到了一定的时候，当你成长的量变变成质变的时候，你本身就会发现自己的成长，这个成长才能消除你的焦虑。人的一辈子，唯有自己的经历，才能丰富自己的内心，才是属于自己的人生感悟。

四、关于感觉做某件事迟了的话题

不管自己是选择认真学习专业知识还是选择参加学院、学校组织的各项活动，或者两者兼具，可能还是会发现难以兼顾，有比不上别人的时候，有时候摇摆一阵甚至发现差距更大，觉得再做某事时为时会不会太晚。这并不奇怪，一方面因为大学本身就是一个强者如林的地方，谁的底子更厚，谁坚持得下去，谁用功最多，谁的进步就会迅速显现；谁不坚持努力，大浪淘沙就会把你淘汰沦落。另一方面我们虽然考上了湖南师大这样的211工程大学、双一流创建大学和省部共建大学，更多的人也仍然只是普通的一员。来到师大，我们只是有了下一个继续进步的机会，又站在了同一起跑线上；走出公管院的成绩，取决于这四年的努力与进取。

我在大三的初期有一个特别焦虑的阶段，就是担任学生会主席后，发现其他每个学院的主席一个个都非常优秀的时候。有人精于演讲，有人精于写作，有人组织能力极强，有人多方面才干兼具。而我发现自己没有一样是拿得出手的，似乎差距太大了。经过一段时间的调整，我告诉自己，与其临渊羡鱼，不如退而结网——向他们学，沉下心来学。投入，是最好的老师；坚持，是最好的捷径；学习，任何时候都不为晚。

反观我在大学的时间，有三个群体对我的影响很大。一是我佩服的人影响了我。大学的时候，我认识了几个人，高我两届的郭佳（法学院学生会原主席，现在湖南省委宣传部任副处长）、张坤（法学院学生会原办公室主任，现在湖南大学化工学院任党委副书记），高我一届的孙岳兵（师大校学生会原副主席，现师大发展规划处副处长），他们是我的偶像，我一直佩服他们的为人处世与工作能力；还有遇上同一届的蔡颂、李章、周庆、罗贤艺、汤美玲、牟灿等人，我钦佩他们的能力，成为了一起努力的朋友，从他们身上学到了很多的东西，十几年来仍然是亲密的战友，联系不断；到现在我们仍然相互鼓励，共同进步。从刚开始认识他们时的自卑与胆怯，到后来我迎头赶上去向他们学习，慢慢在组织能力上、活动策划上以至于其他沟通能力上、思维方法上逐渐向他们靠拢，不断在进步，对我的一生都影响甚深。二是同级的优秀者陪伴了我。大一军训时认识的文丽丽、罗学明、桂青、刘思齐、刘国强、杨歌舞、李冰仙等人，一直激励着我。那个时候有中师保送生，军训时辅导员周彩娇老师挑选了八个学生辅助开展学生工作，其中七个是中师保送生，只有我一人是高中上来的。他们的优秀，我到现在一直在向他们学习，尤其是文丽丽、杨歌舞、李冰仙、罗学明、陈仁凯等人成为了我一生的好友。三是同班同学的佼佼者温暖了我。班上的袁永恩、田浩、刘朝春、张志、闵智和、谭龙、夏林、张晓琳、刘玖玲等好友，他们的积极和上进一直激励我向上努力；尤其是参加工作后，与袁永恩、田浩、刘朝春和卢翔等人商议成立了“2000政二”励志奖学金，十几年来携手共进，让我们的友谊继续升华，成为一辈子的好兄弟，一直温暖相伴。青蛙跳出去之前，有一个积蓄力量的过程，我们看到别人的优秀，其实是看到青蛙跳跃的一刹那的美丽，而积蓄力量的整个阶段我们没有去追寻。所以，如果大家觉得别人非常优秀而自己未必如人而焦虑的时候，不妨沉下心来去长时间积累，做到厚积薄发。朋友圈中那些绚丽的风采，都是人家长时间积累留下的痕迹。

如果生活当中有惰性，怎么办？建议大家找自己敬佩的人做朋友，找生活当中厉害的人做朋友。向他们学习，向他们看齐，向他们靠拢。时间一久，差距可能会越来越小，自己成长得越来越快！怎样跟人交朋友？真心、善良和以诚相待会成为朋友之间长久交往的试金石。

以上是我的个人经历和思考，仅作为参考。每个人的情况各不相同，我的经历未必对大家有借鉴作用。唯作为师兄，谈谈个人看法。此为复！

□参加湖南师范大学公共管理学院未济行团校理论培训班与师生合影

深怀感激　彼此温暖
——写在湖南师范大学“2000政二”励志奖学金第11个年头

每年 10 月，我们的“助学勇士群”（为筹集捐款而组建的爱心人士群）就会持续热闹一段时间，今年稍显早了一点，因为我们的励志奖学金因应师大 80 周年校庆提前了一个月。每当助学勇士群里的爱心人士和班级群里的同学踊跃捐款的时候，我其实有很多感激藏在心里。但是，因为跟爱心人士太熟悉，跟班上同学更亲近，有些话到了嘴边却又没有说出来。今年与文丽丽、刘松青、陈仁凯、姚遥等人筹备成立公管院“思源”学生干部奖学金时，学院邀请我们出席了未济行团校学生干部分享会，其间陈宣银在分享中说到了他与“2000 政二”励志奖学金的四年故事。我才发现，“2000 政二”不知不觉中已在公管院走过了八个春秋，今年已经是运行的第十一个年头。在我的心里，经常涌动着深深的感激。

第一个要感激的对象，是班上的同学，是相聚给了我们同学情深。从2000年入校，我们班上的同学认识已经十八年有余了。当年师大里的一景一幕，很多还藏在我们的记忆里。毕业十四年来，不管是在湖南、广东、安徽，还是在广西等其他地方，只要是到了一地，自然是要聚一聚或联系一下的。在广东，我跟袁永恩、田浩、刘朝春相隔不远，经常聚，后来各自的妻子也熟悉了，就变成了家庭聚会；张机读博士之前常见面，后来少了一些。因为奖学金启动时是在广西罗城，跟卢翔自然是见得多。回到长沙，就会闹着跟一众同学见面，张志、张晓琳、闵智和、夏林、谭龙、刘玖玲、屈正红、胡桂英，虽然不常见面，还是要打个电话问一声，有空就一起吃个饭；张志有一年带着老婆龚正球和孩子到了三水；与谭龙有一次在公管院偶遇；去师大，自然要找杨歌舞，因为她就在学校，有时她不参加奖学金活动，我没少私底下嗔怪她，可情谊不会变，去年资助活动十周年时她专门与我见面，请我妻子和孩子吃饭；毕业十周年时，见到了唐伟、廖霞、崔惠丽、周玲玲；回益阳，会跟郭绚霞打个电话，有一次我还专门跑到湖南城市学院，去了她办公室；说了好多回想去安徽看李冰仙，却是一直没有成行，倒是歌舞去了几次了；有一年到武汉培训，见到了谢海燕。这些年组织奖学金时我们分工联系同学，我还跟陈秀蕾、周嫄、贺向阳、罗阳、呙中波、邓娟、王振华、欧阳奇、李功萍、宁晚枚等同学打过电话，张儒和也是时不时会联系。到墨脱前，没想到在广州培训时见到了久未碰面的赵化冰，向灵芝、阳枚、杨正云、汤超刚、谢靖、黄爱英、夏泽宏等人则在群里看得见，人却是未多见着面。

这些年，因为有奖学金活动，班级群里时不时打闹玩笑。我们统计过，班上同学80%以上捐过款，大家对这个事情绝大部分是支持过的。没有大学的班级，就不会有以我们班级命名的“2000政二”励志奖学金。当然，袁永恩、田浩、刘朝春、卢翔、张机（前期）在奖学金的运行过程中付出了大量的心血，每年义务奉献不求回报，立下了汗马功劳。张志、张晓琳、闵智和、谭龙、夏林、刘玖玲等人则只要我们回长沙，就大老远地跑来相聚。去年活动结束后我任性地要张志请客，喝了好几瓶红酒让他买单。因为熟悉和可以放肆，所以更是任性多一点。就是因为同学之间的这份情谊，让我们如此温暖地亲如兄弟姐妹！

第二个要感谢的对象，是身边的朋友，是他们给了奖学金运营的坚定支持。说到这个群体，我要感谢的人实在是太多太多。从最开始的李伟、全子科、黄杰明，紧接着到龚德贵、黄双球、黎英斌、龚自能、郭粮丰、易浩颖、旷志伟、李春良、罗伟、龚云兆，这些人都是奖学金的元老级支持者，至今年年捐款，数额巨大；到后来逐步加入的宾水林、刘稳固、付辉、陈小勇、廖兵、梁柱成、池国兴、叶传武、唐松涛、唐任科、袁振湘、张丽金、黄雪芳、吴丽华、章灿、刘素梅、廖佩坤、黄敬东、范卫东、蒋小玲、段强、钟立玉、李志、郭永丰、阮云、陈世杰、邓冬梅、龚红平、郝芳丽、苏剑华、姜慧、李朝军、谭文斌、孙扬、彭协平、黄万红、彭辉、李洁玲、陈国坚、陈冬红、黄维力、胡石勇、刘畅、何燊日、谢利军、张一新、周娟、曹正军、舒红、邓朝勇、夏信、梁晓茵、叶静哲、卢斌、袁远志、丘裕昌、范洁、邹静、王文权、郑杰、何感动、罗锋、华彦、刘张利、陈水娥、何小军、瞿晓英、郭永红、高丰龙等人，一经参加就多年支持；招铭海、徐季中、喻佳等人一捐就是几千元甚至上万元；卢艺促成狮子会参加奖学金活动，还与胡展超、李流泉、莫亮成、邱军等狮子会成员几度参加长沙和墨脱两地的助学活动；身边的同事李爱枝、陈玉琳、黄亮、胡敏华、张正宏、赖友顺、卢健星、贺珏、潘欢、严春燕、周小健、石海波、曾炼专等人也加入其中；到了墨脱又遇上曾科兵、尹明星、林亚华、褚召军、李洪生等人参与支持。我们这个奖学金，是一个小小的熟人社区，邀请进群的，都是我认可的朋友，否则绝不邀请，这也是我们保持纯真的一个原因。可以说，没有上述爱心人士的支持，奖学金走不到今天，更做不到这么大，汇聚不了那么多的爱心。所以，怀疑这个社会缺少爱，其实是个伪命题，生活当中很多人心中有爱，只是需要有相信的人与项目。“2000政二”，吸引爱心人士的原因，更多是对品牌的信任，与活动开展的初心不改。

第三个要感谢的对象，是幕后的团队，是他们的默默付出运行了奖学金。学院在奖学金运行的八年间，周和平书记、张怀承院长、余望成书记、孙雯波副书记、向玉乔和邝洁副院长多次参与现场活动；公管院学工办的老师一直是整个活动的推进者，是整个活动的运行中枢。已故的周彩娇恩师当年建议我们将奖学金移师公管院，之后学工办承担起学院每次活动的前前后后，至此奖学金活动的策划能力和执行水平都远远要强过之前。后来孙雯波书记接棒学院副书记，开始时我们还有些担忧，但她的执行力让我们消除了这种顾虑，肖剑、易珊、龚晔颖、林哲旭和周沐等老师，总是奔波在幕后服务，用心用情，很多的学生干部一届又一届地全程协助，做出了大量的贡献。陈宣银讲到他在学生会勤工助学部一直到大三担任校学生会主席乃至大四也仍然合力参与奖学金的几届传承，让我突然感到奖学金这个活动已经在公管院深深扎根，影响了一批批公管学子。其间，副校长周俊武教授以及学校关工委、学生工作部（处）、团委、校办等部门给予了关心，向发意处长只要听说我返校，一定要请我吃饭，好友蔡颂更是陪我一起吃住；同时，这些年光明网、新华社、三湘都市报、潇湘晨报、湖南省教育网、红网、佛山日报等媒体投放了关注并做过多次报道。奖学金核心团队袁永恩、田浩、刘朝春等人每年周密组织，全程无私奉献，倾力打造品牌工程。这些人的默默付出与辛勤努力，造就了奖学金的十一年沉淀，让这个公管院的孩子茁壮成长，慢慢为大家接受和认可。

第四个要感谢的对象，是受助的学生，是他们的励志前行感染了我们。有人说，我们在这么多年的奖学金活动组织中，是牵头者、推动者、实践者；其实同时，我们也是受教育者、受温暖者、受鼓舞者。每次回到学院，在演讲比赛决赛的现场，我们都受到心灵的碰撞，学弟学妹们身上所涌现出的积极、上进、励志、绝不服输、勇往直前的人生态度与精神风貌，将我们沉浸社会后不断消退的纯真与使命感不断唤醒，让我们一次又一次地接受教育与洗礼。正是因为参加奖学金聆听演讲的教育功能，不少爱心人士慕名而来，其中带孩子前来的不在少数，凡曾到场者亦无不受感动。同时，考虑受助学生的心理成长更为重要，我们一直在探讨如何更加温馨地与大家如兄弟姐妹般交流。这几年我们一直想做好与学弟学妹的座谈会，就是考虑到这一层因素。良好的思想引导，有时候甚至会比简单的经济资助更能解决问题，尤其是心理上的人文关怀。经过三次尝试，我们在不断推进这种面对面的沟通，并且我始终期望用朴实的语言和自身的经历去坦诚地交流，传递的是一种真诚与善意。事实上，我们得到了学弟学妹们正面的回应，不少人感受到了这种温情并告诉我们这种安排给予了他们力量。所以，我感觉基本形成了一个良性循环。当然，我们应该可以更加深入一点，做得更好，那就是注重平时也可以做一些交流，不管是点对点的，还是面对众人的。所以感谢学弟学妹们，从他们身上感受到励志的力量，同时让我们收获了一份份真诚的友谊！

我们从师大走出，现在又回到师大。这一切，都是母校的培育在我们的心里烙下的印记使然。有人说，我们这个奖学金帮助了不少的人；可另一方面，其实奖学金给了我们特别多的东西。这份特别的礼物，不光是社会的认可，也不光是母校的赞誉，还包括心灵净化后的不忘初心，传递真善美的初衷。我期待能够与奖学金的参与者走得更远，也希望奖学金的所有参与者健康、平安、积极向上，在自我成就的同时，为社会做出更多的贡献，增加更多的正能量！

第四篇

爱心·一家之暖

——我和我的家人

04

我的母亲

母亲是一个地道的农家妇女，既生活在喻氏家族的这个大家庭里，也操持着属于她和父亲与我们的小家庭，到现在她更在时刻关注着我和妹妹的小家。母亲今年就快满六十岁了，看着她的样子，发现她真的有点老了，身体的不少“部件”开始出现“故障”了。

我一直觉得是我的自私让母亲这么辛苦着，让她长时间地留在我身边。此刻，我在墨脱援藏，她陪着她儿媳妇在三水帮我带孩子。从我的女儿出生，到儿子五岁，这一带就是九年。

刚来三水那会儿，她跟父亲相比完全是两回事，父亲羸弱多病，而母亲似乎什么事情都没有，身体好，精神好，除了没读过书不识字，其他什么都好。可去年休假回家时，她告诉我手炒菜的时候有时不自觉地动，控制不了，我和爱人一听，赶紧送她去医院检查。还好，只是轻度中风。自此，我便发现她这里那里小毛病到处出来了，这和九年前她来三水的时候变化大多了。我突然意识到，母亲可能开始变老了，可怎么一下子就老了呢？于是我才发现，她居然来了三水快九年了。

父母结婚时的房子，是爷爷在他们结婚之前建的，20世纪70年代末的砖土结构。到我大学毕业那会，家里因为一直送我读书，欠了不少外债。后来我工作了，把钱差不多都还了。2005年中秋节，我参加工作一年之后回去探亲，正好天热。我坐在老房子里靠在父母当时的房间里看电视，她提醒我不要背靠着后面的墙，怕有蛇从小洞里露出来。那一瞬，我便决定要在老家建个房子，于是2006年上半年还差万把块钱把债还清的时候，就跟他们说上半年还钱，下半年开建。没想到母亲一时兴起，说反正就要建，干脆次年上半年就开始，于是马上动手。好在当时建得早，房子刚建好，材料和人工就涨价了不少，母亲说当时如果没建，下半年就要贵好几万块钱了。虽然按照母亲意思只建了一层，但好在设计不错，住着很舒服。但就此，母亲就特别喜欢这个房子。我到三水工作，父母来住过一段时间，那时还是租住在别人的房子里。再后来，住进公安局的周转房里，从一个人住到结婚，生了女儿之后就请母亲过来帮忙着照顾一家子。父亲则断断续续地在三水和湖南两边跑，在三水青岐也待了几年时间。可母亲一直到现在也没有完全适应三水的生活。她是农村妇女，不认识字也不会说普通话，人生地不熟的也没有什么朋友，于是老想着回湖南老家。我当时想着，等女儿上幼儿园了就让她回去，可后来儿子出生了，她又留下来带孙子，本来前年回去过年时跟她说，以后就看她意愿，愿意来住一段就过来住一段，听她自己决定了，于是她满心高兴地回去住了大半年。去年接到参加援藏的任务之后，我又央求母亲来了三水。我知道，她既想待在这里，却又不想长呆，可我这里又似乎真的需要这么一个人，就在这种犹豫之间，母亲一直留在我的身边，跟父亲长期分居两地。这实在是我的不孝。有时候她也会因为不习惯三水的生活而流泪，而我虽然经常开导她，却没有去从根本上改变这一做法。

母亲在我小的时候对我和妹妹还是比较严格的，脾气来了也打人，但大多数时候就是个家庭妇女，跟父亲一起维持着一家的生计。她为人朴实，人品好，左右邻居都很认可她。在我成长的道路上，她和千百个母亲一样，都将无微不至的关怀给了我。父亲是个爱新鲜的人，干一件事情总干不了多久，母亲也多次数落过他，可父亲终归如此，一生在农村耕耘。母亲虽然口头上说说他，但总归是跟着他在一边帮衬着。到我高三那年，父亲生意不济，为了我读书，母亲跟着别人去外地编制竹篾凉席，几十块钱一天地去赚钱。那个时候的她很是煎熬，又不想我辍学，却又没有钱供我读书，只能凭她的手艺尽可能地去多挣钱。

那年我去复读，当时没跟她讲，当她知道的时候，我已在学校了。她说过如果当时知道是会反对的，但我知道即算是反对又会是多么痛苦呢？那年，她就是在编制竹篾的日子里度过的。后来考上大学，母亲当然十分高兴。

可大二那年，父亲在安化做工时从十几米高的地方摔下，顿时七窍流血，差点一命呜呼，是母亲陪在父亲身边，小心地调养着父亲的身体，让他从死神那里逐渐恢复。父亲虽然落下体弱多病的身子，但总归保住了命。那些年，父亲的身体一直很弱，母亲一边要借钱给他治病，一边要借钱给我读书。如果不是她在当地为人较好，是很难借到那么多钱，很难维持当时一家老小的生计的。很多的邻居，几十块几十块地悄悄塞钱给她，让我们一家度过了那段最艰难的日子。到现在，当我心有余力帮助别人时，她总是说好。

母亲在外公外婆家女姊妹中排行老大，平时有事没事的要维系那一家子。在爷爷这边，也要好好地敬老护幼。母亲没有读过书，后来村里扫除文盲时读过一段时间的夜校，不过日子一过，慢慢也忘得差不多了。但是，在乡里乡亲心里，她总是知道人情世故的样子，孝顺贤惠，谦和诚恳，朴实温暖，跟邻里之间关系处得特别地好。我读书这一路，不少邻居关心我，就是因为母亲会做人，才得到不少帮助。我每次回家，也要陪着她到几户她的老姐妹家去走走，送上一瓶酒，或者带点什么小礼物给她们。她的好些老姐妹，跟她一路走过来相互扶持，都不容易。如今儿孙慢慢大了，关系却仍然是走得很近。

母亲生有我和妹妹两个小孩，妹妹没有读过什么书，我则读了大学。在我们这一辈，农村里要出个人很多时候都是这样，哪有钱能送那么多的娃都去读得上书啊！可母亲平日里没少对我和妹妹牵挂。妹妹的第一个小孩有些小疾，她总揣在心里担心。我在外地生活，当时在公安局，她也老是担心我。母亲就是这样，在老家离得我远，她就担心我并担心我的一家子；在我三水的家里，就牵挂妹妹她们一家子，总是牵肠挂肚。我便笑她，反正是个担心，还不如不理会，在哪就是哪吧。她也只笑笑，说“是的呢!”当我做了父亲，我才发现，父母对子女的这种牵挂，又岂止是一个理会不理会的问题。一生下来，就是一辈子的牵挂，这份心，没得割舍，也没得放下。

这一段时间，我看她中风的症状还是有，她时不时手麻，我让她去医院做一些治疗。今天我打电话给她，母亲说做了一个疗程好多了，让我不要担心。我便嘱咐她有事情要跟我们说，别老是忍着拖着。她嘴上答应着，我知道她和父亲很多时候有什么问题还是忍着拖着。可是，远在西藏，援藏工作也有很多手头的工作要完成，我不能常回家，也没有经常去关心母亲。可我知道，我在西藏想着她，母亲也在家里经常想着我。我每次打电话给她，她都会很高兴，她说喜欢听我说话，说有时候听我说一说话就不会那么焦虑了，可我却没有经常跟她聊聊，有时候觉着好像也没什么要说的，也就没打那么多电话，实在是不应该。

我想着，等我援藏回去，一定不再留母亲帮我在三水带孩子了，让她好好地回老家，跟父亲和她的老姐妹们一起，在她熟悉的地方过她喜欢的日子。心里这么想啊，可是还有两年多的时间。有时候我觉得我这个做儿子的真的不孝，在母亲面前，我又为她做过什么呢？想起她的样子，那个慢慢开始变老的人，我只能在遥远的地方，久久地凝望，只希望母亲能够一直身体好好的，等我回去，再让她好好地过日子。也希望，以我们晚辈的平安，让她少担心，多放心。

遥祝母亲的六十大寿

今天（2017年9月20日）是母亲的生日。一细想，居然是六十大寿！

我远在几千公里之外的西藏墨脱，一个人待在办公室里，思念之情突然涌上心头，眼泪忍不住哗哗地流了下来，于是关上门，索性让泪水流个够。这一刻，我这个做儿子的不能陪伴在母亲身边尽孝，还远在天边自顾不暇，陡感伤怀，情不自禁。

去年父亲六十大寿的时候，我出差大连，但还是打道回去陪他过了生日；今年母亲六十大寿，我却没法回去。

父母在，不远游。我却总是在外面漂泊。自打初中毕业去读高中，我就离开了家，从杨林坳的那个叫潘村子的小地方，跑到益阳师专子校读书；考上大学，来到离家更远的长沙；参加工作，一下子到了广东佛山；再一蹦，居然跑到墨脱来援藏了。还记得刚到师专子校读高中那会父母说，以后读大学就到旁边的益阳师专读就行了，那种期望是简单和朴实的。可想不到，这之后，一次又一次，我离家是越来越远了。

到长沙读大学，父母送我到学校。他们说，要知道儿子在一个什么样的地方读书。但他们终究只去过一次，其他的时间则是东跑西跑为我筹钱念书。后来我到佛山上班，第一年是没有探亲假的，于是他们来三水小住了一段时间。可母亲在城里住着不习惯，语言不通，没有可心的朋友互相倾诉，住不了多久便想回去。我当然是希望他们多待一段时间，于是在一拖再拖之下发生了争执，母亲则是伤心地落泪。可到后来才知道，母亲心里其实是多么地纠结。她熟悉的家，是在老家，那里有她熟悉的环境、熟悉的生活、熟悉的朋友，在外久了自然想回去；可离开我回去，她又十分牵挂一个人在外地打拼的儿子，公安工作，有时候免不了担着风险，始终是儿行千里母担忧。这种左右不是的为难，只有亲历过分离之苦的人才会明白。母亲是一个淳朴的农村妇女，她很少用言语去表达她的内心世界，但我知道她的感受。

我的女儿昨天满九岁。从女儿出生开始母亲就来帮我和爱人带小孩，这样一算，母亲便跟随我零零整整地在三水待了九年了。九年的时间里，我看着母亲从一个精神矍铄、没有什么病痛的人，到现在身体上逐渐显露出一些症状，感觉真的老了。而近两三年，似乎老得越来越快。本来认识的小区几个老人家，也是往返于老家与孩子住地。这两年二胎政策放开，几个老人添了孙辈，一下子又忙碌起来，跟母亲交流的时间自然又要少一些，母亲的生活圈子便始终是控制在很小的范围里。平时除了出门到森林公园里散散步，偶尔到邻居家串串门，母亲便更多的是宅在家里。可时间长了，没有什么语言交流，她自己也感觉越来越呆了。

让母亲长期留在三水，我的心里对她的愧疚越来越深；让母亲现在回去，妻子带着两个小孩也是让人放心不下，我不在身边甚为不便。站在这个关口，我是左右为难。母亲和妻子两个女人，都在为我的任性决定而默默付出；而我，离开家，尽少了对家庭的责任，歉意万分。

来援藏之前，一位朋友说最割舍不下的是对儿女的思念。来了之后才知道，对儿女的思念不假，对父母的记挂其实也是日渐强烈；而父母对我的牵挂不是也如我对自己子女的牵挂一样吗？只是，他们不习惯于言表罢了，又或者，我们甚少去关心他们的内心感受！

打通妻子的电话跟她商量，在我援藏结束之前，决定除了春节和暑假让妈妈回去之外，上半年和下半年再各安排一次回益阳的机会，希望能够通过增加两次回家的机会，一两个月就让她回去一趟，让母亲多一点与朋友的相聚相叙，少一点集中待在我那里的忍耐。

正值墨脱的雨季，白天，不时阳光烈烈；可到了晚上，雨便淅淅沥沥地下个不停。那下起的雨，就如思念家人的情愫，点点滴滴。我看着门外的莲花广场，回想来援藏的一年多时间，自觉是不后悔的，以一个小家庭的不易，增加一丝家国大爱的情怀，这是一个男人的担当。自古忠孝两难全。来援藏，于子女是躬身垂范；于父母是尽忠代孝。只是此刻，对家人的思念日浓。

一声祝福，祝愿母亲大人健康长寿。

坚守岗位，祝愿祖国母亲繁荣富强。

父子情

我幼时体弱，有些不好带，多啼哭，亦常生病，父母含辛茹苦将我带大。据说小时候为了夜里带我去看医生，家里不晓得烧了多少扫把（用来照明走路）。犹记得，一年过年，我因多喝了一杯伯父配的打蛔虫药，年三十晚父母陪我在乡里卫生院度过，连夜吊针输液。

及我渐长，父母在家附近做些小生意谋生，我记得他们打过豆腐，做过凉席，织过竹席，后离家做点事情挣钱，也有锯过木板、养过牛蛙等。儿时记忆不多，他们又时不时外出务工，我寄住在爷爷家和外婆家分别有一阵子，记忆中父亲与我交流也不多，似乎总在远远近近的地方。只记得有一日他将我经常未穿好的胶鞋（鞋后跟老是不拉好致常将鞋后跟踩踏成拖鞋状），用柴刀砍成两截，应该是表示惩罚和警示。那时家里织竹席，需先去毛坳子（地名）山里砍竹子背回家，竹子一根几十斤，路程又远，我很小便跟父母一同前往，背竹子回家，很多时候觉得背不起，但又没办法，为了一次多背一根竹子，父亲没少让我去。那时没少干农活，还要搞双抢，跟着插田抓禾草，很多农活我都干过，包括摘木子（茶油籽）。家里田不多，但也需要人手。农家的孩子，年纪虽小也是帮手。又记得父亲喜欢唱花鼓戏，他青年时还买过一个录音机搁在窗户上，一边播放一边自己哼着调，学着唱。他唱得好，形神俱佳。

小学到初中，我的书读得平平淡淡，父亲虽不富裕，也不至于拮据到付不起学费。那时满叔在中心小学，教了我三年，到初中在鲁吉府老师班上，对我们管得还是比较紧。

至高中，渐至家道中落。父亲无论干什么都不顺，似乎在长沙卖过炒货，蒸过米包子，又做过早餐，还做过煤生意，但时间都不长，估计也都没赚到什么钱。高中毕业考试后高考之前，父亲基本是到了赤贫的边缘，打电话给我说没钱送我读书了。记得我和他在三分社伯父家里吵了几句，具体说什么不记得了，估计是责怪他为什么不送我读书了之类的。后来我回到学校，老师同学悄悄给了一些钱，也不知道是不是父亲陆续还是给了些，终至高中毕业。高考前我神经衰弱得很严重，晚上睡不着，白天没精神。可惜的是，以一分之差落榜。

当年高考落榜对我打击很大，心里形成了很大落差，压力不小，家里也没有什么人能够开导我，自己也不会怎么排遣，堆积在身上很久没法释怀。那时父亲做生意失败，生活落魄；我也高考失败，书生落榜。两个人（母亲当时跟随别人在宁乡织竹席赚钱）回到太平桥。因久未回去，地坪里草及人高，真正是百废待兴，我记得一日两父子的一场对话改变了我的命运。

那是1999年8月31日，我跟父亲在菜地里翻土准备种菜。我问父亲，我以后怎么办，难道就这样了吗？父亲反问我自己想怎么样。我回答还是想去读书。他说他没钱了。于是我说自己去借。他考虑良久，对我说母亲知道肯定不会同意，但即算如此，他也还是不反对——这个不反对，说明他的骨子里仍旧是多么强烈地希望我能读书出去——尽管他经常在乡里乡亲面前说读书没有用，连塞个田的缺口（种田时在田埂上堵住放水的口子）都不晓得！而这个决定，影响了我的一生，以致于他的晚辈。于是我丢下锄头赶到师专子校找到宋亚平老师向她借钱。宋当时是学校教导处主任，正在办公室收学费，说自己身上没带钱，但说先给我一千元收的学费，自己迟点再垫上。

就这样，我拿着这一千元到了益阳朝阳补习学校开始了复读一年的时光。我又记得这一年里爷爷去看过我一次。那个时候，家族成员好像也没有太多搞得很好的人，估计很多亲戚也有心无力，想关心也没什么办法。一年里两耳不闻窗外事，终于考上了湖南师大，那时师大已是重点本科，“211”重点工程学校，我当年超出重本线4分。从太平桥考出来，还是不容易。至今想到很多人的命运，仍然是以有没有考上大学来看。

考上大学，都很高兴，父母在家里摆了酒，把第一年的学费凑齐了。在入学前的暑假，我记得有一次父子俩在原来家里的猪圈前抬一根树，我脚下一滑差点摔倒，父亲后来说很是后怕。估计那会，他将我这个考上大学的儿子看得非常重，生怕出点什么闪失。大学四年，父亲有一次在安化县帮别人建房子的时候从十来米的高处摔下，七窍流血，几近毙命。为了不影响我学习，他与母亲居然都没跟我说，到暑假我才知道情况。大学四年里我过得很充实，自己也解决了部分生活问题，其中一年办了助学贷款，似乎生活没有之前那样难。但父母借了不少钱，我自己也借了些钱。那时，王正伟在长沙工作，我没少去他那里蹭饭吃。

毕业之前，佛山市公安局到学校招人，我有机会参加学校安排的笔试和面试，后来与华姐结缘，来到三水公安局见习一个星期，并通过公务员考试成为了一名公安民警。不用说，父亲和母亲的心里是非常高兴的，不光是找到了工作，还是当了警察，没找关系没送钱，一个人到了广东工作，这在老家是一份荣耀。工作第一年没有年假，也就没能回老家过年，父亲和母亲来了三水。可回去之前闹得不愉快，母亲不习惯，不想多待而想早点回家；而我当然希望他们多呆一段时间。记得2006年佛山举办亚洲艺术节的时候，父亲和母亲陪着奶奶在三水住了一段时间，爷爷也小住了几天。我时常翻出那时的相片，他们脸上都洋溢着幸福，后来伯父伯母、满叔和婶娘以及喻家的很多亲戚都来过三水。

在三水公安局整整七年，父母其实一直很满足，从不问我工作上有没有被提拔之类的，就好像在师专子校读书时说希望我就在隔壁的益阳师专读大学一样，好像当上警察就已经是足够。而我结婚、生一对儿女、买车买房，一年一个步子走得很踏实。然后2011年通过公选到三水区西南街道工作，当时父亲很支持。女儿2008年出生，自此母亲就来三水帮我带小孩。到西南街道五年，后又援藏三年。原本说等凯文上幼儿园之后就让母亲回家颐养天年，能够跟父亲团聚，可开始援藏让本回家已经半年的母亲又回了三水。于是，父亲便一个人先后零零整整地在老家待了十来年。如果说我有不少过失，最大的应该就是把父亲孤苦伶仃地撂在乡下十来年。一想到这里，我就羞愧难当，充满歉意。

父亲被发现煤气中毒的那天，我正好在镇里的朗杰岗村准备迎接脱贫攻坚第三方测评，一下车就接到妹妹的电话，说是父亲从家里的床上摔下，虽意识尚清醒，但身体无法动弹。我一边联系好友钟曙波到益阳市中心医院安排，一边请高丰龙帮母亲订晚上的火车票赶紧回家，再告诉母亲和妻子这个消息。在治疗十来天之后，父亲出院，然后接着做高压氧治疗。可是，在回到家来回跑医院做高压氧六七天之后，他的意识不知怎的突然急转直下，连自己的名字也不会写，简单的数学加减也不会做了，思维一度降到幼儿的状态——迟发性脑病发生了。照顾父亲的妹夫说，前几天父亲在母亲的安排下坐在澡盆里洗澡，自己一直不起来，直到母亲最后拉他起来才磨磨蹭蹭地站起来；有时候坐也要扶着，做高压氧连面罩都不会戴了。所以，元月3日妹夫又将父亲送去医院住下了。晚上他们给我视频，问父亲是否认识我，他缓缓说出了我的名字。妹妹说，一天内他清醒了几次，又糊里糊涂了好久，其中自己哭了几回，不知哭的时候是清醒的还是糊涂的。我料想，这次父亲怕是要因为这个一氧化碳中毒中大招了。

我们喻氏家族，爷爷健在，快八十三了，精神矍铄；奶奶在2010年去世。父亲兄弟四个加一个妹妹，其中最小的那个弟弟在很小的时候就得了脑膜炎夭折了。伯父早年进了化工厂，后来20世纪末工厂改制时被买断工龄，好在现在有退休金；满叔读了宁乡师范，毕业后先后在杨林坳中学、新开山小学教书，后调至杨林坳中心小学教书，2004年左右保留岗位自己出来与婶娘创业；姑姑读书也不多，嫁到本村隔壁组，与姑父早出晚归。父亲那一辈，在当时的历史背景下，都是在附近做些本职工作，人也都很本份。父亲读书到初中，在他们那个年代是差不多的了，只可惜既没有去工厂，也没有继续深造，只能在农村里奔波一生。

我有时故意笑话父亲，说他一生命好，因为他的两个房子一个是爷爷建的，一个是我建的。他只笑一笑，不予肯定，也不去否认。其实，父亲的一生，又何止是建了两个房子那么简单！父亲的一生，其实是在用他自己的生命去书写中国底层农民如何奋争改变的一生。一方面，作为一个农村出生的人，他出生在二十世纪五十年代还没有重视读书的历史阶段，一辈子只学了不多的文化知识，但他依然对这个变化极快的世界充满了热情，在不断改变的世界里去适应闯荡。另一方面，他用他的方式，赡养老人，相处邻里，一生伴随一个字也不认识的母亲四十年，让他们这对普通平凡却又非凡不易的夫妻风雨四十载，四十年里相濡以沫。最为重要的是，他拼尽全力将我和妹妹抚养成人，用他与母亲并没有太多承受力的肩膀挑起这个家庭的重担，真正的用自己的两双手脚和两个人的汗水养大了我们，还送我去读了大学，现在已经有了四个孙子（外孙）和孙女，实现了他人生的代际传递。如果说父亲作为一个普通的社会个体谈不上什么历史功绩，但他作为一个家庭成员已经实现了他的责任和使命；而这，恰恰是属于他们那一代人的整体角色。

父亲中毒近一个月，我一直在西藏未能归家，母亲、妹妹和妹夫在他身边照顾着。今年开始休假时，我紧赶着元月5日（2019年）从林芝飞回广州，到三水跟妻子和两个小孩吃了顿晚饭后就急忙坐高铁赶往长沙，凌晨一点半到达益阳后直接赶到医院。当时的情况，经过一个多月的治疗，医生说后续基本上是以做高压氧为主。妹妹家住七楼，上下楼甚为不便；而我这次休年假，正好不用上班，可以更方便照顾父亲。于是我决定将父亲接到三水继续治疗。在三水，我基本推掉应酬，上午陪父亲做高压氧，下午则在社区卫生服务中心做理疗，从元月7日到25日。25日上午接到卢斌电话，提及一位长沙名医可以针灸治疗，当天驾着龚德贵的车赶回。在长沙治疗几天后，发生了哽咽一事，父亲差点当场憋气身亡，幸在及时从喉咙里掏出食物才没有致窒息。但经此一事，父亲终在本已伤脑的基础上再次元气大伤。30日我与母亲从长沙接回父亲，赶回益阳，父亲直接住进了益阳市中心医院ICU，此时已经是腊月二十五了。

自元月30日回到中心医院，基本上是走了一个圈又回到了原点，且父亲的状态比之前还差，反倒是到了濒死的状态，这是我的过错，主要是在长沙时没做高压氧造成，致很多机能方面出现下降。在ICU待了两天后，2月1日父亲被转到普通病房，我们的春节在医院中度过。至2月14日（年初十），我将已经平稳的父亲转至康雅医院住下，开始康复治疗的阶段，而我则在2月20日回到三水准备前往西藏。从元月5日见到父亲，到2月20日离开益阳，我在父亲生病期间陪了他四十五天。临出发前，我跪在父亲面前给他磕了三个头，泣不成声。因为我知道，他若能好，我还能见到他；他若是不见好转，可能我与他再难相见。那经此一别，就是来生再见。这样的场景，与当年在益阳市中心医院见到奶奶时甚为相似。

近些天，经过医院的精心护理和母亲的温暖陪伴，父亲似乎有了好转的迹象，情绪方面面部表情多了一些，自己会主动吃东西了，扶着能够走几步了，同时可以安排坐着做高压氧了，偶尔能够说上一两句话，这些都是看得见的进步；压疮之类的情况暂时没有发现。

父亲一生，既拥有千百万农民的朴实与敦厚，也拥有其内心深处特有的阳光与豁达，平日里言谈乐观，与邻里相处融洽，与母亲相伴相随；于我和妹妹的要求严中带着慈爱，用他特有的为人处世方法教我们做人做事，影响着我们的成长。父亲一生，下半生身体一直体弱多病，但他用顽强与聪慧打拼奔波，与母亲一起极不容易地带出了两个家庭。今年他将迎来六十二岁的生日，但仍然在坚强地与病魔做斗争。我期待目前的好转一直能持续下去，更是期待与父亲的这场父子情缘能够接着延续下去！

在我的心里，不管是在近处还是远处，父亲的背影始终伟岸，父亲的慈爱永远温暖，父子之情一直藏在我的心中。

学会独立生活
——写给女儿的信

欣文：

一个星期没有跟你通电话了，爸爸很想你！

知道你这段时间去了衡山参加夏令营，这是你和我跟妈妈商量后，由你自己决定参加的。从微微老师每天发到微信群里的相片看，爸爸感觉你在新组建的小集体里，一直都按照老师的安排，全身心地投入到了里面，感觉还是蛮愉快的！晨起爬山看日出，晚间诵读《道德经》；到道观里聆听大师的教诲；跟着老师学独立，绕着山路去徒步，这都说明这是一次不错的学习机会！妈妈跟我说，有一次她打电话给你，你还在跟小伙伴们在玩纸牌呢。平时的生活里，吃饭、睡觉和学习都按照作息安排，看来你在这次的活动中很充实，已经在一定程度上学会了独立生活。

每个人的一生，都要不断地学习，不断地求索，不断地为这个社会贡献自己的力量。你现在正好处于学习书本知识和增长见识的阶段。古人说，读万卷书，行万里路。这次参加夏令营，就是通过学校以外的生活，去学习学校以外的知识，既可增加见闻、开阔视野，又可培养自己的独立生活能力，它和在学校学习意义是同样重要的！

这个暑假，爸爸知道你还学会了游泳，完成了肖老师布置的暑假作业，还按照爸爸的安排阅读了几本书，很是不错，我家的喻欣文值得表扬，爸爸为你点赞！

爸爸到西藏墨脱已经工作一个月有余了，这里的吃、住、工作和生活都已经基本适应，你要告诉妈妈他们尤其是爷爷奶奶，他们年纪大了，要让他们放心，让他们不要为爸爸担心。但是，爸爸离家很远，很是想念你和妈妈与弟弟。如果条件允许的话，我会尽可能地跟你们视频见面的。如果我没有打给你，你也可以打给我的。

现在，我们家里的成员，都在尽自己的能力忙碌着。奶奶很快就要带着弟弟回三水了，可爷爷身体不好，你要学会多关心他；外公生病不时要治疗，你跟弟弟要多陪妈妈去看望外公，跟他讲故事；爸爸不在家，妈妈照顾你和弟弟会辛苦很多，你现在长大了，要代替爸爸多照顾妈妈，也要为妈妈分忧带好弟弟，教弟弟读书认字。

还记得一句话吗？“每天都要进步一点点。”这是我们在排练《屈原颂》的时候说的一句台词。爸爸觉得这对于每个人都是适合的。希望你在这次夏令营中锻炼独立生活的能力，在以后的学习中更好地发挥，更好地去每天进步一点点！

这次的夏令营明天就要结束了，但它培养的独立自主的精神你要时时记住。歌德曾经说过：“我们虽可以靠父母和亲戚的庇护而成长，倚赖兄弟和好友，借交游的扶助，因爱人而得到幸福，但是无论怎样，归根结底人类还是依赖自己。”居里夫人则说：“路要靠自己去走，才能越走越宽。”祝贺你夏令营顺利完成，也希望你天天向上，不断进步，学会更好地独立生活。

爱你的爸爸

正确看待成功和失败
——写给女儿的信

欣文：

获悉你今天在看到班级足球比赛落败，在妈妈的车上失声痛哭时，爸爸为你的集体荣誉感感到欣慰。

每一个人都是集体的一部分，不管是什么集体。就像你现在所在的集体是西南中心小学三年级十班，爸爸在佛山援藏工作队，妈妈在西南控股公司一样，都在各种各样的集体里面。生活在集体里面，自然会有集体荣誉。因为共同的工作或者生活，因为长时间的共处，大家有共同的成长经历，共同的生活故事，会形成共同的荣誉感。共同的荣誉感就是这个集体的成绩会代表自己的成绩，这个集体的失败会代表自己的失败，这个集体的一切荣辱会代表自己的荣辱。为此，在同一个集体里面，我们都要为了大家的荣誉去拼搏，去为集体和团队争光添彩。

这次你虽然没有参加足球队，但一直非常关心班级男女足球队的训练尤其是比赛的成绩，我估计你也一直在场边为队员们加油鼓劲吧！这就是一种关心集体，融入了集体的表现。当然，每个人的个人条件不同，也不一定所有的项目都适合自己，就像你善于跳舞一样，可以在适合自己的舞台上为班级、为集体争光。应该自己上的，当荣不让，积极努力；自己不擅长的，让更适合的人上，我们为他们加油鼓劲也是出力，这是啦啦队的出力。

在我们的生活中，成功或失败是一对双胞胎，都存在于我们的身边。成功，自然是我们努力训练、学习、用功和日复一日不断进取的结果（就像你通过刻苦训练获得舞蹈比赛奖励一样）；失败，可能是我们功夫不到、努力不够，也可能有资质条件确实不相称的原因。所以，成功了，我们理当庆贺，但同时要再接再厉，勇攀高峰，用更加积极的努力去争取更大的成功；失败了，要认真分析原因，找出不足，吸取教训，用加倍的努力去缩小跟别人的差距，用自己的实际努力和辛勤汗水去迎头赶上，最终转败为胜！

成功和失败也有可能相互转化。如果一个人成功了就骄傲自满，沾沾自喜，不思进取，那可能就会落后；如果一个人失败后找到原因，然后瞄准目标，不断努力，奋发图强，就有可能转败为胜。正因为成功和失败很有可能实现转化，我们一方面要正确面对，胜不骄败不馁；另一个方面应该时刻注重提醒自己要不断进取，一直努力向前。

所以，通过这一次的足球比赛，爸爸希望你正确认识成功和失败。要想成功，就要平时不断积累，不断学习，坚持不懈地努力，并且养成会利用时间和自律的习惯，做好时间规划，按时作息，坚持学习，通过长期的努力，践行水滴石穿的精神，去争取一个又一个的胜利。一时的失败也不要紧，找出原因，对症下药，厚积薄发，通过自己的努力争取转败为胜。爱迪生发明电灯就是在失败了千百次之后才最后成功的，所以一时的失败并不可怕，可怕的是不正视失败的原因，不去努力改变。

最后，爸爸希望你按照你设计好的作息时间，认真处理好学习、锻炼和休息的关系。当然，也可以根据自己的情况，适当调整优化你的作息时间。学习上，语文、数学、英语都要相对均匀地安排时间；钢琴学习和舞蹈训练除了按时上课，平时也要安排时间自己加强训练；锻炼身体是任何时候都不能缺少的，要记得跟弟弟一起跑跑步，多做运动；如果有其他的兴趣爱好，也可以跟妈妈提出来去学一学！

爱你的爸爸

做一个会管理时间的人
——写给女儿的信

欣文：

估计此刻你和弟弟都已经在火车上睡着了。你和弟弟都喜欢坐火车，用这种方式开启你们今年的暑假生活应该是一个美丽的开始吧！伴随着火车的行驶，你们醒来的时候估计就会是老家益阳了。我感觉你和弟弟是喜欢回去的，那里有你们喜欢的爷爷给你们买的冰激凌，有开阔的太平桥让你们奔跑，有郭俊涵哥哥和郭宇宁弟弟陪你们一起玩耍。当然，或者还有不需要天天在学校学习的拘束等等原因吧。

但在今晚，在你们准备开启这个美妙假期的时候，爸爸还是想跟你和弟弟谈一些要求和期望。因为爸爸在西藏，这几年没办法陪你们在三水生活，更没办法陪你们在益阳度过这个美丽的假期。那爸爸和妈妈不在身边的时候，爸爸对你和弟弟有什么希望呢？

第一个事情，就是安排好这一段日子的每一天时间。一个成功的人，一定是一个会管理自己时间的人。这次回去，很大的一个原因是爸爸想送你到满爷爷那里去学习一段时间，他们给你们的安排是每天的下午一点半到四点半。满爷爷和满奶奶是非常知名的教育者，送出了很多名校的学生，他们的学生中很多都考上了很好的大学。爸爸希望你能够认真听他们讲课，跟上他们的节奏去思考和听讲，做好练习和复习。晚上的时间，爸爸专门给你和弟弟请了教练学习打羽毛球。这是你们俩自己选择的项目，从晚上七点到九点（也可以六点半去到，八点半离开）。你已经学过了一个阶段，这次要更加认真学习技法和战术，学会发球、搓球、起高球、杀球、吊球等技巧，并加强力量训练。因为满爷爷家离姑姑家有点距离，姑姑家去湖南城市学院打羽毛球的地方更远，所以，你们下午到晚上的时间会比较辛苦。正因为这样，你们要更好地合理安排时间。另外，上午我建议你们做一下暑假作业，或者看看书。有兴趣的话，可以和郭宇宁一起去学学英语，但如果时间太紧，也可以不去，前提是休息好。

第二个事情，要学会做人和懂得礼貌。一个人的形象往往是从她的言行举止当中看出的。作息要有规律，打完球后要赶紧回家洗澡睡觉，早睡早起（十点前睡觉最好，最迟不要迟过十点半）。吃饭不要挑食，各种颜色的食物都要吃一点。吃饭的时候要细嚼慢咽，不要吃出声音来。在姑姑家里，要适当做一点家务，洗碗、扫地、洗菜、叠衣服、整理玩具、收拾屋子等等，如果能够学会做饭，学炒两三个菜就更棒了。见到人要主动打招呼，尊敬长辈，和同伴相处好，学习别人的优点。假期里见到其他亲戚要热情友善，多和他们说说话。在姑姑家里，郭俊涵哥哥是特殊小朋友，你、郭宇宁和弟弟三个人当中，你是最大的孩子，要协助奶奶和姑姑、姑父带好头，做一个好姐姐的形象，不光自己要认真听话，也要带着两个弟弟认真学习，当品学兼优的好孩子！

第三个事情，是要回顾一下与肖老师的三年时光，跟她写一封信。你已经知道，按照中心小学的安排，肖老师下个学期开始不再担任你们班的班主任了。之前的三年，她悉心照顾你，认真教育你，精心呵护你，在你身上下了很多功夫。原本你可以参加散学礼，但因为时间的问题，要回湖南，你没法跟同学一起出去游玩，也没法在散学礼上与肖老师道别，所以你可以在暑假里跟肖老师写一封信，将你对她的感谢和想说的话写信告诉她。当然，你也不必伤感，你们和她仍然在同一个学校，想见她的时候还可以见面。如果你很舍不得她，回报她的最好方式就是好好学习，以优异的成绩和优良的人品向她汇报。

最后，爸爸希望你和弟弟这次回去能度过一个充实而美好的假期，也希望你和弟弟能够在这个假期里学有收获，更进一步！阅读和写日记要坚持下去哦！加油！

爱你的爸爸

尝试做学习的主人
——写给女儿的信

欣文：

听闻这次考试成绩不是很理想，而我却并不是就一次考试不理想就马上说三道四的人。但是，陈老师说你这个学期有些骄傲的情况，所以爸爸想跟你聊一下学习的问题。

一、一次考试的失败，不是丑事。考试没考好，并不意味着就会受到爸爸妈妈的责罚或者批评，也不意味着老师会看不起你。但是你自己要认真分析，是真的试卷上的题目不会做，还是粗心？是没有认真学习透彻不会做，还是用心学了没学懂？分析清楚失败的原因再对症下药才是不断进步的方法。考试失败是每一个人都会经历的事情，爸爸也曾遇到过，不要怕。而且，早一点体验这种情况，可能是一件好事，失败是成功之母，人生之中学会总结经验然后提高是一种不断取得进步的方法。关键是你考试失败了之后有没有找到真正的原因，有没有学会寻找失败原因的方法而且找到办法去改进！

二、学习没有捷径，要达到目标，一定要通过扎实的练习，千百次的练习，通过长期不间断的努力之后才能巩固，才能取得好成绩。不要想着简简单单、轻轻松松就能够获得好成绩，好成绩都是挤出比别人更多的时间学习的结果。就像寒假里爸爸说的，学霸的成绩之所以好，是因为他们每天学习更多的时间，并且日积月累。你想取得好成绩，可上课听课一般，放学后做完家庭作业就完了看电视去了或者去玩了，每个星期也没有安排其他的复习与加强练习，会可能学得比别人优秀吗？那是不可能的！

三、任何的轻浮和骄傲，都可能使自己落后。自我感觉良好，而其实并没有真正用心地去深入领会，以为自己假期里学习了、进步了，以为自己好像是比以前厉害了，以为自己随便学习听听课也可以不错了，其实很可能一下子就退步很多。每天都在学习新知识，一骄傲，一放松就会落后于别人。因为，你在学习的时候别人也没有闲着，都在学习呢！

四、人一辈子都处于学习的过程中，爸爸妈妈现在都在学习中。不会做、做错了、学了还是不会，这些情况都不丢脸，也不可怕。怕什么？就怕不愿意下苦功夫学习，就怕担心出错而不敢去做题，就怕担心出错而不去练习从而掩盖自己的不会，那样只会让自己更加不会而一退步再退步。

这次考试不理想，接下来怎么办呢？爸爸给你提六点建议：

一、把自己的作息时间安排好，语文、数学、英语，这三科，每个星期里除了上课和做家庭作业之外，自己复习和课外学习的时间安排够了吗？问一问自己真的够了吗？作息时间的安排是考验学习成绩的重要因素，因为它涉及学习的时间积累问题。每天比别人少一个小时，每个星期就比别人少了七个小时，一个学期就比别人少了一百多个小时，那还能赶上别人吗？然后，定下了作息时间，就一定要坚持。爸爸听说你周末的时间有时起得早，有时候却没有。定了计划就要坚持！

二、上课，一定要认认真真地听讲。

三、提前一天预习第二天要学习上课的知识，对自己不懂的地方要更加仔细地听老师讲解。

四、每个周末，要安排时间把上一周学习的内容复习一遍。

五、错题，要登记在错题本上，平时要予以高度重视，反复熟悉防止再错。

六、每天放学后，老老实实跟着陈老师做题学习。

一次考试成绩不理想不可怕，就怕你不去分析原因，不去改进。爸爸相信你会好好分析总结，做出调整。我们不求每一次能考出多少分，但一定要做到每个阶段都认真学习了，做到了自己的最勤奋最用功！

爱你的爸爸

女儿的八岁生日

今天是农历八月二十，女儿今天八岁了。因为在墨脱，没办法跟她一起过生日，吃蛋糕。

看到她跟邀请到家里的小伙伴们一起高兴地点蜡烛，唱生日快乐歌；加上她妈妈晒出的小时候的相片，我的心里突然涌出一丝思念——确实很想家，很想女儿了！

我跟女儿关系很好，她从小就黏我。孩提时带她去森林公园跑步，两三公里一圈她也能走下来。周末的早上，带着她去爬山，也是劲头十足。有一次咱爷俩在湖边跑步，比赛到最后她迸出一句“爸爸，我爱你一辈子。”把我笑得前俯后仰。从小其实没有太注重教她识字，但她背诵古文一直坚持得不错。除了课内需要背诵的，现在她将《三字经》《弟子规》《千字文》都熟读成诵了，背的古诗也超过一百首。这是我给她的任务，她也背得不错。每当看到她能背诵下来一段而洋溢着挑战胜利后的喜悦，我都由衷欣慰。

报名参加援藏后，我试着问她说爸爸要去一个很远的地方上班，看她愿不愿意时，女儿居然一听就哭了起来，说不舍得离开爸爸。那一刻，让我很是心酸，也很是纠结。后来问了几次，她慢慢地开始接受了这个结果。临出行，她和她妈妈去酒店送我的时候，写了一张小纸条交给我：“爸爸，你是我们的骄傲，我会向你学习的，我爱你！祝您一切顺利平安。”让我这个当爸爸的冒出一股激动的感觉。

远行几千里，照顾不到家人，尤其是教导不了自己孩子，是我们这些援藏干部最大的牵挂。我们当然知道，孩子在最需要我们父母陪伴的时候没有陪到，没有教育，可能会产生难以想象的后果。可是，转念一想，女儿长大之后一定会知晓，爸爸远赴千里，是带着奉献的精神，带着浓厚的民族团结情怀，在条件艰苦的地方用自己的实际行动去帮扶当地的发展，帮助他们过上更好地生活，这种大爱的精神，是留给他们更好的身体力行之教育。

我坚信我的女儿一定会理解爸爸的这份良苦用心。

一个人，要爱护自己，亲爱家人，也要关心他人，乐于帮助别人。父母爱自己的孩子，要陪伴和教育孩子，也要关心别人的孩子，帮助他们撑起飞翔的翅膀，去寻找他们灿烂的人生。这和古人说的“幼吾幼，以及人之幼”是一致的。

欣文，我的女儿，爸爸在遥远的西藏祝你生日快乐，希望你永远快乐地学习生活，以及快乐地工作。爸爸也希望通过我为了国家的建设需要，敢于挑战人生、奉献自己青春的勇气，去鼓舞你做一个有担当的人，乐于助人的人。如果能做到这样，爸爸和你的妈妈都会为你而骄傲。

欣文，今天是你的生日，爸爸爱你，也爱我们的家！祝你生日快乐！

写给欣文十岁的生日

欣文，今天是你十岁的生日了，时间过得可真快啊！从你呱呱坠地，一下子就十岁了。

爸爸欣慰地看到，你学习上不断在进步，户外拓展上也有延伸。语文、数学、英语，保持着进步的态势；同时，你还学习了羽毛球、游泳，学习了跳舞、弹钢琴、画画、书法和朗诵；另外你还去过北京、陕西（西安、延安）、四川（成都）、广西（桂林）、内蒙古（呼和浩特、鄂尔多斯）、西藏（林芝）、湖南（长沙、益阳、衡阳），加上我们生活的广东（佛山、茂名），你已经去过了八个省份了，还坐过了飞机、高铁、火车和地铁，这可是很多小朋友都没法达到的。爸爸在读大学之前，连湖南都没有出过呢！

爸爸想要告诉你，一个人来到这个世界上，要学会感恩、孝顺、善良、上进和诚实。

感恩是感谢生了你、教了你、帮助过你的人，始终对这个社会抱有一颗感恩的心。妈妈十月怀胎，经历了痛苦才生育了你；爸爸妈妈勤奋工作，不断赚钱给你和弟弟创造良好的生活环境和学习条件；奶奶自你出生就一直照顾你，爷爷和外公外婆以及其他长辈都对你倾注了很多的关心。你读书以来遇到了那么多关心你培育你的好老师，他们教了你很多做人的道理和丰富的知识；生活当中也有很多的社会老师在无形中影响着你。这些人，你应该充满感恩之心。感恩的最直接报答，就是孝顺。《三字经》有曰：首孝悌，次见闻。说的就是首先要懂得孝顺。

善良是一个人的美德，也是一个人在生活中与人相处的最好品德。世界上有很多的人，我们遇到的只是其中的一个很小的部分。遇到的人，是有缘才相见。如果这个人值得交往，那我们应该以一颗善良的心去相处。当然，善良不是让我们对任何人都一样好。我们没有可能对每一个人都好，事实上也做不到，前提是你认为这个人值得信任和交往。你是一个女孩子，尤其要注意这一点。不要将自己的善良去让坏人伤害到你。所以，爸爸妈妈提醒你学会保护好自己，不要跟任何男性在狭小的空间里长时间相处，不要跟别的男性单独外出，不要跟男性去一些偏僻的地方，不要让别人触摸你的身体尤其是私处。以上，是希望你少机会遭受坏人对你的伤害。遇到有人要伤害你的时候，首先想到的是保护好自己的生命，同时寻求别人的帮助。当然，爸爸妈妈说这些，不是想吓你。遇到坏人是小概率事件，但我们从小要学会应对。

上进是希望你将自觉化作内心的习惯。一个人为什么要读书，明明知道读书辛苦还要天天学习呢？爸爸妈妈想告诉你，谁也不可能陪伴你一辈子，唯有你自己的知识和对这个世界的适应才能伴你终生。读书，就是让你能够站在更高的地方去认识这个世界，去适应这个世界，去为这个社会带去好处的同时也给你自己带来生活的物质基础与精神愉悦，带来生命的成就感。每一个人都有能力，但会有大小。多读书，就是增长你自己的能力的过程。但是，这个过程一定不会是轻松的过程，一定会是一个艰辛奋斗的过程，是一个与自己的懒惰，与自己想玩的心思作思想斗争的过程。所以，爸爸妈妈希望你能够将学习当做你自己的事情，用为自己读书的心态勤学、苦练、多问、精思、广泛阅读，最重要是安排好时间。说实话，我还是有些担心你对时间的掌控问题。没能做到规划好学习时间。爸爸在墨脱的宿舍里有一幅字，你还记得吗？是《慎独》，何令娴老师写的。什么意思呢？就是说生活中有人约束你、提醒你、监督你的时候，表现得可能会好一些；但没有人提醒和监督的时候能不能够做好呢？有时候很难。当你自己一个人的时候能够做好，没有别人提醒自己却像是别人也在监督一样，这就是“慎独”。这里的“独”，就是指一个人的时候，“慎”就是要更加慎重。别人不管自己，自己也可以做得好，才是一个人成熟的标志。爸爸不在身边，不能期望妈妈在家里老是提醒你，而要你自己做好。爸爸希望你抱着“咬定青山不放松，任尔东西南北风”的精神，专注于学习。

诚实，是希望你忠于自己的内心。简单地说，诚实是不说假话，但也要辩证地看。对待父母，老师和长辈，我们需要诚实吗？当然需要。对待坏人需要诚实吗？那可不一定！遇到需要善意的谎言时，需要讲实话吗？也要看看情况了。比如有一个病重的老人，我们在跟他聊天的时候可能应该善意地告诉他，要鼓起勇气，战胜病魔，而不是告诉他他快要死了。对不对？

人的一辈子，就是不断学习的过程。爸爸妈妈也在学习。只有学得好，才能更好地认知这个世界，给自己带来更好的生活，给社会做出更多的贡献。在你十岁生日的时候，爸爸给你写这封信，希望你不是简单的年龄的成长，更应该有真正心智的成长。最后，爸爸在遥远的西藏墨脱祝福你，祝愿你生日快乐，学习进步！

□凯文与姐姐乘高铁回到三水南站

六岁的弟弟

凯文今年刚刚满六岁。有了儿子之后才发现，男孩子跟女孩子的区别有多大。女儿欣文懂事、乖巧、体贴、有礼貌；儿子凯文好动、调皮、阳光、不羁……

凯文喜欢玩具，尤其喜欢恐龙。六岁生日吃蛋糕的时候，他许了个愿，后来悄悄告诉我，说是有两个愿望，其中一个是将世界上所有的玩具都买回家，回到家之后一开门就可以看到满屋子都是喜欢的玩具。每次去新华书店，也必定要去选一个玩具。而到了商场卖玩具的地方，他就挪不开脚，因为我每次只允许他买一个，于是他每次都不知道挑哪一个好，每每都要反复衡量权衡对比。他自己说是每一个玩具都喜欢！后来，为了促使他学习，我跟他商量，让他学习认字，每认识一个字就奖励一块钱，奖励的钱可以随他所愿购买玩具。自此，他认识了不少字，也买了不少玩具。

周末在家休息的时候，凯文中午是不睡午觉的。有一次我问他：“为什么中午不睡觉呢？在学校时老师不是每天都要求午休的吗？”他不置可否。我接着追问：“是不是想着抓紧一切时间来玩，不舍得睡觉？”他不好意思地点了点头，表示认可。但是，他晚上一回到床上，基本上是秒睡的，刚躺下就发出轻微的呼噜声！实在是一天玩得很辛苦，很疲惫的缘故。

自从喜欢上恐龙，凯文的兴趣就一直不减。每次去书店，我也要去找一找关于恐龙的书。只要是关于恐龙的书，他都很有兴趣。有一次睡觉前，我跟他讲完恐龙的故事，他告诉我，长大以后想当一名研究恐龙的科学家。我便引导他想当科学家必须好好学习，多点认字，搞好学习。这样一来，他学习的动力就上升了起来。2017年的寒假，给他在打球的同时报了一个认字班，十天认识了一百多个字；我也经常跟他一起看恐龙书，读给他听的同时教他认字。

凯文和姐姐都喜欢打羽毛球，姐姐加上这次寒假班学了三次，弟弟则已经是在益阳老家的第二次学习了。两个人的球感不错，兴趣也挺高。弟弟因为力量和身材还不够，发力不出来，毕竟年龄还小一点；姐姐倒是越大打得越好了，发球、后场、跑动和力气都好了很多。

每天，两姐弟都会吵架或打架。可是，弟弟男孩子野，人小没有概念，出手也重；姐姐却因为大一点而不忍心下手大力气打弟弟，所以很多时候姐姐反而被打得哭。我从来都是关心疼爱姐姐一些，一看到凯文打姐姐，就让她狠狠打回弟弟，还说要打到弟弟怕为止，让他以后都不敢欺负姐姐。可姐姐毕竟是大一点，始终不重手打弟弟。虽然每天都打打闹闹，但两姐弟的感情一直很好。如果问凯文最喜欢的人是谁，他必定说是最喜欢姐姐的。

凯文经常发脾气，有时候也讲粗话；喜欢吃零食，一天到晚可以吃个不停。因为援藏经常不能陪伴他，这个寒假我的一项重要任务就是引导他的情绪，纠正他的一些不良习惯。一是不要经常生气，给他做工作，开导讲道理，感觉还是有些进步；二是在知识结构上增加学习的内容，提前布局认字和学习珠心算；三是练习打球，学习一科体育类兴趣。经过一个寒假的调教，几个方面都有一些进步，是值得欣慰的。当然，在接下来的一个学期中，我感觉还要继续在几个方面做一些努力：一是请幼儿园老师帮忙认真对待几个方面，上课认真的问题，大胆表达的问题，学习和生活习惯的问题，请老师严格要求，认真对待；二是报读一个认字学拼音主持等语言类培训班，让他继续增加认字量，提前在阅读上预热；三是可以让他在兴趣班上选择手工、画画之类，增加见识。

做一个真正的男子汉
——写给即将幼儿园毕业的凯文

凯文：

你是一个优秀的男孩子，在幼儿园的这三年进步很大，比如在认字、写字、珠心算、画画、做手工、打羽毛球、舞狮、升国旗、乐于与同学交往等方面都有进步，也学会了尊敬老师，跟班上的同学友好相处，懂礼貌，主动跟人打招呼，这些都是看得到的进步。可同时，你也有些小小的缺点哦，比如说做作业不能坚持很久；比如说上课的时候虽然比以前好很多，但还是不能认真投入到最后，坐不住；比如说怕辛苦，写字不能坚持写；还有一些生活上的胆小，比如不敢打针吃药。当然，爸爸认为你会改进的，是吗？

在即将离开幼儿园，马上进入小学的时候，爸爸妈妈想对你说："父母从小养育你，老师从小教导你，长辈一直宠爱你，不是为了你将来的回报，而是为了你长大之后能够长成一个真正的男子汉，能在离开父母和老师的时候有足够的力量和见识面对一切挑战，去创造属于你自己的人生。这是每一个父母生儿育女的希望，盼着自己的孩子能够独当一面，能够超过自己，为社会做贡献。"

现在，你很快就要从幼儿园毕业了，这证明你马上就要成为一个小男生，向男子汉又迈进了一步。爸爸妈妈希望你学会几种品质。一是学会感恩。对教导过你的老师要感谢，对养育过你的父母要感恩，对身边关心你帮助你爱护你的朋友要友爱。爱，是一个人通向幸福的最好通道。二是积极进取。要成为一个真正的男子汉，你要从现在开始认真学习，积极努力，不断进步，没有谁能帮助你成功，除了你自己的积极进取与超乎寻常的付出，尤其是你如果想成为一个研究恐龙的科学家的话，那就要朝着你自己的目标，坚定地去拼搏。三是要有家国情怀。不要狭隘的自私自利，一味地为了自己去活着，而要学会去帮助别人，跟身边的朋友一起成长，一起进步，尤其是要尽自己的能力去为了国家和社会做出自己的努力，贡献自己的力量。四是希望你善待自己。一方面是不要虚度自己的时光，努力学习，不断进取，用自己的努力去获得成功，善待自己一生的光阴；另一方面是不要急于求成，要厚积薄发，不要一遇挫折就自暴自弃，因为谁奔跑到最后谁才是最终的胜利者，所以要善待生命。总之，希望你在健康成长的同时，能够实现自己进步和贡献社会的统一。

你还小，可能有些话还听不懂。但是，爸爸认为你一定是一个可以成为优秀男子汉的人，所以从小要对你严加要求，提出更高的期望。你上小学之后，爸爸妈妈可能会更加地严格，提出更高的要求。我们约定，爸爸、妈妈和你与姐姐一起，大家一起努力，一起学习，一起创造属于我们的幸福生活。好吗?

爱你的爸爸

陪伴儿女的时光

援藏的一大好处，就是春节前后回家休假时可以有一段较长的时间休整。因为一年中的大部分时间在外面，这个时候我总想好好利用这个时机弥补跟小孩在一起不多的遗憾。

去西藏之前，女儿刚听说我要去援藏就会流眼泪，那个时候她快到八岁，是有些情感了的；儿子从小跟妈妈生活多一些，且那时还不足五岁，对爸爸因工作的远离当时没什么感觉。可到现在，女儿九岁多了开始懂事了，每次跟我分别可以勇敢些；儿子却开始哭了起来，每分开一次就哭一次。上次在长沙高铁站送他们进站，妻子说他哭得很厉害；前段时间我出差回佛山，临行前要返回西藏，告诉他时他又哭了一回。

这次回家，第一次煮早餐的时候，我相对放多了一些干蒸点心。没想到，吃的时候两个小家伙比以前吃的份量明显要多了很多。有一天晚上我煮了他们喜欢吃的拌面，两个小家伙居然都吃了好大一碗，直令我惊讶不已，感慨他们比小的时候饭量增大了不少。现在只要我做饭，两个小的都要来，有的切菜，有的炒菜，儿子还要搭个凳子，直把一个厨房挤得不亦乐乎。

我回来，母亲便可回老家小住一段时间。妻子上班，我便承担晒衣服和折衣服之类的家务小事。那天看着两个小孩的裤子，发现长了不少。都说别人家的孩子容易长大，当我一段时间不回，发觉自己家的孩子长得也快了！

平时因为儿子起床晚一些，女儿跟邻居老乡回学校，妻子则送儿子回。儿子年幼，老是赖床不肯起，所以经常有点迟。我回家后，要求两个孩子都比平时睡得早，早上要求一起起床，然后送两个小的去上学。这一变，儿子就从经常迟到成为每次是班上前几名回到教室了。每天接送两人，是我休假的一项重要任务，这是两个小孩的要求，也是我增加跟他们相处的好时机。

他们喜欢打羽毛球，我平时也喜欢打，这段时间便不时带着他们去我们俱乐部打球的场地去玩一下。自从上个暑假在老家学了一期，他们俩开始有了点架势。一举手一投足，多了些韵味，更增添了兴趣。过几天，等女儿考试结束，又约了老家的一位教练，准备送他们回家继续练习。最让我高兴的事，是他们俩在学习上的进步。姐姐这个学期在学习上不仅基础扎实了很多，自信心上也明显提升。有一天早上，她自信而稍带腼腆地跟我说，想进入年级前50名。她从小的基础相对较弱，我是知道的，所以她的愿望可能不是在短期内就能实现的，但从她口里说出这个目标是让人欣慰的。这个学期她的几位老师用心教育，让她基础慢慢扎实，信心培育上升，这是非常难能可贵的！弟弟开始学认字，有一次认字后看他喜欢的恐龙书，发现有一些是自己认识的字了，他说感觉很自豪！这种在学习中感觉自豪的事真是让人很温馨和醉心！

回老家过年，这是我的习惯。人说父母在，不远游。我们这群人，大学毕业参加工作，大多是离开家乡了。可过年还得回老家，父母在老家，亲戚也在老家，回家团聚，走走亲戚，回味的就是那种浓郁的亲情和儿时的回忆。带着孩子回家，让老人们高兴，也可以陪孩子跑一跑、跳一跳、打打球、看看书、认认亲戚，体会农家年味。

在外工作要认真努力，在家陪家人和孩子也要上心负责，这既是外出工作的一种补偿，也是注重家风的实实在在的形式。

凌晨出发

——写给欣文和凯文的信

欣文、凯文：

今天从酒店出发，时间还不到凌晨四点。虽然楼下的夜宵摊仍然是灯火通明、杯来盏往，但那是西安人夜生活兴趣盎然的表现，平常百姓大多已在睡梦中。

这些天，和你们在西安待了一个星期，去了黄帝陵、壶口瀑布、延安、大雁塔、钟楼、明城墙、永兴坊、陕西自然博物馆和西安交通大学；观看了《延安保卫战》和《长恨歌》。虽然没去华山，但基本上是走了好大一圈，安排是很丰富的。旅游不是目的，爸爸妈妈希望你们能出门看看外面的世界。古语云，读万卷书，行万里路。在行路期间不仅能看到外面的风景与人文，还能引发人的思考。一座西安城，经历了多少兴亡，承载了多少历史，一墙一瓦都带着丰富的故事与岁月的沧桑。正是这座千年古都独特的魅力所在。当然，一次旅游自然是看不透它的，需要我们放下自己的脚步，去慢慢地触摸它。但来了就是遇见，认识它就成为了朋友，为我们接下来进一步了解它走出了第一步。

临出门，我用手摸摸你们的脸，跟妈妈一个拥抱，很是有些不舍。这几年到墨脱援藏，离多聚少是常态，经常分别是常态。在你们需要爸爸陪伴的时候，不能经常陪在你们身边，这是爸爸之前不曾料到的，也是现在经常忐忑的。但是，谁的生活不是从一个个聚合走向分别，然后又从不同的地方聚到一起呢？在一次次的相聚与离开之中，我们学会了思念和珍惜，学会了自立与坚强，这其实本就是一个人成长的必经之路。

暑假的前一阶段已经结束，欣文过得很充实。刚刚过去的一个星期则是一个放松期，我们出来旅游休整了一下。接下来，欣文还要备战北京朗诵比赛，完成暑假作业。爸爸想说的是，不管是参加什么比赛，都是我们追求进步、提升能力、学会成长的一种方式，拿奖或者获得荣誉并不是唯一的目的，也不是最终的证明；相反，它只是一个人成长过程中的一个仪式、一个脚步、一种经历。我们要去追求好的比赛结果，但爸爸觉得更加应该在乎的是我们通过比赛或者在准备过程中得到的进步和成长。人的一辈子，就是在历练中不断成长的过程。看着欣文在紧张的准备，看着欣文一个脚步一个脚步地进步，爸爸感到很欣慰，也很高兴。

这些年为欣文所选择的科目，不管是钢琴、画画、舞蹈、羽毛球还是朗诵，都是一个人表达自己、展现自己的方式。一个人生活在世界上会有各种各样的情绪，学习的这些方式能够让人用恰当的方法去表达不同心境不同感受，传递情绪。就比如说钢琴和舞蹈，可以将喜怒哀乐通过弹奏的音乐和跳动的舞姿表达出来。但同时，他们都只是手段，不是一个人最终成长的目标。一个人内心深处追求完美，努力上进尤其是拥有一颗善良的心、拥有知识、乐于帮助有需要的人，才是一个人更加需要修炼的。爸爸希望欣文和凯文在提升自己各项技能和学习成绩的同时，更加关注提升自己的人文素养，培养自己强大的内心、善良的品格和与人合作共事的习惯。

爸爸不在身边，其实更加是考验和锻炼你们的时候。欣文的阅读与写作需要进一步加强，一有空就要拿起书来看；对时间的管理也需要加强——即使是今年暑假这样不确定的行程比较多，长时间的计划不现实，也要学会将每天的短期安排进行铺排与设计。人无远虑，必有近忧。只有学会有计划地去规划生活，才会更好地利用时间，提高效率。只有坚持不懈地努力，才能成为一个真正博学多才，对社会有益的人，为国家和社会多做贡献。凯文一开学就是小学了，会面临更加紧凑的学习任务和相对较多的作业，要学会适应这个新的变化，平时加强认字和背诵，不要怕辛苦。对于凯文来说，爸爸希望你克服懒散和不认真的毛病，在学好折纸等兴趣的同时每天都要坚持主动学习，而不是整天想着看电视和玩手机游戏。一旦开始学习，就要认真对待，不要开小差和做小动作。爸爸不在身边，你们要体谅妈妈的辛苦，尊重奶奶和爷爷，多听他们的话。

我们一家人都要努力争取进步，你们的任务是好好学习，爸爸妈妈的任务是好好工作。让我们一起努力吧！

爱你们的爸爸

感谢和托付
——写给凯文老师的信

尊敬的邓老师：

新学期好！

去年放假前，我曾来幼儿园短暂询问凯文的学习和生活细节，得到真实回应。由于平时不在凯文身边，一些日常的细节并未能完全了解，所以这次休假，我专门跟两个孩子一起学习和生活，力求在相处的时间里发现两人存在的一些不足和问题，培育他们良好的学习和生活习惯。经过短短的一个多月时间，我发现凯文的一些不足表现和积极变化，想跟您作一个汇报，以期在新的学期里一起辅导好凯文的学习与生活。

元月23日下午，我向您请假带凯文和他姐姐出发，24日中午回到老家湖南益阳。待两姐弟休息半天之后，从元月25日开始，两人在教练的指导下上午学习打羽毛球，至2月13日（腊月二十八）一共上课20天，中间凯文因肠胃不适在训练场边观摩两天。在此期间，他从元月29日到2月7日，每天的下午参加认字培训班，学习了10天。目前认字两百余个，背诵古诗十余首，简单认识了算盘并开始珠心算练习。

在带凯文的这段时间里，发现凯文跟进幼儿园时相比，有了很多可喜的变化，在很多方面有了很大的进步，这与几位老师尤其是您的悉心教导是分不开的，我和爱人充满感激。与此同时，我发现凯文的生活学习在几个方面还需要进一步改进。比如喜欢哭脸，经常闹情绪，稍有不如意就把头一扭，生气去了，而且要哄很长一段时间他才会慢慢合群进去。比如不想吃苦，打羽毛球时别的同学在学习和训练，他有时候偷工减料。比如学习的专注力不够，一方面听老师反映上课时不能集中精神，有时乱走动，有时跟同学讲小话；另一方面打球时不时不按照教练的要求进行训练，学习珠心算时不时走心开小差。比如自信心不足，在一些场合不敢说话和表现自己。比如知识的学习量不够多，拓展不够宽。又比如有时讲粗话、喜欢吃零食等等。老师们跟他学习在一起，可能发现的问题更多。

其间，我一边观察发现问题，一边寻找方法力求改进。一是多次跟他谈话讲道理，告诉他不要小气，男子汉要大气和有心胸一点，引导他不要老是发脾气；有时对待他的一些无理取闹发脾气则严厉训斥并予以责罚。二是面对学习不够专心一事，一方面明确指出他存在的这一问题，要求回学校后认真听老师上课；另一方面在他参加羽毛球训练和珠心算训练时，多次提醒纠正他的开小差行为。三是针对不想吃苦问题，发现一次就提醒一次。四是针对自信心不足问题，告诉他谁都是从不会到学习然后才会的道理，要求他通过学习增长自己的见识和能力；另一方面简单训练他自我介绍、表演唱歌和背诵古诗作为表演展示节目。五是针对他知识面不宽的问题，在之前参加了一期羽毛球、绘画课外辅导的基础上，在寒假继续参加了一期羽毛球训练，参加了十天的认字班，开展古诗背诵学习并开始学习珠心算，新学期将增加课外学习的科目。六是针对他讲粗话和吃零食的情况则开展引导，告诫不能说脏话，少吃零食。

短短的一个多月很快过去，我已于2月26日回到西藏。由于平时我这个做父亲的不在身边陪伴并教育，而凯文母亲带两个小孩可能照顾不了那么周全。加上凯文在幼儿园只有一个学期的时间了，涉及到幼小衔接的问题。因此，我今提笔书信给您，恳请在之前关注和教育凯文的基础上，继续给予关心和指导：一是整体上更加严格地要求凯文，让他养成良好的学习和生活习惯。对于老师的严厉要求乃至责罚，我绝不会反对，相反会感谢你们的认真负责态度，这封信就是授权的证明。二是加以鼓励，增强他的自信心，训练他的大胆展现自我的能力和敢于在众人面前表达讲话的勇气（建议可以表扬他认字、背古诗、画画、打羽毛球、做手工有进步）；如果因为不会而胆小，引导他像学习上述知识一样通过学习去实现进步，进而能够大胆展现。三是引导他不乱发脾气、吃苦耐劳、上课认真听讲、少吃零食、不讲粗话等细节。四是引导他自觉认真学习文化知识，可以用他喜欢恐龙希望当研究恐龙科学家的梦想引导他认真学习。五是培养他的男子汉精神气概，鼓励他有正义感、认真学习、懂礼貌礼节、积极上进、善良和乐于助人等优良品质。

三年对凯文的教育仅剩下一个学期，您在凯文的心里已经留下了深刻的印象。感怀于您对他的用心教育，提出这么多的请求可能有些过分。唯出门在外，难以周全对家庭的照顾，故写信将凯文托付给您及其他几位老师。所请如有不妥，还请谅解一个父亲的心情！

到成都要吃的一顿饭

飞机在烟台飞合肥时晚点了一个多小时，然后到成都的降落时间便到了晚上八点四十分。可是，我没有吃飞机上准备的饭菜，坚持要去张桃花伯母家吃她亲手做的家里饭。而赶到她家里的时候，已经是晚上九点半了。

张桃花伯母随她儿子住在成都有很多年了，基本上现在成都成了常住的地方。这几年我在墨脱援藏，不时要经过成都转机，而每次到成都，我都要去她家里吃饭。原因很简单，一来味道是熟悉的家里的味道，她做的鲫鱼火锅是我想起就流口水的一道菜；二来是想去见见她老人家。她与母亲是好友，几十年的交情了，而我与粮丰也是从小一起玩到大的兄弟。如果上溯到我们的爷爷一辈，双方家里也是同一个地方彼此熟悉的邻居。因为是世交，所以这份情谊一直沉淀，愈久弥深。

粮丰因出差晚上由长沙飞成都，比我还要晚，于是他爱人小李来机场接我。赶到家里，尽管已经很晚，但浓浓的亲情已然弥漫在整个屋子，已经准备了一桌子我喜欢吃的东西：鲫鱼酸豆角火锅、艾叶粑粑、辣椒炒湖南腊肉、墨鱼汤、腊八豆、扣肉……我知道，为了这顿饭，张桃花伯母一定是要忙活大半天的。她已经六十多岁的年纪，身体也不大好，但我知道她不会马虎，相反会尽己所能地煮好这顿饭让我好好吃上一顿。而我，早在知道会经过成都之后，就第一时间预约了这顿饭。来到这里，我都不会拘谨，相反会好像在自己家里一样显得有些“放肆”。在她面前，我就像一个儿子享用母亲饭菜一样幸福，幸福得如同任何时候都是一个小孩在母亲面前一样。

在我三水的家里，我常跟母亲说笑，请她一定不要走在我的前面，不然我不知道去哪里吃到母亲做的饭菜。有一次她准备回老家，原本打算以后只在想来三水时才来（母亲因帮我带小孩住在三水已很多年），我便两眼含泪，一想到没法经常吃到母亲做的饭了就觉得心酸。所以，这世间再好吃的东西，也是比不过自己母亲做的饭菜的。而张桃花伯母，在我的心里其实也跟母亲一样。

在我很小的时候，就经常去张桃花伯母家玩，那时候年纪小不懂事，在他们家吃饭睡觉都是经常的事，所以粮丰他们三姐弟与我们两兄妹是从小长大的，彼此都很熟悉，我跟粮丰则很多时候经常在两家吃饭睡觉。虽然不是亲戚，但平时走动得比亲戚还要多。还记得我考上大学时，知道我家里没什么钱，张桃花伯母还专门送钱给我。这些年母亲在三水，张桃花伯母在成都，虽然都是跟儿子媳妇和孙辈们住在一起，但总归没有什么自己的朋友，两个人便经常打电话聊天。近一两年两个人都配了智能手机，于是两人基本上每天都会用微信视频聊天，远隔几千里的两个老姐妹用电话牵动着两个人的心，比跟我们其他人都要频密。我想着母亲住在三水，张桃花伯母住在成都，都没有什么朋友，于是给她们建了一个聊天群，将几个她们熟悉的亲戚也加进来，这样每天群里都会有老朋友一起说说家里的话，心里感觉很亲切，这样她俩就不会感到过于孤独和无所事事了。我平时都将微信群设置成“非打扰”模式，可母亲却说这个群不要那样设置，因为这样她就可以随时听到她那些老朋友的声音了。自从有了这个微信群，母亲和张桃花伯母的生活就多了一个空间，而母亲以前经常想回去的想法也提得少了很多。

吃完，已经很晚，我是非常陶醉地享用着这顿饭菜，极大地满足着自己的食欲；而张桃花伯母则还要洗刷搞卫生。临走，我还将艾叶粑粑和腊八豆及辣椒炒腊肉打包。因为明天还有行程，我稍坐片刻便赶回酒店。为了这顿饭，让张桃花伯母心里要记挂很多天，忙碌好几天，但我还是愿意这样继续这么“任性”下去。在我的心里，不管她在哪里，只要我去到那个城市，都要去吃这一顿饭的！因为，她就如同我的母亲一样，我不去看看她，不去吃一顿她做的饭又怎么行呢？

记起好多应该感谢的人

回老家的这段时间，我的主要任务是带着几个小孩（自己两个，妹妹家一个，还有堂兄家一个）开展训练和学习，另外基本上跟家人在一起，也和母亲走访了几户要好的邻居。昨天香姨过生日，全家去她那里吃晚饭，当车子开往田家村外婆家去的路上，之前的一幕幕突然涌现在我面前，突然让我想起很多的往事。

当年的家庭经济条件都很一般，小的时候几位舅舅和几位姨夫与父亲的境况差不多，都是做点手艺或者做点小生意谋生。大姨夫收废品，他是那个时候生意做得相对较大的亲戚，但也因为借钱不还或迟还而在亲戚中小有微辞。我与他家两个儿子的年龄相差不远，于是经常到南冲湾他老家里去玩，大姨母自然也很关心我们。有一年快过新年了，大姨母传话让我去写对联；写好后大姨父给了我一笔钱，具体数目不记得了。冬生姨父那时在三分社卖魔芋（好像也称魔芋豆腐之类，但都是土话，具体学名不清楚）。我在杨林坳中学上学，经常跑到他那里要个一角两角钱之类的。香姨家里有姨父龚润明持家，两个人又都很勤快，生活还可以。我记得大学毕业前面试三水公安局的时候，华姐建议我将近视眼做一下手术。当时家里早已经因我读书刮了几层皮了，哪里还有钱！我妈跑到香姨家里借，她二话不说就拿了四千块给我妈让我做近视眼激光手术。大舅舅和二舅舅经常开玩笑，说起我小的时候到我家走亲戚时的一些细节；我大多不记得了，只听他们说那时大舅舅老用络腮胡子刺我。满舅舅在我读大学的时候，我记得在长沙西站时给过我一百块钱。其他的亲戚，很多在我因读书而困难的时候伸出过援手，有些是我知道的，有些则只有我父母知道。但内心深处，我非常感谢我的亲戚们。他们也不是非常富裕，但很多都帮了我；不仅没有看不起我，还给过我帮助。

这几年外公外婆家的几个子女婚姻起了变化，九个子女中有三个另嫁或另娶。于我而言，两个“新人”姨父要认，原来的两位姨父却不能说因为他们离婚而没了亲情。相反，在我的情感世界里，他们反倒还像我原来的姨父一般。大姨父张云龙，前几年我几经周折专门找到他，送去两瓶酒；冬生姨父前年生病需要做手术，我托表妹捎去一些钱，表妹转告我说冬生姨父表示没错待我这个外甥。润明姨父有一年交通事故，我也是忙着联系同学左右协调，还在后来请母亲代为送去几百块钱给他治病。礼不多，更不大，但在我心里的情义还是在的。对于长辈来说，哪里会在我们身上索取什么东西呢？哪怕是现在过年，我们送去多少钱，他们便变着法子将钱给回我们的小孩，两相扯平，只是搞得热闹，却反倒是亏了一顿饭菜钱；当然大家请吃饭也不是为了钱，图大家团个聚碰个头，大家走走亲戚说说话。

回家过年，有几户邻居家是必定会去的。张桃花伯母家、胡金枚伯母家、刘桂香婶娘家、刘爱纯伯母家、贺凤群婶娘家。这几户邻居，自我知事起就和母亲要好，一直互相来往走动，相互照应。当年我去读大学的时候，他们还几十块钱一个的拿钱给我。2000年左右的时候，农村里的人手上钱也不多，但朴实的她们就是用不多的积蓄送给我这个邻居家的孩子去外地读书，现在想起来，那是多么厚重的情义！因此，每次回家过年，我就会请母亲一道，去她们家里走一走，送上一点小礼物，送上一句问候，而她们也会用家里的土特产送给我小孩。于张桃花伯母则更加，我与她儿子郭粮丰自小玩到大；他们一家在成都做生意，这几年我在援藏途经成都时，只要中间有个一两个小时的停顿，必定先打电话给她，央她做顿老家菜，既借机会去看看她，也结嘴中之馋！俗话说，远亲不如近邻。这些个左左右右的邻居，早已像一辈子的亲人一般了，不是亲人，胜似亲人！

又记起初中班主任鲁吉府老师，高中的宋亚平老师和黄晔老师，以及已故的高中班主任何跃军老师、大学辅导员周彩娇老师，还有好多个觉得应该感谢的人……

修心与提升

——在福州机场候机所想

在生活中，谁都希望别人看待自己时印象是正面的，这是一个人活在世上的愿望与追求。要么学有所成，要么身居高位，要么富甲一方，总之希望出人头地。但这是个概念的表象，而不是过程。所以，在这个过程中，我们可以有很多选择。有的，按照自己的方式不断成长，逐渐进步；有的希望一夜暴富，老是想着走捷径而不愿意沉下心来踏踏实实做事；有的出世逃避，美其名曰与世无争。

我是哪一种人？我希望成为第一种人，但并不是一条轻松的坦途！

我从小在农村长大，外面的很多事物我都没见过，或者比别人迟很多才见到。这或许是很多农村里走出来的孩子必须面对的现实，父辈的基础决定了我们出生时的初始地位和发展基础，我们看到的东西相对少一些，见识的面相对窄一些，经历的事相对少一些。参加工作后，从湖南来到广东，很多时候做一些事情哪怕比如吃饭我也要先装作不急的样子，其实是想看看别人怎么吃学习一下。这便是生活的环境造成的——不想出丑，当然要学习——其实这也是生活的常态，谁又是天生懂得外在的一切呢？到参加工作，我最开始是在公安系统。基层岗位的角色和职业的性质，决定了我们是一个控制人的系统，而不是一个开放性的部门，这又难免会在工作的性质上有一定的特点，与经济部门或外事部门不一样，区级层面与省市也不一样。作为外地人来到三水，我的心里是有些胆怯的，面对语言不通、职位卑微和家庭财富的欠账，又或者是自己的性格原因，我表现得不够自信，不敢大胆尝试：工作上未有做到博采众长而追求极致。但是，生活中与朋友的交往中我又似乎显得游刃有余，比较活跃。

在街道的五年，我从一个普通的公安民警，成长为一名基层党政干部，工作还是得到领导认可的；同时感悟到只管好好去工作，不要一门心思想着去钻营——老天自会安排，又何必一定要想太多呢？但是，在街道的五年，由于没有找到好的导师或者说是引路人，我感觉摸索得较为辛苦，只在一定程度上探索了一些工作方法，这是一个遗憾，造成在一定的层面没有更好地提升自己。

开始援藏，按照之前积累的经验，我一方面做好工作组的统筹工作；另一方面在镇里推进"三十百千万"工程。每个人的思维方式不同，效果也会不同。在谢书记的身上，我学到了非常多的工作方法、思路和精神，也在一定层面反思一些不足。但是，随着时间的推移，工作需要不断地改进和完善。这正是工作中的方法论问题，需要不断思考，不断地丰富工作的内容，不断去总结工作。尽管，我的内心深处并不想做太多的宣传，但这并不影响工作的策划、包装和统筹。在这个问题上，我要向谢书记和其他同志学习。学习他们为本单位本部门争取资源的策略和不遗余力，学习他们整体策划推进的能力，学习他们为做事情尽量达成自己目标最大化的方法等等。

在这个过程中，我们既要学习他们的优点，不断提升自己，不断改进自己的方式、方法尤其是整体策划、行动力、执行力，勤于思考；也要修养心性，不要因别人的一些看不起或者轻视而心生不满，更不要自暴自弃或者因此而结下梁子。

一个人的一生，会有不同的阶段，遇到不同的人，经历不同的事。在这个期间，我们用什么心态去面对和应对，反映一个人的心胸，也是一个人的综合反映。不得不说，之前我的一些做法可能不妥，但在以后的人生中，我应该多一点加强修养，多一点加强能力提升，多一点务实，这是提升自身综合素质与能力的必然要求。谁人背后无人说，谁人背后不说人？我们要小心呵护自己的形象，但也不能太过于计较别人的评价。就如，民选政府的领导人，平日里除了支持者的表扬，还有反对者的批判，太在乎批评可能让人崩溃。近期工作中，镇里的援藏工作需要再深化，再升级，再策划，再梳理，再总结。但是，还是要坚持多做少说。生活中，要进一步加强修养，控制情绪。

后记

帕斯卡曾说："要学会与内心交流，未经省察的人生不值一过，以向上提升的自由对抗向下坠落的本能，为外在自由的生活提供内在自由的有利支撑。"他的意思很明白，人生的物质层面解决了之后，是人与人的层面，最高层面却是人内心的自由。在将墨脱三年的文集整理完毕之后，我的脑海里忽然记起当时在参加一次公务员培训时曾与一位教授探讨当下基层治理的一个隐忧：基层的同志整天忙于事务性的工作而无暇或理论视野不足造成对基层的思考不多，或者即使是有思考也因为精力或其他原因所记甚少；而研究人员和知识分子在书斋里又往往难以有长时间深入地了解基层的实际情况，造成两个方面的脱节。当然，这只是我当时的片面印象，事实上现在很多的研究人员开展了很多深入的田野调研，不少基层的工作者亦不乏非常深邃的思考，并提出了很多非常有见地的建议。但从那个时候开始，我便告诉自己，不管自己的理论水平如何，都不应该停下思考的脚步，哪怕用自己并不深刻的认识，也要记录下一段段工作的基本情况，至少可以让自己不断思考工作的推进方法，反思工作和生活当中的得失尤其是不足，从而不断改进工作。这本小册子里选取的文章，正是我在墨脱三年时间里所记日记的一部分，反映的是一种最原始最真实的工作与生活。

墨脱三年，经历了来之前的兴奋、前期工作的投入、一段时间之后的坚守，再到返粤之前的期盼；也经历了援藏工作的推进、两地交流的奔波、家人分离的思念。在筛选、整理和校对这些文字的时候，一幕幕场景在我的眼前就像放电影一样不断呈现，我的心情也随之跌宕起伏。在墨脱的三年里，留下了很多刻骨铭心的故事，留下了很多真挚美好的回忆，也有太多感谢的话要说。墨脱县委常务副书记、广东省第八批援藏工作队墨脱县工作组组长谢国高作为援藏带队领导，无论是做人还是做事，尤其是在项目策划、工作推进、宣传推广以及攻坚克难、做好群众工作上身体力行地给我做出了榜样；工作组其他领导李斌、邓宏照、李展健、郭振华、赖明建和雷震以及很多的柔性援藏人才生活中相互鼓励和彼此照顾，在三年里结下了深厚的战斗情谊。县里以旺东书记、魏长旗县长为主要领导和干部们对我们一直怀着包容之心，给予了我们工作上最大的支持和生活上很多的关心；墨脱镇的格桑卓嘎书记和曹启兵镇长对我的工作充分信任，镇里的索朗央金、央吉、郭广序、韩振、高荣华、王超、益西措姆、桑杰平措、白杨等一班同事全力支持我开展工作，真心关心我的生活。后方的领导与单位更是给予了我们最大的呵护，市委鲁毅书记多次到林芝考察援藏工作，每年主持援派干部座谈会；朱伟市长深入到墨脱基层视察，亲切关怀；市援藏援疆办也尽全力协助前方工作组开展工作，很多的市直单位和各区纷纷率团前来考察慰问，给予我们莫大的关心。尤其值得一提的是，墨脱县党政代表团前往三水时，区委书记黄福洪参加座谈并发表了热情洋溢的讲话，胡学骏区长以及林剑伟常委、廖流波常委等领导均到墨脱开展调研并勉励我做好工作；之前的领导陈浩明、孔耀明、李学坚、刘达文、彭建炎、谢业祥等在我回三水时多次听取我的汇报；区委区府办的彭家文，组织部的杨胜坤，发改局的邓沃明，财政局的钱静瑜，西南街道的黎达贤、禤启棠、唐智明，区委区府办的卢山以及区工商联方耿明、邓丹丹，区外事侨务局阙丽云等领导均曾到墨脱开展考察指导，给予我工作上的极大支持。一些朋友如胡展超、卢艺、莫亮成、李春良、唐任科、袁振湘等人来墨脱开展捐资赠物。对于家里来说，名义上是我在援藏，其实是全家都动员起来了。母亲原本已经在帮我带了几年的小孩之后回到老家颐养天年，当我入选援藏队时她又义无反顾地赶到三水帮我继续带娃，其间还轻度中风；父亲常年生病，更在2018年底一氧化碳中毒，几度命悬一线，在ICU抢救后在医院治疗四个月之久才稍微恢复一点神智和行动能力，算是捡回了一条命；爱人崔小红从一开始就坚定地支持我的选择，并承担了绝大多数的家务，尤其是在我父亲生病之后，她一人拉扯两个小孩，不管是日常辛劳还是心理压力，都增加了不少；还有我的诸多好友如易浩颖、肖博言、曾炼专、罗伟、龚德贵、全子科、龚云兆、刘勇坚等人，在我不在三水尤其是父亲生病期间，多次探望和给予帮助；家里的亲戚则一直给予我父亲精神上的强大支持，在我父亲最需要温暖的时候，他们热心地伸出了援手。陈丽华、何令娴、邹雯卿、何丽华、卢秀娟、马穗玲、李静、何肖玲、邓健红等老师知道我出门在外，经常主动帮我悉心辅导两个孩子的课业，周梧、肖意如、瞿晓英、王韫玉、袁灵秀、廖沙、欧阳世兰则一直关注两个孩子的成长。在这本书的出版过程中，宾水林、袁永恩提供了很大的帮助，尤其是袁永恩对全书的结构提出了非常好的建议；李伟、唐任科、喻佳、郭粮丰、龚云兆等好友则提供了协助。一想到这些，我的心里就充满了无限的感激。是他们，给予了我勇敢前行的精神动力；是他们，让我在墨脱能够安心开展援藏工作。可甚为遗憾的是，我的恩师周彩娇老师在此期间去世，给我留下了无限的怀念。

我从小就想往外跑，小时候想逃离父母的管教，长大了想逃离家庭的束缚，心总不安定。可这一次一出三年，工作虽亦有艰险，但更多的是中间品尝了离别之苦尤其是感受到了女儿欣文与儿子凯文对我的思念，每次暂别都是泪眼婆娑，哭成泪人，甚觉已够；想着今后应该多待在家里照顾家人，少离开他们，尤其是看到父母年事已高，父亲又遭此一难，似乎感觉突然已人到中年，到了上有老下有小均需要照顾的阶段。在母亲六十大寿不能当面祝贺的时候，我想起援藏的生活，心里有些愧意却不后悔，心想这应该是我人生两大正确选择之一——另一件则是成立并运营“2000政二”励志奖学金十余年。三年身处他乡，既不能尽孝父母于膝下，也不能教导子女耕读于眼前，心中不免有些亏欠之感。但我思量，自古忠孝两难，唯希望于子女是躬身垂范，于父母是尽忠代孝。

近几年，因为在西藏的原因，我对边疆的概念，对民族团结的概念有了一定的认识，也因此而进一步了解了一下西藏的历史，更觉得我们这个国家的不易。近代以来，中华民族迭遭欺凌，经历了一个多世纪的凄惨岁月。但不管是革命战争年代，还是改革开放的激荡之中，中华民族从来都不缺仁人志士挺起民族的脊梁，担起国家的大任，舍小家、为大家，甚至很多的人前赴后继地舍生取义也九死不悔，他们的家国情怀和豪气担当无时无刻不激荡着我的灵魂。援藏，作为国家的一项战略决策，其实施也让一批又一批的援藏人踏上了雪域高原，明知有高原不适高反厉害，明知可能出现各种艰险以及与家人的分离，但仍然深情扎根，默默耕耘，也是一种情怀和付出。我为能有幸参加其中深感自豪。这个文集，记录的就是我在墨脱三年援藏期间的经历与感悟，我诚惶诚恐地将它作为向关心我成长的师长、领导与朋友的汇报。

遇见墨脱，今生之幸；回望墨脱，难说再见。

二〇一九年六月十四日